JN011155

千年後宮
宮緒葵
CROSS NOVELS

装画・挿画　笠井あゆみ

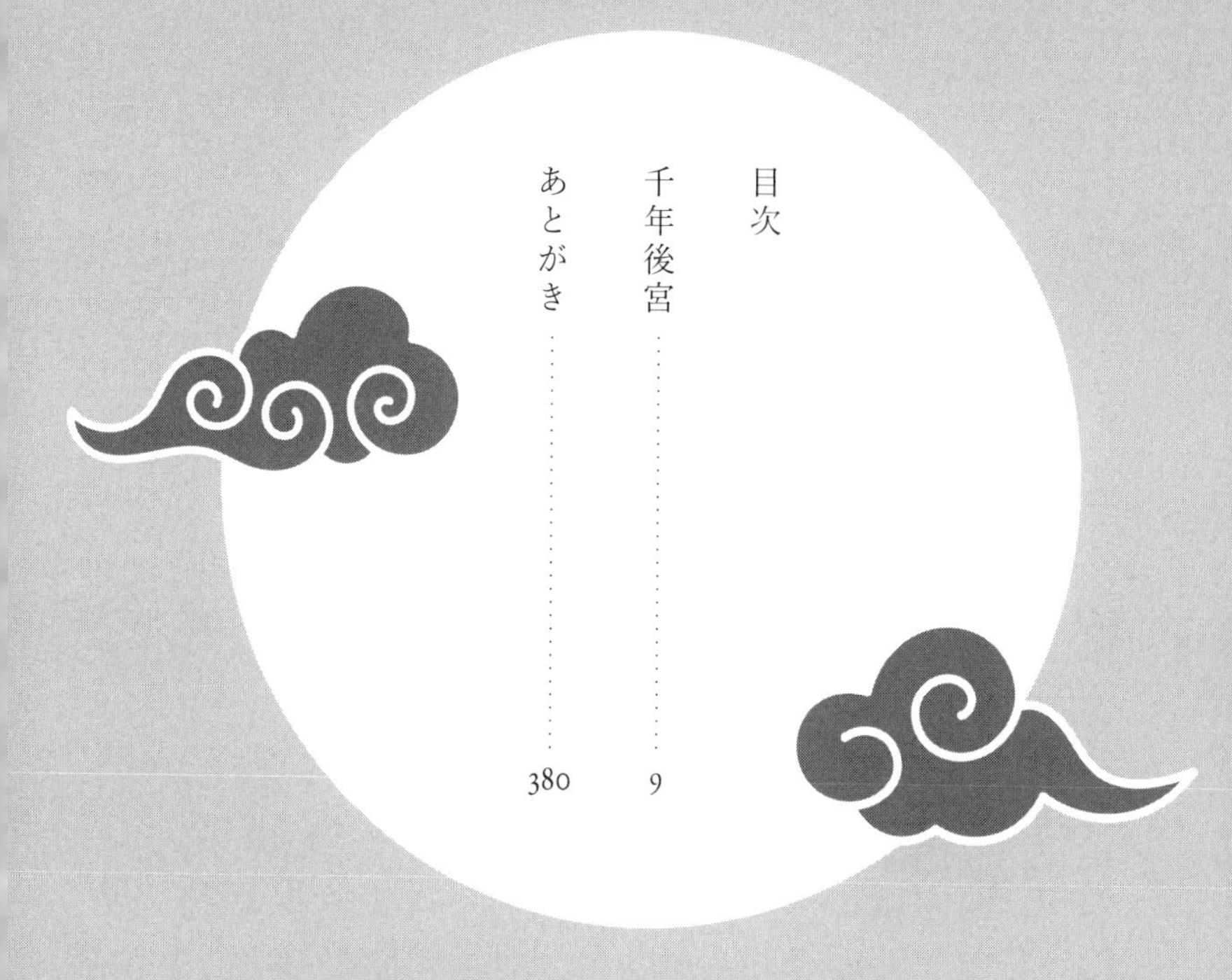

目次

千年後宮

かえってきた。

——ああ、とうとう還ってきた!

【伽国初代皇帝の遺言】

子孫よ、忘れるなかれ。
大洪水より我らを救い、守り導いて下さった神の恩を。
伽国は、数多の犠牲を哀れんだ神の慈悲によって生まれた。
起きた悲劇を胸に刻め。
愛しい子らを二度と奪われないためにも。
忘却の罪を犯すな。
償うには永き時を費やし、心を迷わせなければなるまい。
我らは子らのために存在する。
ゆめゆめ忘れるなかれ。
罪は人の心に生まれることを。
神の慈悲は我らの全てを照らすのだ。

紅玉と真珠が無数にちりばめられた皇帝の私室の扉を開き、細身の青年たちがぞろぞろと入ってきた。

いずれも揃いの白い袍と袴を纏い、腰には小太刀を差し、真珠貝の首飾りを垂らしている。柔和そうな顔立ちも、そこに滲ませた優しげな笑みも、所作さえも写し取ったようにそっくりだ。何年仕えても区別がつかず、混乱する官吏たちも多いらしい。

彼らは阿古耶。この伽国の皇帝のみに忠誠を誓い、玉体を守り育てる存在である。政を取り仕切る丞相さえ歯牙にもかけない彼らがひざまずくのは、皇帝その人だけだ。

阿古耶たちは紫檀の椅子に座る玉還の前で恭しくひざまずいた。

「――陛下」

全員がいっせいに紡ぐ言葉は完璧に重なっている。声だけを聞いたなら、一人がしゃべっているようにしか思えないだろう。

「お妃様がたはすでに花后宮へ入られ、陛下のご光臨を心待ちにしておられます。この善き日をお迎えになりましたこと、我ら一同、心よりお祝い申し上げます」

「…ああ、ありがとう」

礼を言いはしたものの、玉還の心は複雑だった。

伽国の皇帝として複数の妃を娶るのは義務であると、幼い頃から阿古耶たちに教えられている。皇帝の妃に召されるのは伽国の民にとって最上の名誉であり、拒む者は皆無だとも。

　玉還を第一に思ってくれる阿古耶たちは、きっと伽国じゅうから選りすぐりの名花を集めてくれたのだろう。いずれも才気溢れる美人揃いに違いない。そんな妃たちが、夫たる玉還を見てどう思うか……。

「ご不安でいらっしゃいますか？」

　赤子の頃から育ててくれた阿古耶たちには、玉還の不安などお見通しのようだ。こくんと頷けば、彼らはそっくりな笑みを浮かべた。

「不安に思われることなど何もございませぬ。陛下は一天万乗（いってんばんじょう）の御身、この伽国において陛下に勝る夫君など居りません。陛下のご寵愛（ちょうあい）を賜（たまわ）ったなら、いずれのお妃様も感涙にむせび泣くことでしょう」

「…そう…、だろうか」

「そうですとも。何度も申し上げている通り、陛下はこの世で最も尊い色を纏ってお生まれになったのです。陛下を一目でも拝見し、魅了されぬ者など居りませぬ」

　阿古耶たちの賛美に満ちた眼差しが、玉還の背中まで伸ばされた真珠色の髪と大きな紅玉のような瞳に注がれる。水神の加護を受ける伽国では、建国以来、神が好むと言われる真珠と紅玉が最も尊重されてきた。その二つとも持って生まれた玉還こそ伽国一の美男子だと、阿古耶たちは口を揃えるけれど。

　……どうして私は、己に自信が持てないのだろう。

　阿古耶たちがどれほど言葉を尽くしてくれても、どこかで『自分がそんなに誉められるはずがない』と思ってしまう。生まれて十七年、風にも当てぬよう大切に育てられてきたのに、ずっとそんな薄暗い気持ちを抱えたままだ。

　おっとりとした気性が滲み出る顔立ちは醜くはないはずだ。かつて外延に飾る絵姿を描くために招かれた大陸一と名高い絵師は、玉環を真珠でこしらえた牡丹の花のようだと絶賛した。皇帝を貶せる者など居まいが、あの興奮ぶりは嘘ではなかったと思う。細身の身体は逞しくはないものの、それなりに均整が取れている。阿古耶たちにはいつまでもお可愛らしいと微笑まれてしまうけれど。

「花后宮へ参りましょう、陛下。お妃様がたにお会いになれば、きっと我らの言葉を信じて頂けるはずです」

「……そうだな。行こうか」

　正直なところ気は進まないが、これも皇帝の責務だ。ずっと待たせていては、妃たちも可哀想である。

　立ち上がった玉環に、阿古耶の一人が黄金の冠をかぶらせてくれる。大粒の紅玉が嵌め込まれ、両側から連ねた真珠が幾筋も垂らされたそれをかぶれるのは皇帝だけだ。金糸を織り込んだ錦の袍にも大粒の真珠がちりばめられ、神秘的な輝きを放っている。

「おお、陛下……！」

「何という僥倖じゃ。陛下のお姿を拝見出来ようとは」

「ありがたや、ありがたや。寿命が延びる心地がいたしますぞ」

　回廊を進む玉環を涙ながらに伏し拝むのは、皇帝の住まいたる花王宮に仕える宮人たちだ。

　小柄な玉環の姿は長身の阿古耶たちに囲まれてほとんど見えないはずなのだが、歓喜のあまり今にも失神しそうな有り様である。彼らにとって皇帝は神の代理人、当代の皇帝玉環にいたっては神そのもののごとく崇めるべき存在なのだ。

神の楽園。

玉還が治める伽国は、周辺諸国からそう呼ばれている。

半分は羨望、もう半分は嫉妬からであろう。周辺諸国が幾度も戦を起こしては滅び、新たな王朝が興ってはまた滅びるのをくり返している一方、伽国は千年もの長きにわたり一度の戦も内乱すらも経験せず、豊かで平和な暮らしを謳歌しているのだから。

伝承によれば千年前、伽国は別の国であったそうだ。その国の名は歴史に埋もれ、今や誰も知る者は居ない。伝わっているのはその国を治めるのが悪逆非道な皇帝であったこと、突然の洪水に襲われ、一夜にして滅びたこと。そしてかろうじて生き延びた人々を神が哀れみ、その指導者に祝福を与えたことくらいだ。

神の祝福を受けた指導者は新たな皇帝となり、伽国を建国した。

といっても、周辺諸国と異なり、皇帝自身が政務を執ることは無い。皇帝の役割は守護神となった神の意志、神意を人々に告げることのみ。神意に従い、実際の政を執り行うのは才能ある官吏たちだ。

神はもちろん、神の厳正なる試験により選ばれた官吏たちも不正はしない。他国の官庁には付き物の賄賂や縁故による採用がはびこることも無い。不正を働けばすぐさま神罰が下され、一族郎党死よりもつらい苦しみを味わうはめになるからだ。

過ちを犯さない神と腐敗しない優秀な官吏たちによって、伽国の繁栄は支えられている。自分たちもその恩恵を受けたいと、周辺の小国がこぞって支配を望んだため、伽国は大陸の南半分を支配する大国に成長した。千年前の洪水は、今や神の祝福とさえ言われていた。

伽国の他にも神の守護を受ける国々は存在する。伽国の北に位置する辰国がそうだ。かの国は火山に囲まれた山岳国であり、火神騰蛇の守護を受けている。

だが伽国ほど豊かで争いを知らぬ国は無い。神は捧げられた対価に応じて祝福や加護を与えるものだからだ。強大な加護を望むなら、それに見合うだけの対価を捧げなければならない。伽国ほどの加護を与えられるのなら対価も相応に跳ね上がるはずなのだが、伽国の神が莫大な対価を望んだためしは無い。

きっと皇帝とそのご一族が気高く清らかなお心をお持ちだから、神様もたくさんのご加護を下さるのだ。民は無邪気にそう信じ、神の代理人たる皇帝や皇族に感謝と忠誠を捧げている。

ことに玉還は、歴代の皇帝の中で最も崇められる存在だ。

十七年前——玉還が生まれたその日、伽国の領土のすみずみにまで甘露の雨が降り注いだ。甘露を口にした病人や怪我人はたちまち快癒し、田畑は季節外れの実りを幾度ももたらし、国じゅうの倉庫を満たしてもなお余る有り様だ。不思議なことにその実りは月日が経っても腐らず、今までの作物とは比べ物にならないほど美味だったという。

神様は皇子様のご誕生を歓喜しておられる。お生まれになった皇子様は、神様の愛し子に違いない。

民の噂は的中した。神は当時の皇帝…玉還の父親に神託を下したのだ。

『生まれた皇子に玉還の名を授ける。皇帝はただちにその位を玉還に譲り、皇宮より退去せよ』

皇帝も神託には逆らえない。父が妃たちを連れて皇宮を去ったことにより、玉還は生後零日で皇帝の座に即いた。

赤子の皇帝など、他国では親族や娘を妃にねじ込んだ外戚の専横を招くだけだが、伽国では何の問題も生じなかった。皇帝は神託を伝える神の代理人に過ぎないからだ。玉還に下される神託は、赤子の頃は世話役たる阿古耶たちが泣き声から読み取り、言葉を覚えてからは玉還自身が臣下たちに伝えた。

　玉還が帝位に即いてからますます国土は潤い、十七年経った現在では誰もが玉還こそ歴代最高の名君であると誉め称える。欠けているのは、あとは皇后だけだと。

　皇帝のただ一人の正妻であり、後宮たる花后宮の主人でもある皇后は、通常なら皇帝が即位すると同時に皇子時代の妃から冊立されるのだが、生まれてすぐ皇帝となった玉還には妃が居なかった。そこで『玉還が十七歳になったら相応しき妃を集め、皇后を選ばせよ』という神託に従い、臣下と阿古耶たちが伽国全土から身分を問わず妃候補を探し出したのだ。

　千人近かったという候補から厳しい選抜にかけられ、残されたのは百二十一人。

　皇后に次ぐ位である正一品の四夫人、貴妃、淑妃、徳妃、賢妃を筆頭に、正二品の九嬪が九人、正三品の婕妤が九人、正四品の美人が九人、正五品の才人が九人、正六品の宝林が二十七人、正七品の御女が二十七人、正八品の采女が二十七人。妃が実家から連れてくる召し使いや花后宮に仕える宮人を加えたら、花后宮の住人は三千人を下るまい。

　咲き乱れる百花繚乱の花園で花々と戯れ、いずれはたった一人の皇后を選ぶ。それが玉還の務めだ。皇后は皇帝の比翼の鳥。皇后無き皇帝など、普通はありえないのだから。

　……出来るのだろうか？　私に、そのようなことが。

　心が再び不安にむしばまれかけた時、ぽう、と目の前に青い光の玉が現れた。玉還を伏し拝んでいた宮人たちがどよめく。

「…神じゃ！」

「神が陛下を祝福しておられる……！」

阿古耶たちも足を止め、玉還の方を向いてひざまずいた。立っているのは玉還だけだ。そっと手を伸ばせば、光の玉は玉還の掌の上でちかちかと瞬く。

――怖れるな、玉還よ。お前は心の赴くまま、自由に振る舞えば良い。

頭の奥に響くのは、幼い童とも成熟した青年とも翁ともつかぬ不思議な声…伽国皇帝にしか聞こえない神の声だ。物心ついた頃から、玉還は威厳と慈愛に満ちたこの声にずっと導かれてきた。

「神様…、ですが…」

――我が愛し子たるお前を厭う者は、この私が許さぬ。…誰でも好きな者を選ぶがいい。お前の選んだ皇后なら、私も祝福しよう。

ひときわまばゆく輝くと、光の玉は玉還の胸に吸い込まれ、消えてしまった。期待に満ちた空気を感じ、玉還はひれ伏す宮人たちに告げる。

「……私が選ぶ皇后なら誰であろうと祝福して下さると、神は仰せになった」

「おおっ……！」

宮人たちは歓喜にざわめいた。

玉還の父や祖父、代々の皇帝も同じように神の言葉を聞いてきたはずだが、彼らに下される言葉は政に関するものばかりで、回数も月に二、三度程度だったという。対して玉還は政以外にも、いたわりや慈愛の言葉をほぼ毎日かけられてきた。神の寵愛深い皇帝陛下が玉座にある限り伽国は繁栄を続けると、臣下は安堵しきっている。

阿古耶たちが笑みを浮かべた。

「おめでとうございます、陛下。神が嘉して下さったのなら、きっと良きお妃様に巡り会えましょう」

「そうだな、……きっと」

神の励ましのおかげで、不安ばかりだった胸は期待に弾んでいる。

……まだ見ぬ私の妃は、どのような人なのだろう。

玉還は再び阿古耶たちに囲まれ、歩き出した。

妃たちの待つ花后宮へ向かって。


大陸最大規模を誇る伽国の皇宮は、大きく外延と内延に分かれている。

外延は丞相を頂点とする大臣や官吏たちが集まり、政務を執る公的な空間だが、玉還が外延に姿を現すのは年に数度、重要な儀式が行われる時のみだ。玉還に下された神託は、阿古耶たちが外延の丞相に伝え、丞相から各官庁に下達される。

玉還が日常を過ごすのは内延、皇帝や皇族が暮らす私的な空間にある花王宮だ。内延の中央に位置し、黄金の瑠璃瓦や三層にも及ぶ大理石の基壇、七宝が惜しみ無く埋め込まれた壁がまばゆく輝く宝玉のごとき宮殿である。

そこに住めるのは皇帝のみで、皇帝の子は花王宮の南にある花蕾宮に集められ、養育される。今は退位させられた玉還の父や異母きょうだいたちの住まいだが、玉還は一度も訪れたことが無い。

花王宮の北、東、西に連なる極彩色の絢爛な宮殿が花后宮、すなわち妃たちのひしめく後宮である。

四人は異口同音に応え、玉座の前に進み出た。貴妃、淑妃、徳妃、賢妃といえば皇后に次ぐ四夫人。皇后不在の今、妃たちの実質的な頂点に立つ存在だ。

他国の後宮では妃の位は生まれついた身分によって決められるそうだが、玉還の妃たちは玉還一人に尽くすため、入宮の時点で俗世の身分を捨てさせられる。貴族だろうと流民だろうと対等だ。高い地位を与えられるかどうかは、あくまで妃自身の器量と才覚次第。つまり目の前の四人は、玉還に関しては一切の妥協をしない阿古耶たちに最上と認められた者ということになる。

最初に名乗ったのは、一番右側の妃だった。

「皇帝陛下にご挨拶を申し上げます。至恩を賜り、貴妃の位を授かりました月季と申します」

ほう、と玉還はつい息を漏らした。月季とは庚申薔薇の異名だ。四季を通じて紅い花を咲かせるため、長春花とも呼ばれる。

月季はまさしく枯れることの無い大輪の薔薇が人の姿を取ったような、華やかな美貌の青年だった。歳は二十代の半ばほどか。四人の中で最も背は低いが、絹の襦と裙を纏い、羅の領巾をかけた細身の全身からむせ返りそうなほどの色香を匂いたたせている。

金色がかった紅い髪は薔薇の花びらよりも鮮やかで、左側の泣き黒子が蠱惑的に吊り上がった翡翠色の双眸をよりつややかに輝かせていた。

「至恩に心よりの感謝を申し上げます。もったいなくも淑妃の位を授かりました、聖蓮と申します」

月季の隣の妃が次に名乗りを上げた。

そのたたずまいと物腰の優雅さに、玉還は目を奪われてしまう。控えめな銀の簪だけを挿した濡れ羽色の髪は滝のごとく、下がりぎみの黒い瞳は何とも優しげで、慈愛に満ちていた。鷹揚に微笑む清らかな美貌は神聖な泉にひっそりと咲く蓮の花を思わせる。

　何といっても見事なのは、四人の中で二番目の長身をみっしり覆う筋肉だろう。特に襦の胸元を押し上げるむっちりとした胸筋の分厚さといったら、思わずまじまじと見入ってしまうほどだ。あの胸に抱かれたなら、安堵と至福に包まれるに違いない。

「……皇帝陛下にご挨拶を。徳妃、沙羅と申します」

　続けて名乗った聖蓮の隣の妃は、異色の色彩の少年だった。四人の中では最も若々しく、年齢も玉還とさほど変わらないだろう。

　黄金を溶かしたような瞳に、四人の中で唯一短く切り揃えられた金色の髪。伽国の民は持たぬ褐色の肌。しなやかに引き締まった肉体を包む筒袖の上着や長い脚にぴったり沿う袴は、玉還が初めて見るものだが、異国の風を纏う少年にはよく似合っている。

　伽国には大陸じゅうから旅人が訪れ、砂漠を越えたはるか南の果ての国々からも流れてくる者が居るそうだから、少年も遠い国の生まれなのかもしれない。甘い香りを放つ花を咲かせる沙羅の木は、確か南の国からもたらされたはずだ。ぱっと見た目はきつめの、だがどこか甘さを漂わせる美形の少年にはぴったりの名前である。

「お目に留まり恐悦至極に存ずる。賢妃、銀桂と申します」

　最後に名乗ったのは、沙羅の隣でまっすぐに背筋を伸ばす青年だった。銀桂は銀木犀の異名だ。四人の中で最も背が高く、小柄な玉還では仰ぎ見なければならないほど。銀色の髪と青い瞳は、まるで一面の銀世界に抱かれた湖のようだ。

　年の頃は三十代の始まりくらいで、四夫人では最年長だろう。積み重ねた年と経験に裏打ちされた自信が、白皙の美貌に知性の輝きを与えている。細身の上衣に袴を着けた長身はすらりとしているのに逞しく、聖蓮とは別の包容力を感じさせた。

身を飾るのは帯から垂らした翡翠の佩玉程度。四人の中では最も飾り気が少ないが、滲み出る覇気は見る者を惹き付けずにはおれず、他の三人に引けを取らない。花は白く小さくとも、その強い芳香で人々を引き寄せる銀木犀のようだ。

……何と……、世にはこのような美しい人々が居たのか……。

いずれも劣らぬ美形揃いに、玉還は圧倒されてしまう。こんなに美しい人が…それも四人も、玉還の妃になってくれたなんて信じられない。

だって、玉還は。

『……何て醜いの。まるで化け物だわ。わらわの……とも思えない……』

いつだって顔を合わせるたびなじられて、そして…。

「陛下。……陛下？」

阿古耶たちに呼びかけられ、玉還はびくりと身を震わせる。阿古耶たちの心配そうな顔に申し訳無さがこみ上げた。…またやってしまったのか。

「…貴妃、月季。淑妃、聖蓮。徳妃、沙羅。賢妃、銀桂。四人とも大儀であった。そなたたちの名前、しかと覚えたぞ」

こほんと咳払いしてねぎらえば、四人は洗練された仕草で礼を取った。阿古耶たちは満足そうに頷き、四人を下がらせると、残りの九嬪以下の妃たちにも挨拶をするよう促す。

といっても、玉還の前で一列に並び、代表者が名乗る程度だ。残りは百人以上居るのだから、一人一人挨拶をしていたらいくら時間があっても足りない。

九嬪から最下級の采女にいたるまで、皆、趣の差はあれど美男子ばかりだった。きっと性格も良いのだろう。阿古耶たちが細心の注意を払って選抜しただけのことはある。これほどの者たちが入宮してくれたことには感謝しか無い。

けれど、最初の四人以上に心惹かれる者が居たかと問われれば…。

「…最初にお召しになるのは、四夫人になさいますか？」

阿古耶たちは相変わらず玉還の心を読むのに長けている。

召すというのは、閨を共にするという意味だと教わった。実際にどのようなことをするのかは、妃に任せておけばおのずとわかると言われ、教えてはもらえなかったけれど。

……何をするのかわからない。わからないけれど、皇帝としてどうしても妃を召さなければならないのなら……。

最初は、この人たちがいい。

四人の異なる宝玉のような瞳を見詰めていると、自然とそう思えた。玉還が小さく頷けば、阿古耶たちは再び四人を玉座の前に並ばせる。

「喜びなさい。陛下はそなたたちに情けを下さるとの仰せです」

四人は感極まったように身を震わせ、深々とお辞儀をする。玉還の背筋が甘くざわめいた。今は見えない妃たちの瞳に、狂おしい炎が燃えたつのを感じたせいで。

「最初はどの妃になさいますか？」

阿古耶たちに尋ねられ、玉還は困ってしまった。いずれも甲乙つけがたい四人から一人を選ぶなんて、ろくに人柄も知らない今の時点では出来そうにない。

玉環の困惑を察してか、四人の妃たちは眼差しを交わし、何度か頷き合った。やがて裙の裾を優雅にさばきながら、月季が進み出る。

「畏れながら、最初のお相手は私が務めさせて頂きたく存じます」

「…そなたが？」

それで他の三人は納得するのだろうかと心配したら、月季は艶然と微笑む。

「陛下に閨事を気に入って頂くには私が適任であろうと、皆が申しておりますゆえ。むろん陛下がお許し下さるのなら、ですが…いかがでしょうか？」

「っ…、ゆ、許そう」

だからその蕩けるような微笑みをやめてくれ、と危うく口走りそうになってしまった。袍の下の股間が甘く疼いている。こんなことは初めてだ。

「ありがたき幸せにございます。……では今宵、陛下の閨に侍らせて頂きます」

月季の翡翠色の瞳に喜色が溢れる。ほころぶ紅い唇は薔薇のようだ。

その背中を見詰める三人の妃たちの顔には、羨望と嫉妬、そして紛れもない喜びが滲んでいた。

◇◇◇

「めでたや」

「めでたや」

そっくり同じ声が謡い、同じ顔が同じ笑みを作る。

ひらひらと袍の袖をたなびかせながら舞うのも、二胡や琵琶で伴奏するのも皆同じ顔——阿古耶たちだ。白一色の装いの彼らが舞い踊るさまは幻想的であり、見る者の胸をざわめかせる不穏な空気も孕んでいた。もっともささやかな宴席に座を占めるのは、阿古耶たちだけだが。

「とうとうこの日が訪れた」

「陛下がお妃を娶られる」

「待ちわびた。……ずっとずっと」

彼らの頭には常に養い子にして唯一無二の主君、皇帝玉還しか存在しない。赤子の玉還が乳を飲んだ、歯が生えた、離乳食を口にするようになったと言っては感涙にむせび、成長を見届けるたび喜び合ってきた。

けれど今日は特別だ。玉還はとうとう妃を娶る。一人のみならず、四人も……しかもあの貴妃たちを。これを喜ばずにいられようか。

「めでたや。陛下の前途は祝福された」

「この上は幾度もまぐわわれますように」

「たんと種を孕まれますように」

めでたや、めでたや、めでたや。

養い子の幸福を祈り、阿古耶たちは謡い続ける。

皇帝の臣下でもあるはずの彼らの口から、国の行く末が語られることはついぞ無かった。

日付が間も無く変わろうかという真夜中、零の刻に、玉環は月季の宮を訪れた。昼間の対面からだいぶ時間が経っているが、この時刻にお迎えしたいと月季から申し出があったのだ。

すでに皇宮は深い闇の帳(とばり)に包まれているが、月季の宮にはいたるところにろうそくの明かりが灯され、歩くのには何の支障も無い。高価なろうそくをこれほど大量に消費する宮殿は、大陸広しといえども花后宮くらいであろう。

回廊を渡っていると、夜風に乗って薔薇の香りが漂ってきた。庭園の方にはさすがに明かりは無いが、月季と同じ名を持つ庚申薔薇が植えられているのかもしれない。

「——お待ち申し上げておりました」

阿古耶たちと別れ、月季の待つ寝所に入ったとたん、薔薇の香りはいっそう強くなった。天蓋(てんがい)に覆われた寝台にひざまずいた月季から、えもいわれぬ芳香が滲み出ている。

「……そなただったのか」

思わず呟(つぶや)くと、月季は不安そうに尋ねてくる。

「何か、陛下のお心に障るようなことをしてしまいましたか?」

「あ、…いや、そうではない。外でかぐわしい香りがしたから庭園に薔薇が植えられているのかと思ったのだが、そなたの香りだったのだなと…」

「まあ」

ふふ、と月季は笑い、身を起こした。昼間よりも薄手の裙に、幅の広い紗の領巾を羽織っている。紗に縫い込まれた銀糸の刺繍がろうそくの明かりにきらめき、後光が差しているようだ。

玉還の心臓がどくんと跳ねた。

極薄の紗の向こうに、形の良い乳首がぼんやりと浮かんでいたからだ。月季は薄い裙と領巾以外、何も身に着けていない。毎日きちんと袍と袴を着付けられる玉還の基準では、全裸も同然だ。しかも本当に全裸になるよりはるかになまめかしいのだから、たちが悪い。

「嬉しゅうございます。私が薔薇のようにかぐわしいだなんて」

「き、…貴妃…」

「月季、とお呼び下さいませ。もったいなくも私は、今宵より陛下の妃に召して頂けたのですから」

月季は寝台の傍らで立ち尽くす玉還のもとまでにじり寄り、そっと手を取った。しっとりと吸い付くような肌の感触に酔う間も無く、掌を月季の頬に押し当てられる。さっきよりも強く心臓が脈打つ。

「げ、……、……月季……っ」

思い切って呼んだ声はかすれ、最後はみっともなく跳ねてしまった。

『まともに喋ることも出来ないの？　お前は本当に出来損ないだねえ』

頭の奥で、忌々しそうな舌打ちが響く。広がりかけた震えを止めてくれたのは、掌に落とされた唇の柔らかな感触だった。

「……ああ……」

玉還の掌に唇を押し当てたまま、月季は薄闇でもなお白い身体を打ち震わせている。薔薇の美貌を、恍惚に蕩かして。

「どれほど待ちわびたことか……貴方に呼んで頂けるこの日を……」

「月季……？」

「長かった。……本当に、長かった……」

翡翠の瞳から涙が溢れる。

透明なそれは水晶のようで、玉還はついもう一方の手を伸ばし——次の瞬間、月季を見下ろしていた。柔らかな寝台にあお向けで横たわる月季に、覆いかぶさるような格好で。伸ばした手を素早く摑まれ、引きずり込まれたのだと理解したのは、背中をつうっと撫でられた後だ。

「いけません、陛下。妃の涙など信じられては」

悪戯っぽく細められた翡翠の瞳は、もう涙を流してはいない。ふっくらとした唇の紅さに見惚れそうになり、玉還は慌てて首を振った。

「な、…では、先ほどの涙は偽りであったのか？」

「陛下に名を呼んで頂くのが待ち遠しかったのも、泣くほど嬉しかったのも真実です。けれど妃は、陛下のお心を引き寄せるためなら何でもするものでございますから」

では月季は玉還の関心を引くために、わざと泣いてみせたというのか。萎れた花のような姿はとても嘘泣きには見えなかったが、もしかしたらそうやって玉還が悩むことすら狙いの一つなのかもしれない。玉還の心を月季で独占するための。

けれど、わからないのは。

「……何故、そこまでするのだ？」

「陛下……」

「私のために、……私などのために……」

生まれ落ちてからずっと、大切にされてきた。

阿古耶たちにかいがいしく世話を焼かれ、身に纏う衣も食事も住まいも最上のものを与えられた。望んで叶えられないことはほとんど無かった。日々神の優しい声を聞き、儀式のため外延に赴けば誰もが額ずいて玉還を誉め称えた。愛し子たる玉還が玉座にあるからこそ、神は伽国を祝福して下さるのだと。

玉還を粗末に扱う者は一人も居なかった。なのに棘のような暗い気持ちが胸に刺さって抜けないのは…夢を見るせいだ。

物心ついて以来、時折見る夢の中で、玉還は誰からも忌み嫌われていた。玉還を目にした者は皆悲鳴を上げ、野良犬でも追い払うようにしっしっと手を振った。彼らの顔は黒い靄に覆われて見えないけれど、嫌悪と恐怖にゆがんでいることは忌々しそうな罵倒から伝わってきた。

『出来損ないの化け物！　何故おめおめと生まれてきた!?』

中でも全身を黒い靄に覆われた人は最悪だった。やけにかん高い声を張り上げ、手にした鞭で容赦無く玉還を打つのだ。夢なのに痛みを感じてしまうほどの勢いで。

泣き叫ぶ玉還を誰も助けてはくれない。やがて鞭打ちに飽きたかん高い声の人が去ってしまうと、玉還は傷だらけの重たい身体を引きずり、ずるずると這っていく。たった一人だけ、玉還を慈しんでくれる存在のもとへ――。

「…そのような悲しいことを仰らないで下さいませ、陛下」

月季が両脚を開き、玉環の腰を挟み込んだ。

今の玉環は阿古耶たちによって白絹の夜着に着替えさせられている。薄い絹地越しに月季の温もりが染み込んでくる。濃厚な薔薇の香りと共に。

「私たちにとって、陛下はかけがえの無い大切なお方。たった一人の夫君でいらっしゃるのですから」

「…私が、神の愛し子だから？　それとも、この髪と瞳ゆえか？」

「はい、もちろん」

即答され、ずきんと胸が痛む。己の身勝手さにうんざりした。そんなことはないと否定して欲しかったのだろうか。出逢ったばかりの、ろくに言葉を交わしたことも無い妃に。

「この髪も」

月季は玉環の真珠色の髪をひとふさ掬い、愛おしそうに口付けた。びくんとする玉環に微笑み、今度は紅玉の瞳の目元を指先で優しくなぞる。

「この瞳も、陛下の一部なのですから。愛おしいと思わぬはずがございません」

「え……」

「神の愛し子かどうかなど、私にとってはささいなこと。陛下が陛下であられるだけで、私は愛おしくてたまらないのですから」

後頭部に回された手が、そっと玉環を引き寄せる。

互いのまつげが触れ合うほど近くに迫った月季の美貌に、玉環の心臓は壊れてしまいそうな勢いで高鳴った。何という麗しさ、そしてなまめかしさなのだろう。薔薇の香りを吸い込むだけで、翡翠色の瞳に溶かされてしまいそうだ。

「信じて頂けませんか？」

「…あ、…いや、その…」

そなたの美しさに圧倒されて言葉も出ない、などと白状出来ずにおろおろしていると、右手を取られた。乱れた領巾にかろうじて隠されている左胸へ、やんわりと導かれる。

「っ……！」

「ねえ？　…ほら、高鳴っているでしょう？　愛しいお方が相手でなければ、私とてこうはならないのですよ」

おわかりになりませんか？　と問われても、答えるどころではなかった。確かに月季の心臓も玉還に負けぬほど激しく脈打っている。

でも、胸が。

薄い紗の領巾越しに、月季の乳首が、触れて。

「あ、…あ、……ああ……」

「陛下…？　どうなさったのですか？」

月季が心配そうに覗き込んできたせいで、乳首はいっそう強く玉還の掌に押し当てられた。柔らかく張りのある感触をはっきり感じてしまい、玉還は思わず涙をこぼす。

「わ、…私は、……おかしい」

衣服に隠されているべき部分を、領巾越しではなくじかに触れてみたいと願ってしまうなんて。そこに触れただけで全身の血が沸騰し、あらぬところが熱くなってしまうなんて。娶ったばかりの、妃の目の前で…。

「…陛下…、もしや…」

長いまつげに縁取られたまぶたをしばたたき、月季はそっと玉還の夜着の帯を解いた。

玉還はとっさに月季を突き放そうとするが、細身に見えて月季の腕は力強く、びくともしない。下帯は阿古耶たちが着けさせてくれなかったから、夜着をはだけられれば丸見えになってしまう。髪と同じく白い肌も、…熱を孕み、勃ち上がりかけた股間のものも。

月季が熱い吐息を漏らした。

「ああ、……やはり」

「う、…うぅっ…」

とうとう見られてしまった。しゃくり上げる玉還の股間の肉茎を、月季は優しく撫でる。

「何故、泣かれるのですか？」

「…だ、…だってそこがそんなふうになるなんて、今まで一度も…」

「無かったのですね」

玉還が消え入りたい気持ちで頷くと、月季は笑みを浮かべた。相変わらず薔薇の花がほころぶように美しいのに、何故か背筋がぞくりとするような妖艶な笑みだ。

「嘆かれることはございません、陛下。ここがこのように変化するのは、誰でも必ず経験することなのですから」

「…っ…、まことか？」

「どうして陛下に偽りなど申し上げましょうか。その証拠に……ほら」

月季は薄物の裙をつまんだ。裙には縦に幾筋かの切れ目が入っており、脱がずともめくっただけで月季の股間が露わになる。

「……あ……」

玉還は紅玉の双眸を瞠った。下帯を着けていないそこは、玉還と同じように形を変えていたのだ。いや、同じと言っていいのかどうか。月季のそこは玉還よりもかなり大きく、太さも長さも段違いだった。玉還と違って濃い茂みに覆われているし、双つの嚢は重たげで、臍につきそうなほど反り返った肉茎には幾筋もの血の管が浮かび、どくどくと脈打つたび熟れた先端から透明な汁を垂らしている。まるで肉の刀のようだ。

「陛下に召して頂き、愛らしいお姿を拝見出来た悦びで、このようになったのですよ」

恥じるどころか誇らしげに告げられ、玉還は安堵した。股間の変化は恥じ入るようなものではなく、むしろ喜ばしいことのようだ。

「…私も、そなたに触れていたら変化してしまった。おかしいことではないのだな」

「おかしいどころか、この上無く光栄なことでございます。陛下がこの私に、欲情して下さった証なのですから」

「よく、…じょう？」

初めて聞く言葉だった。書物からも、阿古耶たちからも教わったことは無い。

きょとんとする玉還の耳朶に、月季は紅い唇を寄せる。

「――貴方が欲しくて欲しくてたまらない」

「……っ…」

「頭からつま先まで、髪の一筋すら残さず私のものにしてしまいたい。……そういう意味です」

真っ赤に染まった耳朶を甘く噛み、月季は玉環の肉茎に長い指を絡ませる。何度か軽く扱かれただけで肉茎はたちまち張り詰め、透明な雫をこぼした。

「…ぁっ、…だ、…駄目だ…」

身体の内側で、熱い波が急激に押し寄せてくる。それ以上いじられたら何かが溢れ出てしまう。いやいやをするように首を振れば、月季はもう一方の手で領巾をするりと取り去った。さらされた淡い朱鷺色の乳首に、玉環の目は釘付けになる。

「さあ…、陛下も私に触れて下さい」

「わ、…私、が？」

「はい。閨事は夫婦が共に求め合ってこそ意味があるのですから」

……閨事……、これが……。

妃との閨事は皇帝の務めだという。玉環が今まで皇帝の務めとしてこなしてきたのは神の言葉を伝えることや、神を称えるための儀式を執り行うことばかりだった。だから今宵も月季と共に何らかの儀式に臨むのだろうと思っていたのだが、まさかこのような行為に及ぶことになろうとは。

……でも、務めならやらなければならない。

玉環は己を奮い立たせるが、月季の乳首に触れた瞬間、義務感などどこかへ吹き飛んでしまった。…柔らかい。みずみずしい。領巾越しに触れた時とは比べ物にならない。ほんの少しだけ色の薄い乳暈を夢中でまさぐるうちに、慎ましやかだった乳首はつんと尖っていく。

月季の唇から、甘い鳴き声が漏れた。

「あぁ……、陛下……」

「月季…、…す、すまぬ。痛かったか？」

とっさに引っ込めかけた玉還の手を握り、月季は首を揺らした。

「もっと、…もっと強く触れて下さいませ」

「…大丈夫、なのか？」

「もっと陛下に可愛がられたいのです。……お願い」

翡翠の双眸が懇願（こんがん）に潤む。

ひときわ強く心臓が脈打つのを感じながら、玉還は再び惹かれてやまない朱鷺色の肉粒に指を絡めた。同時に肉茎の根元から先端を長い指に扱き上げられ、体内で荒れ狂っていた熱の波が溢れ出す。

未知の感覚に頭が焼かれ、真っ白に染まっていく。

「あ、…やぁぁ……っ……！」

自分のものと思えないほど甘ったるい悲鳴と共に、何かが先端からほとばしり、月季の手に受け止められた。粗相（そそう）してしまったのかと焦ったが、おもむろにかざされた掌を濡らすのは白くどろどろとした液体だ。

「……それ、は？」

切れ切れの息をかき集めるように問えば、月季は紅い唇を嬉しそうに吊り上げる。

「甘露にございます」

「甘露…？」

玉還が生まれた時に降ったという甘露の雨とは違うようだ。民は神の愛し子の誕生に沸いたというが、月季の瞳の奥には狂おしい光がちらついている。

あれはきっと、ついさっき教えられたばかりの欲情の光だ。玉還が欲しくて欲しくてたまらないと訴えている。

「陛下が私たち妃のためだけに、お恵み下さる甘露にございます。……ああ……」

翡翠の瞳を玉還に据えたまま、月季は掌の甘露を舐め取っていく。うごめく舌の紅さに、治まったはずの熱の波がまた打ち寄せてくる。

「何て、甘い……陛下の最初の甘露を、この私が頂けるなんて……」

裙だけを纏った白い身体が白絹の寝台でくねる様は、まるで舞っているかのようだ。見る者を惑わせ、欲情させる淫らな舞を。今まで儀式や宴で一流の舞い手を何度も見てきたけれど、こんな舞は初めてだ。

「…そんなに、甘いのか？」

「ええ、とても。…陛下にも分けて差し上げられないのが申し訳無いくらいに」

紅い舌が舐め上げる唇は、さっきまでよりもつややかさを増している。

薔薇の香りもむせ返るほど強くなり、くらくらしそうになっていると、月季はしなやかな腕を玉還の首筋に回した。

「約束して下さい、陛下。…陛下の甘露は、必ず私たち妃に恵んで下さると。私たち以外には搾らせないと…たとえ陛下ご自身であっても」

「あ、…あ。……約束、する」

密着した肌の温もりと柔らかさに圧倒されるがまま頷けば、月季は歓喜に笑み崩れた。

「嬉しい……！」

「…う、……んっ……」

唇に月季の柔らかなそれが重ねられる。思わず開いてしまった隙間から、何かがぬるりと入ってきた。玉環の口内を暴き、縮こまった舌をからめとり、絞り上げる。肉茎から甘露を搾り取った指の動きをなぞるように。

「ん、…うう、……んぅっ……」

苦しい。息が出来ない。

玉環は喉を鳴らして訴えるが、いっそう強く舌を絡められるだけだった。じわじわと染み出て喉奥を伝い落ちる唾液は、やけに甘い。

「…う…ぅ、……っ！」

ぐり、と果てたばかりの肉茎に熱く硬いものが押し当てられた。月季の股間にそびえていた、あの肉の刀だ。花のごとき美貌にはそぐわぬ偉容を思い出し、赤面する玉環の背中を、月季の手が妖しく撫で下ろしていく。

脱げかけた夜着の隙間から侵入した手が、尻のあわいに忍び込んできた。

「……ひゃんっ！」

奥の蕾（つぼみ）をつつかれると同時に唇を解放され、甘ったるい悲鳴が漏れた。くす、と笑みを含んだ吐息が頬をくすぐる。

「ああ…、陛下は何と無垢（むく）で愛らしくていらっしゃるのでしょう……」

「げ、…月季、そこは…」

秘められなければならない場所だ。他人に触れさせるような場所ではないはずなのに、月季は恍惚の表情で蕾の縁をなぞる。

「ここに触れられるのは、…初めてですか？」

「あ、…ぁっ…」

ぐりぐりと肉刀を股間にこすり付けられ、玉還は喘ぎながら必死に頷いた。月季の先端から溢れ続ける雫はとろみがあり、ぬるぬるすべってねちゃねちゃといやらしい音をひっきりなしにたてている。

「ここはね、陛下。…陛下が私たちとまぐわうための、大切な場所なのですよ」

「ま、ぐわ、…う…？」

また知らない言葉だ。阿古耶たちが集めてくれた大陸じゅうの書物を読み、皇帝に相応しい知識を身に付けたつもりだったけれど、月季の口から出る言葉は玉還の知識には無いものばかり。物知らずで恥ずかしくなる玉還に、月季は何故か嬉しそうに微笑みかける。

「陛下に私たちの種を孕んで頂く、という意味ですよ」

「孕む…、…そなたたちの種を？」

種がどういうものかはさすがに玉還も知っている。図鑑に載っているし、花王宮の庭園で実物を庭師に見せてもらったこともある。

だが月季の種とはどういうことだろう。人は植物のように実や種子をつけたりはしないはずなのに。

……もしや。

「月季、…そなたは生きた薔薇のようだと思っていたが、本当に薔薇の精霊か何かだったのか？　だから種を…、…月季？」

あぜんとしていた月季がくっくっと喉を鳴らし、笑い出した。面食らう玉還の頭を引き寄せ、頬に何度も唇を押し当てる。

「ああ、陛下、陛下、陛下！」

「げ…っ、き？」

「可愛い陛下、愛おしい陛下、純粋な陛下。お褒めの言葉は嬉しゅうございますが、私は精霊などではございません。陛下を恋い慕う、ただの妃に過ぎませぬ」

ならばどうやって玉還に種を孕ませるというのだろう。玉還の疑問を察したのか、月季はずぷりと蕾に指を沈ませる。

「…やぁっ…」

「ここに、これを嵌めて」

粘つくような腰使いに合わせ、肉刀が玉還の肉茎にぐちゅぐちゅとなすり付けられる。萎えていたはずのそれは少しずつ熱を帯び、またあの波が身体の内側に生まれる。

「ひ…っぁ、や、あ…っ…」

「一番奥まで貫いて……私の種を注ぎ込むのです」

耳元で囁かれると同時に、蕾に埋められた指先が根元まで入り込んだ。途中でほんの少し膨らんだ部分を抉られ、目の奥に白い光が弾ける。必死に鎮めようとしていた波が一気に打ち寄せてくる。

「……ああ、ぁ…っ!?」

また甘露を噴き上げそうになった瞬間、肉茎の根元を長い指が縛めた。せき止められた波が出口を求めて荒れ狂っている。

甘露を恵んで欲しいと言ったのに、どうして。思わず睨み付ければ、月季は美貌を甘く蕩けさせる。

「お伝えし忘れておりました、陛下。私たちが妃として認められるためには、陛下が私の種を孕みながら恵んで下さる甘露を頂かなければならないのです」

「……、え……？　そのようなこと、阿古耶たちは何も……」

「阿古耶様がたは陛下の御身のお世話がお役目。閨のことは妃のお役目ですから」

……本当だろうか？

つかの間生じた疑問は、すぐに霧散した。玉還の妃がこんなことで嘘を吐くわけがない。阿古耶たちが閨では万事妃に従うよう言っていたのも、そういう意味だったのだろう。

「……わかった。では、そなたの種を孕ませてくれ」

「っ……」

しなやかな胸にぎゅっと抱き付くと、どくん、と月季の心臓が高鳴った。

薔薇のように美しい月季が、玉還を求めてくれている。義務ではない喜びがじわじわと玉還の心に広がっていく。

もっと月季を感じたい。この麗人と、名実共に夫婦になりたい。

「陛下……っ…」

興奮しきった月季が玉還の唇にむしゃぶりついてくる。とっさに閉ざしたが、ねちゅねちゅとねだるように舐めまくられ、うっすらと唇を開いてしまう。

……ああ、そうか。

やっとわかった。当然のように侵入し、口腔をうごめくのは月季の舌だ。白い身体をくねらせ、玉還の甘露を味わっていた月季の…。

「…んっ、んんぅっ」

おずおずと自分から舌を絡めてみれば、喰われそうな勢いでからめとられた。混ざり合った唾液はやはり甘い。

もっと欲しくて喉を子猫のように鳴らしてみると、月季は蕾から指を引き抜き、玉還を腕の中に閉じ込める。そのまま寝台を転がり、体勢を入れ替えた。

「うぅ…っ、……んぅ……」

今度は玉還が見下ろされる格好になり、喉まで届きそうなほど深くに月季の舌を迎え入れる。すぐにまた息苦しくなったけれど、月季が鼻を優しくつついてくれたおかげで、鼻で呼吸をすればいいのだと気付いた。

「ん…、ん、…うぅ…、んっ…」

絡み付く舌と、与えられる唾液を夢中で味わう。月季が顔の角度を変えるたびに揺れる紅色の髪から、濃厚な薔薇の香りが漂い、玉還を甘く酔わせる。

このままずっと、こうしてつながっていられたらいいのに。

「……っふ、ぁ?」

そう願った矢先、唇が解放された。

どうして、と眼差しで責めれば、月季は蕩けた美貌に笑みを滲ませる。今までとは何かが違うそれに、背筋がぞくりと甘くざわめいた。

「まぐわいましょう、陛下。……私ももう、我慢出来そうにありません」

月季はゆっくりと膝立ちになり、もはやほとんど用を成していない裙をめくり上げる。

露わになった股間の肉刀は血管を脈打たせながら怒張し、今にも弾けてしまいそうで痛々しい。ずしりと重たそうなあの双つの嚢の中に、きっと月季の種は詰まっているのだろう。

「いけません」

思わず伸ばした玉還の手は、震える肉刀に触れる前に捕らわれる。

「…だが…、そなたがつらそうだったから…」

「お気持ちは嬉しゅうございますが…お忘れですか？　私は陛下に種を孕ませ、陛下がお恵み下さった甘露を頂かなければ妃と認められないのだと」

「あ……」

「それに、一度召された妃は陛下以外の方を孕ませることが許されておりません。自分で搾り取ることも禁じられているのです」

「そんな…、それでは…」

玉還が孕まされなければ、月季はこんな有り様のまま苦しみ続けなければならないのか。

涙ぐむ玉還の脚が大きく開かされた。月季は枕元に置かれていた小瓶を取り、薔薇の花を模した栓を抜くと、とろりとした中身を己の手に纏わせる。

「……ひゃ、…っ…」

濡れた指で蕾に触れられ、玉還は冷たさに震えたが、ぬるつく液体はすぐ玉還の体温を吸って温かくなった。ぬるぬると塗り込められるうちに、固く閉ざされていた蕾がたちまち解けていくのがわかる。

「こ、…れは？」

「陛下が私とまぐわいやすくなるよう、誂えた香油にございます」

さっきまでとは比べ物にならないなめらかさで沈み込んだ指が、あの膨らみを抉る。

甘い疼きに貫かれ、びくん、と玉還は腰を跳ねさせた。月季に根元を縛められなかったら、また甘露を吐いてしまったかもしれない。

「…ああ…、ここですね。陛下の情けどころは」

「あ、あぁっ、あっ…」

「ご安心下さいませ、陛下。…すぐにもっといいもので存分に可愛がって差し上げます」

腹の中にも丹念に香油を塗り込んでから、月季は指を引き抜いた。小瓶を逆さにし、反り返った己の肉刀に香油の残りを垂らす。太く猛々(たけだけ)しいそれが濡らされ、てらてらと光る様は禍々(まがまが)しくすらあるのに、見詰めずにはいられない。

「陛下のお身体は素直でいらっしゃいますから、次からはきっとこのようなものが無くともまぐわえるようになるでしょう。…私のこれをご覧になっただけで脚を開きたくなるような、愛らしいお身体にね」

「…月季…、わ、私、は…」

何故だろう。花をも欺(あざむ)く月季の艶笑に見惚れながらも、恐ろしくなってしまうのは。

この青年とまぐわったが最後、取り返しのつかない過ちを犯してしまうような…奈落の穴の縁に立たされたような気持ちになるのは…。

『愛されるものか』

きん、と痛んだ頭の奥に、悪夢でさんざん玉還を罵倒するあのかん高い声が響く。

『お前が愛されるものか。……の、お前が……』

「愛しています」

いつまでも続きそうだった声は、耳元に吹き込まれる熱い囁きがかき消した。玉還の両脚を開かせ、月季は蕾に肉刀をあてがう。

「貴方を、…貴方だけをお慕いしておりました。ずっと、……ずうっと前から……」

「あ、……あ、……あああぁ……っ!」

誰にも触れさせたことの無い媚肉(びにく)を、肉刀が切り拓いていく。みしみしと、玉還の全身を軋(きし)ませながら。

……駄目、壊れる……っ……!

玉還はやめて欲しくて月季の首筋に手を伸ばしたが、それは逆効果だった。月季は翡翠の双眸を眇(すが)め、玉還の両脚を肩に担ぐと、浮かび上がった下肢にずぶぶと肉刀を突き立てる。一切の余裕を捨て去った勢いで。

「う…ぁ、あ、ああー…っ…」

「陛下……」

「あ、あ…あ、げ、…っき、…月季、が…」

全部、入っている。玉還の腹の中で脈打っている。月季によって拓かれた、無垢だった媚肉にみっちりと包まれて。

「…そう…、そうです、陛下。私はここに居る。……貴方の、……中に……！」

「ひ…っ…、あ、あ、あぁぁ……！」

両脚を担がれたまま、激しく腹を突きまくられる。あの膨らみを…情けどころを何度もごりごりと容赦無く擦られ、蕾を散らされた衝撃で縮こまってしまっていた玉還の肉茎はたちまち熱を取り戻した。

「陛下、陛下…、私の、愛しい陛下…っ…」

「あ、…んっ、月季、…月季…っ…」

名を呼ぶたび、月季は獣めいた息を吐き、硬く大きな切っ先で情けどころを抉ってくれる。ばらばらに壊されてしまいそうな恐怖も強烈な圧迫感も、腹に荒れ狂う熱の渦（うず）が消し去ってしまった。全身の血が滾（たぎ）り、頭に靄がかかってまともな思考を奪われていく。

明らかに異常なのに、怖くはない。むしろもっと熱くなって、この熱の渦以外の何も考えられなくなればいいと思ってしまう。

……何なのだろう、この感覚は。

「…気持ちいい、というのですよ」

玉還の心を読んだように、月季が囁いた。

「陛下のお身体が私を受け容れ、孕めるようになったという証です。…仰ってみて下さい。気持ちいい、と」

「…い、…いい、……気持ち、いい…っ…！」

促されるがまま口走ったとたん、最奥の行き止まりを切っ先が突き上げた。媚肉をこそぎ、情けどころを思うさま擦りながら。

「…ひ…っあ、あ、あぁぁぁー……！」

ふわっと身体が宙へ投げ出されたような感覚に襲われ、玉還は月季の首筋に縋(すが)り付いた。

「は、……あ、……陛下、陛下っ……」

月季は荒い息を吐き、けいれんする媚肉を穿(うが)ちながらさらに奥へ腰を進める。執拗(しつよう)な突きに最奥はとうとう屈し、月季のための道を開いた。

ぐぽん、と熟した切っ先がひしゃげた媚肉に嵌まり込み、うごめきながら拡げていく。…玉還を孕ませるために。

「…月季、…何か、…来る…、来てしまう…っ…」

最奥を拡げられるたび未知の疼きが全身をむしばみ、四肢が勝手にびくんびくんと震えてしまう。ひたひたと襲い来る何かに呑み込まれてしまいそうで、玉還は泣きじゃくった。

「ええ、……孕んで下さい、陛下。私の種を……」

「あっ、…ああ、や…っ、あぁん……っ！」

胴震いした肉刀から、勢いよく放たれたほとばしりが最奥を濡らした。どぷどぷと注ぎ込まれるそれはたちまち切っ先に拡げられた肉の袋を満たし、さらなる奥へと流れ込んでいく。

「あ、…つい、……熱いっ……」

香油を塗り込められた時とはまるで違う。腹の中から頭や爪先、指先にまで、煮えたぎった油よりも熱い何かが送り込まれ、肌を燃え上がらせる。

その奥に収まった己の感触を確かめるように、月季はわななく玉還の腹を撫でた。おもむろにかざされた掌は、白い液体に濡れている。中に出された衝撃で、甘露を吐いてしまっていたらしい。

「ふふ、…ふふ、……ふふふふっ……」

深々と玉還を串刺しにしたまま、月季は胸を反らしながら笑った。尖った乳首の淫靡(いんび)さとつやめかしさを増した白い肉体のいやらしさに、玉還の目は引き付けられてしまう。

月季は蜜(みつ)を溶かし込んだように甘く粘ついた眼差しで玉還を捕らえ、掌の甘露を舐め取った。じっくりと味わい、嚥下(えんげ)する喉の動きさえもなまめかしい。今の月季と対峙(たいじ)して、正気を保てる者は居ないだろう。

「……これで私は、名実共に陛下の妃」

ゆっくりと上体を倒し、担いでいた両脚を下ろすと、月季は玉還の震える身体を抱き締める。ずちゅ、と腹を満たす液体をかき混ぜた肉刀はすぐさま逞しさを取り戻し、媚肉を内側から押し広げた。

「心も身体も、……私の全てを、陛下に捧げます。愛しい私の夫君……」

「…っ…、で、は…、これが、…そなたの、種…?」

小刻みに突き上げてくる切っ先に攪拌(かくはん)され、たぷたぷと揺れる液体の溜まったあたりをさすると、月季は優しく唇を重ねてきた。

「はい。……貴方は私の種を孕んで下さったのですよ、陛下」

「そう…、か…」

では自分は、ちゃんと皇帝の務めを果たせたのだ。未知の感覚にも月季にも翻弄(ほんろう)されてばかりでどうなるかと思ったけれど。

「孕む、とは…、気持ちいい、のだな…」

肉茎を扱かれて甘露を出した時も、太く長い肉刀に腹の中を蹂躙(じゅうりん)された時も気持ちよかったけれど、孕まされる時が一番気持ちいい。ざわめく媚肉をびしょびしょに濡らされ、最奥をいっぱいにされると、欠けていた何かが満たされるような心地になる。

「……っ、……陛下……」

何かを堪えるように翡翠色の双眸を眇めた月季から、濃厚な薔薇の香りが滲み出る。腹の中の肉刀はどくどくと脈打ち、密着した心臓の鼓動と重なった。玉還を孕ませると、妃も気持ちよくなってくれるらしい。

「そうですよ、陛下…貴方は私を、…私たちを孕むためにお生まれになったのですから…」

「…あ、…また、っ…」

「ええ、孕ませて差し上げます。何度でも、陛下がお望みになるだけ…」

その言葉は嘘ではなかった。

燭台のろうそくが燃え尽き、室内がほのかに明るくなるまで、玉還は疲れを知らぬ月季の下で孕まされ続けた。

「……陛下は初めてでいらっしゃるのですから、もう少しいたわって差し上げなければ」

夢うつつに声が聞こえた。低く心配そうな声には覚えがある。淑妃の聖蓮だ。慈愛深そうで静淑なたたずまいと、大きな胸が印象的だった。

「こんなことなら、俺が最初に孕ませても同じだった」

次に聞こえたのは…徳妃の沙羅か。異国の風を纏い、餓えたような目で玉還を見詰めていた。

「お前では加減がきかずに犯し潰し、陛下がまぐわいに抵抗を覚えることになってしまったであろうよ。孕むことが気持ちいいことだと教え込めたのは、評価に値する」

皮肉の滲む声を返したのは賢妃の銀桂だ。最年長者に相応しい余裕と静謐な空気を漂わせた、白皙の青年だった。

それぞれの妃の宮は、普段は互いの承諾があれば自由に行き来が出来るが、寝所に皇帝を迎えている間は阿古耶たちによって固く閉ざされる。たとえ四夫人だろうと入室は許されないはずなのに、どうして？

疑問を覚え、玉還は重たいまぶたを押し上げた。ぼんやりと視線をさまよわせるが、寝台に横たわっているのは玉還だけだ。

かけられていた絹の衾をそっとどかしてみる。昨夜、汗まみれになったはずの肌に嫌なべたつきは無く、新しい夜着を着せられていた。きっと月季がやってくれたのだろう。

「……陛下、お目覚めですか？」

起き上がろうともがいていたら、帳の向こうから声をかけられた。応えを返す間も無く、帳が開かれる。

「おはようございます、陛下。ああ、今日も何てお可愛らしいのでしょう…」

現れた月季は薄い襦に花の模様が織り込まれた裙を纏い、紅い髪をしどけなく垂らしていた。紗の領巾と薄い裙だけを身に着けていた昨夜と違い、肌はしっかり隠されているのに、どきりとするほど艶めいて見えるのは何故だろう。

「月季…、あの…」

「何でしょう？　私の陛下」

　煮詰めた蜜のような笑みを蕩かせ、月季は玉還の隣に腰を下ろした。真珠色の髪を撫でる手からも見下ろす眼差しからも昨夜は無かった甘さが溢れ、玉還は面映くなる。…確かにこの妃の種を孕んだのだと、思い知らされているようで。

「まあ、陛下…」

「…先ほど、他の四夫人たちの声が聞こえたのだが、皆が来ているのか？」

　月季は悲しげに眉をひそめ、玉還の顔の両横に手をついた。紅く長い髪に囲われ、月季以外の何も見えなくなる。

「陛下にお召し頂いたのはこの私なのに、他の者が訪れるわけがございません。…もしや陛下、本当は私以外の者をお望みでしたか？　声が聞こえてしまうほどに…」

「い、いや、違う。そんなことはない」

　潤んだ翡翠の双眸に罪悪感を刺激され、玉還は慌てて首を振るが、月季の憂いは晴らせないようだ。

「本当に？　…陛下があまりに愛おしくて、孕ませ続けてしまった私を疎ましく思ってはいらっしゃいませんか？」

「思うわけがない。その、…そなたはとても美しく優しかったし、孕まされるのは、き、…気持ちよかった、し…」

「陛下……っ！」

　歓喜した月季が玉還の唇を奪った。唇と唇を重ねる行為は口付けと呼び、妃だけに許される愛情の行為であること、そして自ら唇を開いて舌を迎え入れなければならないことは、昨夜しっかり教わっている。

「…ん、…んっ…」

入ってきた舌は玉還のそれを優しく舐め、ぬるりと絡み合った。貪るようだった昨夜と違い、ひとしきり混ざり合った唾液を啜ると、月季はすぐに唇を解放する。

「……ぁっ…」

身じろいだ瞬間、尻のあわいから生温かいものがどろりとこぼれた。目敏く気付いた月季が夜着に手を忍ばせ、濡れた太股の内側を撫でる。

「…ああ…、溢れてしまいましたね。無垢でいらした陛下に、あれだけ注げば当然ですが…」

「そ、…んな…、どうすれば…」

玉還は皇帝として、夫として、妃の種を孕まなければならないのに。

青ざめる玉還に、月季は微笑んだ。

「ご安心下さい、陛下。こぼれたのなら、戻せばいいだけのことですから」

「戻す…?」

「はい。……こうやって」

月季は夜着の帯を解き、玉還の脚を開かせると、裙をめくり上げた。露わになった股間で、昨夜玉還を何度も孕ませてくれた肉刀が隆々と勃起している。

昨夜あれほど玉還の中に出したのに。目を瞠っていると、月季は花びらのような唇をほころばせる。

「妃は皆、陛下のここを前にすればこうなるのですよ」

「み、皆…？」

淑やかな聖蓮も、寡黙そうな沙羅も、知的な銀桂も？　彼らが月季のように振る舞うところなど、想像もつかない。

「うわべの姿など見せかけに過ぎませぬ。皆、陛下を孕ませたくてたまらないのですから」

「…う、……あぁぁぁっ！」

ずぶぶぶ、と月季の肉刀が玉還の蕾に沈み込んでいく。長い時間をかけてじっくり耕された媚肉は、最初に割り開かれた時とは比べ物にならないほどなめらかに太いものを受け容れた。

……あ…あ、月季の種が、奥に……。

こぼれかけていた種が月季の切っ先によって奥へ押し込まれた。媚肉は待ちわびていたように種を飲み干し、まだ足りないと訴えるように肉刀を締め上げる。

「ふふ、陛下は本当に素直なお身体をしていらっしゃる。もう種をこんなに孕めるようになって下さったなんて」

「あ、ああっ…、月季、…月季、ぃ…」

「わかっております。…また、注いで差し上げましょうね」

頬に愛おしそうな口付けを落とし、月季は玉還の両脚を抱え上げた。ぬかるんだ媚肉をぐちゅぐちゅと抉り、月季によって拓かれた最奥へおびただしい量の種をぶちまける。全身に沸騰した血潮が駆け巡り、肌が熱を帯びていく。

「……あ、……あ……？」

昨夜何度も味わった感覚に酔いしれつつも、玉還は首を傾げた。月季のことだから、種を出すまでもっと揺さぶられ、鳴かされると思っていたのだ。

「そんなに愛らしいお顔をなさらないで下さいませ、陛下。もっと可愛がって差し上げたくなってしまいます」

「…な、らば…」

そうしてくれればいいのに、と言いかけた唇を、月季は優しくつついた。種が腹の中にまんべんなく染み渡るよう、玉還の脚を高く掲げ、ゆるやかに腰を使いながら。

「そうしたいのは山々ですが、間も無く六の刻になってしまいますので」

「え…、…ぁ、あ、んっ…」

「そろそろ阿古耶様がたもお迎えに参られるでしょう。ずっとこのまま、離れたくありませんのに…」

最後の一滴までしっかり媚肉に植え付け、月季は名残惜しそうに身を離した。肉刀が引き抜かれた蕾はすぐには閉じきらず、濡れた縁をひくつかせている。

「——失礼します、陛下。お迎えに上がりました」

そこへ寝室の扉が開き、阿古耶たちが現れた。月季の読み通りだ。

阿古耶たちは開いたままの玉還の脚の間…白い種にまみれ、散らされた蕾を目にするや、歓喜に顔を輝かせながらひざまずく。

「無事お妃様を娶られましたこと、お祝い申し上げます。先ほど、甘露の雨が都に降り注ぎました。神もさぞやお慶びでいらっしゃるのでしょう」

「神様、…が？」

かすれた声で聞き返すや、玉還の胸元から青い光の玉が浮かび上がった。急いで脚を閉じようとする玉還の周囲を、光の玉はきらきらと輝きながら旋回し、目の前で止まる。

――よくやった、玉還。

「神様…」

――その妃が気に入ったようだな。良いことだ。…だが妃は他にも居る。好きなだけ召し、心にかなった者の種を存分に孕むがいい。さすればそなたの身も心もいっそう磨かれ、我が祝福はそなたを通してますます伽国の大地を潤すであろう。

幼くも若くも老いたようにも聞こえる神の声は喜色に満ち、いつもよりはっきり玉還の耳に届く。神の言う通り、孕むことで玉還の身も心も磨かれたおかげなのだろうか。

「はい、神様。ありがとうございます」

――いい子だ、玉還。我が祝福は常にそなたと共に在る。

光の玉は瞬き、玉還の胸に吸い込まれていった。神の声を直接聞けるのは皇帝だけだ。顔を伏せていた月季とひざまずく阿古耶たちに、玉還は告げる。

「私が好ましい妃を召し、種を孕むほど私の心身は磨かれる。私を通して神の祝福はいっそう伽国の大地を潤すであろう。…神はそう仰せになった」

「おおお……!」

阿古耶たちの顔が輝いた。

「ありがたき御神託、後ほど外廷にも伝えましょう。丞相以下、大臣や官吏どもはもちろん、民もさぞや喜ぶことでしょう」

「…そうであれば、私も嬉しい」

花王宮からめったに出ず、時折外延に赴くくらいの玉還は、民とじかに触れ合った経験は無い。しかし民が日々懸命に働き、税や作物を納めてくれるからこそ国は栄えるのだということはわかっていた。彼らは皇帝の子のようなものだ。幸せであって欲しい。

「変わらない…」

ぽつんと月季が呟いた。

何が、と問う前に、玉還の乱れた夜着を直し、起き上がらせてくれる。

「六の刻までほとんど時間がございません。急いで退出なさらなければ」

「…何故、六の刻を過ぎたら離れなければならないのだ？」

どの妃とどれだけ過ごすのかは、皇帝の自由である。もちろん妃に夢中になって責務をおろそかにするつもりなど無いが、急かされるのは解せない。月季だって玉還と離れたくないと言っていたのに。

「そういう取り決めだからでございます」

「取り決め…四夫人たちの間で、ということか？」

「はい。私は零の刻から六の刻、聖蓮は六の刻から十二の刻、沙羅は十二の刻から十八の刻、銀桂は十八の刻から零の刻。それぞれ六刻ずつ陛下をお迎え出来る。それ以外の時間は決して陛下とお会いしない。そのように、私たち四夫人の間で取り決めたのでございます」

ならば月季がわざわざ零の刻を指定したのは、その取り決めに従ってのことだったのか。そこは得心したが、腑に落ちないのはそのような取り決めを交わした理由だ。

花后宮に集められた妃たちは玉還の寵を競い、皇后の座を争う関係だ。皇后に次ぐ四夫人の座にある月季たちとて例外ではないのに、何故玉還と過ごせる時間を分かち合うような真似をするのだろう。

「陛下、刻限にございます」

問いただす前に阿古耶の一人が玉還を抱き上げ、用意されていた天蓋付きの輿に乗せた。すぐさま分厚い帳が下ろされ、月季の姿は見えなくなる。

「月季…っ…」

「次のお召しを心待ちにしております、陛下。……愛しいお方」

囁く声は帳越しにも甘く、離れがたそうなのに、月季が輿に追い縋る気配は無い。さほど時間もからず、阿古耶たちに担がれた輿は花王宮の玉還の私室に到着する。

「はあ……」

平服に着替え、気に入りの紫檀の椅子でくつろいでいると、月季と共に過ごした時間が夢だったように感じられる。けれど確かに自分はあの妃の種を孕んだのだ。そっと手を当てた腹は、いつもよりほのかに温かい。

「何故、月季たちはあのような取り決めを交わしたのだと思う?」

香り高い白茶の入った碗を受け取りながら尋ねると、阿古耶たちは困ったように眉を下げた。

「私たちでは何とも申せませぬ。お妃様がたご本人にお聞きになるしかないかと存じますが」

「…やはり、そうか」

玉還は白茶を啜り、溜め息を吐いた。

月季に尋ねるにしても、次に会えるのは十八刻後だ。六の刻を少し過ぎた今の時間帯、玉還を迎えてくれるのは淑妃の聖蓮である。

「陛下、淑妃様の宮から使いが参りました。もしよろしければ朝餉を共に召し上がりませんか、との仰せですが、いかがなさいますか？」

取次役の阿古耶が折よく報せをもたらした。月季に孕まされ続けた気だるさはまだ残っているが、この機を逃す手は無い。穏やかで優しそうな聖蓮なら、玉還の問いにも快く答えてくれそうな気がする。

「ようこそおいで下さいました。招きに応じて頂き、身に余る光栄にございます」

先触れを出してから聖蓮の宮へ向かうと、主である聖蓮が自ら出迎えてくれた。対面の儀の時より慎ましい襦を纏った胸元はやはり大きく膨らんでおり、玉還は目を奪われてしまう。

「あ、…いや、私もちょうどそなたに会いたいと思っていたのだ」

胸の主と目が合ってしまい、慌てて逸らせば、聖蓮はくすくすと柔らかく笑った。

「嬉しい仰せでございます。ではさっそくですが、こちらへ」

聖蓮が案内したのは寝室ではなく、食堂だった。細長い卓子には食欲をそそる匂いを放つ料理の皿が並んでいるが、用意された椅子は一人分だけだ。

もしや食事をするのは玉還だけで、聖蓮は給仕を務めるつもりなのだろうか。首を傾げていると、聖蓮はひょいと玉還を抱き上げた。

「せ、聖蓮っ…？」

どぎまぎする玉還を抱いたまま、聖蓮は椅子に腰を下ろした。玉還は前向きで聖蓮の膝に乗せられる格好だ。

「妃と食事を共にする時は、こうなさるものなのですよ」

「…そう…、なのか…？」

戸惑いながら周囲を見回すが、阿古耶たちはすでに去っており、給仕役の宮人たちも微笑ましそうな表情を浮かべるだけだ。玉還は背もたれ代わりの胸板に大人しく背を預け、予想とは異なる感触に思わず歓声を上げそうになる。

……柔らかい…、なのに弾力があって逞しい……。

背後から抱き込まれていると、ひどく安心する。全てを肯定され、守られているようなこの感覚は、もしかしたら…。

「…陛下？　もしやご気分が優れませんか？」

心配そうに覗き込まれ、玉還ははっとして首を振る。

「大丈夫だ。…その、このような格好で食事をするのは初めてなので、少々戸惑っていた」

「無理もございません。ですがすぐお慣れになるでしょう。私たちを召される限り、陛下はずっとこうして食事を召し上がることになるのですから」

聖蓮は玉還のつむじに唇を落とし、給仕役に目配せをした。心得た給仕役は大ぶりの器から茶碗に粥(かゆ)を注ぎ、聖蓮に渡す。

「さあどうぞ、陛下。お腹が空かれたでしょう」

聖蓮は陶器の匙(さじ)で粥を掬い、玉還の口元まで運んでくれた。海鮮の出汁のきいた良い匂いがふわりと漂う。

「…美味い」

嚥下したとたん、感嘆が漏れた。阿古耶たちは毎日最上の食材を用いた食事を用意してくれるが、ただの粥をこんなに美味しいと思ったのは初めてかもしれない。

聖蓮は嬉しそうに笑った。

「それは良うございました。腕を振るった甲斐(かい)があります」

「もしや、この粥はそなたが作ったのか？」

「はい。陛下は海鮮をことのほかお好みだと阿古耶様から伺いましたので」

粥だけではなく、他の料理も全て聖蓮がこしらえたのだと聞き、玉環は驚いた。四夫人ともなれば、専属の料理人が何人も付いているはずだ。妃自らが厨房に立つ必要は無いだろうに。

「花王宮の料理人には遠く及ばないでしょうが、陛下のお腹を満たすものは私の手で作って差し上げたかったのです。料理は私の数少ない取り柄ですから」

聖蓮は玉環の腹を優しく撫で、また粥を食べさせてくれた。素朴だが滋味(じみ)に満ちた味は、花王宮の料理人では出せないものだ。

「…そなたは、妃になる前は料理人だったのか？」

「いいえ。名は明かせませんが、私は都に店を構えるとある商家に生まれ、家業を手伝っておりました。港に揚がる海産物や、航路で運ばれてくる交易品を扱っていたのです」

大陸の南半分を支配する伽国は長い海岸線にいくつもの港を抱え、いずれも栄えている。皇帝のお膝元たる都の港には大陸じゅうの富が集まり、手に入らぬものは無いとさえ言われている。そこで店を構えているのだから、聖蓮の実家は相当大きな商家なのだろう。

「我が家は子沢山で、私は上から三番目の子でしたが、私の下にも何人もきょうだいが居りました。忙しい両親や兄たちに代わり、私がきょうだいの面倒を見ていたのです」

「それで料理を覚えたのか」

「両親は世話役を付けてくれたのですが、きょうだいはなかなか馴染めなかったものですから」

会話をする間にも聖蓮は給仕役にあれこれ料理を取り分けさせ、手際よく玉還に食べさせてくれる。玉還は何となく、聖蓮のきょうだいの気持ちがわかる気がした。こんなふうに世話を焼かれたら、甘えずにはいられないだろう。

それだけに、胸が痛んでしまう。

「…そなたのきょうだいは、そなたが居なくなってきっと悲しんでいるだろうな」

「陛下…」

「私の妃集めがあったせいで…」

『――お前のせいだ。全て、お前などが生まれてきたせいだ！』

沈んだ心にあのかん高い声が響いた。鈍く痛む胸を押さえようとした手に、一回りは大きな聖蓮のそれがそっと重ねられる。

「悲しんでいるかもしれません。ですが、それでも陛下のお傍に上がりたいと望み、阿古耶様のもとに赴いたのはこの私なのですよ」

「…まことに？」

「誓って嘘は申しません。こうして陛下と共に過ごすことを、待ち焦がれておりました」

聖蓮の腕が玉還を優しく包み込んだ。背中に密着した胸の柔らかさと温もりは、胸に刺さりかけた棘のような痛みをやわやわと溶かしてくれる。

……同じ抱擁でも、まるで違う。

月季に抱かれると強い酒を呷（あお）ったようにくらくらしたが、聖蓮の腕の中はひたすら温かくて安心する。いつまでも身を任せ、まどろんでいたくなるけれど。

「何故、そこまでして私の妃になろうと思ってくれたのだ？」

そう問わずにはいられないのは、頭に刻み込まれた悪夢のせいだろう。どうしても自信が持てない。

聖蓮は玉環の長い真珠色の髪を掬い、頬に口付けを落とした。

「我が家をはじめ、港で商いをする者たちが皆豊かな暮らしを享受するのは陛下のおかげでございます」

「…私ではない。神のお力の賜物（たまもの）だ」

「神様が他国ではありえないほど伽国を祝福して下さるのは、愛し子たる陛下がいらっしゃるからです。ご存知ですか？　陛下がお生まれになって以来、伽国から出港する船も、伽国に交易品をもたらす船も、一度も海難事故に遭っていないことを」

初耳だった。丞相からは定期的に政の報告がもたらされるが、そうした細かい情報までは含まれていない。

「それは…、…珍しいことなのだな？」

「珍しいどころか、ありえないことです。大海原は人智の及ばぬ未開の領域。嵐に呑まれたり、岩礁（がんしょう）に衝突したり、漂流の末沈没したり…様々な事故によって船ごと積荷を失い、破産に追い込まれる商人は少なくありません。事故によって命を落とす船員たちも…」

聖蓮の低く耳に心地よい声に憂いが滲む。事故で亡くなった者たちに思いを馳（は）せているのかもしれない。

「ですが陛下が玉座に即かれて以来、伽国の支配する海域で沈む船も、命を失う船員もなくなりました。一方で積荷を狙う海賊たちは神罰を怖れ、伽国には近付きませんので、この上無く安全な航海が約束されています。だから大陸じゅうの商人が伽国を目指し、繁栄させるのです」

「神罰…、とは？」

「伽国の船を襲おうとした海賊は大渦に呑まれ、船ごと沈められてしまうのです。生き残った者は一人も居らず、伽国の海は海賊の墓場とも呼ばれています」

……神様は、そんなことまでして下さっていたのか。

政で不正や汚職を犯そうとする者を罰していることは知っていた。おかげで伽国には有能で清廉な官吏しか居らず、民の幸福に貢献していることも。それだけでもありがたいのに、海でも民を守っていてくれたなんて。

「…神様。ありがとうございます」

――礼には及ばぬ。我が愛し子のためなら、何ということはない。

胸に手を当てると、耳の奥で神の声が聞こえた。光の玉が現れないのは、妃と一緒なので配慮してくれたのかもしれない。

聖蓮が抱き締める腕に力を込めた。

「…神様と、お話しになっていらしたのですか？」

「ああ。私の民を守って下さったお礼を伝えたのだが、神は何ということはないと仰った。とても寛大で慈悲深いお方なのだ」

「慈悲深いのは貴方様です、陛下。貴方様が玉座の主となって下さったから、私たち民は神様の祝福の恩恵を受けられる」

玉還の耳朶に、熱い吐息が吹きかけられる。

「けれど陛下はお生まれになって間も無くご両親と別れ、花王宮にて育たれたと聞いております。私たちは陛下のおかげで家族や仲間を失うことがなくなったのに、陛下はご家族と離れて暮らされている。…そう思うといてもたってもいられなくなり、ほんの少しでもいい、陛下をお慰めしたいと思ったのです」

「そうだった、のか…」

胸が温かくなった。

外廷に赴けば、丞相や大臣たちから国の様子は教えてもらえる。いかに民が神と皇帝に心服し、忠誠を捧げているのかも。

だが民本人から感謝の言葉を伝えられたのは初めてだ。玉還は生まれてから一度も、皇宮を出たことが無いのだから。

……きっと朝餉をこしらえたのも、私を慰めようとしてくれたのだろうな。

これだけの品数を作るには、相応の時間もかかっただろう。料理人に命じれば済むものを、聖蓮はわざわざ早く起きて玉還のために厨房に立ってくれた。玉還が招待に応じるかどうかもわからないのに。ただ、玉還に美味しいものを食べさせたいという一心で。

無償の愛情。包み込まれる安心感。ああ、やはりこれは…。

「……母上」

「陛下…?」

「私は母上にも、前皇帝であられた父上にもお目にかかったことは無い。母上は私を産んですぐ亡くなったそうだし、父上が暮らしておられる花蕾宮を訪れることは禁じられているから…」

禁じたのは神だ。幼い頃はどうして実の父親に会えないのかと悲しく思っていたが、成長するにつれ理由を察してしまった。

玉還が生まれた時、父はまだ二十代前半の若さだった。在位期間はほんの数年だったにもかかわらず、生まれたばかりの赤子に玉座を譲れと命じられてしまったのである。神託には誰も逆らえないとはいえ、父は面白くなかっただろう。そんな父と対面すれば、玉還の心は傷付けられてしまうかもしれない。神はそう心配して下さったのだ。

だから、父と会えないのは仕方が無いことだと納得出来た。でも母に…自分を産んでくれた存在に憧れを抱くことはやめられなかった。

「母とは温かく柔らかくて、子の全てを受け容れ、包み込んでくれるものだと阿古耶たちは言っていた。…亡くなった母上はきっとそなたのような方だったに違いないと、…そう、思った」

「……ああ、陛下……」

くるりと身体の向きを変えられる。向かい合って膝に乗せられる格好になると、きつく抱きすくめられた。

「もったいないお言葉…ですが嬉しゅうございます。陛下を我が身から産み参らせることが叶ったなら、どれほど幸福でしょうか…」

「聖蓮…、…あぁ…」

盛り上がった胸に、玉還はうっとりと顔を埋めた。何という柔らかさ、そして弾力だろう。玉還がぐりぐりと顔をうごめかしても、心地よく押し返してくる。

それに、どこか懐かしい花の香り。月季ほど強くはないが、朝露に濡れた蓮（はす）の花の香りが控えめに漂い、聖蓮の腕と共に玉還を包んでくれる。

「可愛い、可愛い陛下…」

聖蓮は赤子でもあやすように玉還の背中をぽんぽんと叩（たた）き、貞淑に閉ざされていた襦の胸元をはだけた。

「ふ…、あぁあ……」

さらけ出された胸、そして腹をでこぼこと覆う腹筋の畝（うね）の豊かな隆起に玉還は魅了される。ずっと抱いてきた、母とはどんな人なのだろうという疑問。その答えがここにある。

「……あ、あっ」

豊満な胸を彩る乳首にたまらずしゃぶり付けば、聖蓮の唇から上ずった声が漏れた。まぐわいの間、月季が時折こぼしていたのと似ている。

……おかしい。

ちゅうちゅうと乳首を吸い上げながら、玉還は首を傾げた。赤子は母親の胸から出る乳を飲んで育つのだと阿古耶たちは言っていたが、どれだけ吸っても何も出てこない。

「…陛…、下、…申し訳、ございません」

吸い方が足りないのかと思い、胸を揉んでいると、聖蓮は玉還の後頭部をそっと抱いた。

「私は身ごもっておりませんので、乳は出ないのです…」

「…身ごもらなければ、駄目なのか？」

「はい。……それに私は、陛下に種を孕んで頂くために存在するのですから」

聖蓮は手を玉還の背中にすべらせ、袍をめくると、袴の腰紐をさっと解いた。手探りとは思えない器用さだ。

「ふぁっ……」

ずり下げられた袴から侵入した手に、尻のあわいを暴かれる。お妃様を娶られたのならもはや不要なものですからと、阿古耶たちが下帯を着けさせてくれなかったのだ。

「…ふふ…、いい具合に拡げてもらいましたね…」

「や…っ、聖蓮、聖れ、…んっ…」

月季よりも太い指はすんなりと肉の隘路(あいろ)に沈み、媚肉をくちゅくちゅとかき混ぜた。粘っこい音がするのは、明け方近くまで孕んでいた月季の種の名残だろう。

「これならすぐ、私の種も孕んで頂けるでしょう。良かった……」

聖蓮はぐっと尻のあわいを己の股間に押し付ける。

ひくり、と玉還は喉を震わせた。聖蓮のそこは裙の絹地越しにもわかるほど張り詰め、その熱さと硬さを伝えてきたから。

……い、いつの間に？

そこが熱くなるのは欲情している証だと…玉還が欲しくて欲しくてたまらないからだと、月季は言っていた。

あの時はお互い夜着になり、まぐわうため寝台に入っていた。だが今は、ただ食事をしながら語らっていただけのはずなのに。

聖蓮は己の裙をめくり、玉還の下肢を持ち上げた。

……大きい。

両側から割られた尻のあわいにあてがわれた切っ先の質量に、玉還は思わず息を呑んだ。見えなくてもわかる。聖蓮の肉刀は、月季のそれよりも大きい。

「……陛下に選んで頂けたのならば、私の種は全て陛下に捧げると……そう決めていましたから」

「あっ、…ぁっ、…ああ！」

ずぷり。

幼子の拳ほどあろうかと思える切っ先が、蕾にめり込んだ。

玉還はあまりの大きさにおののき、逃れようともがくが、下肢を捕らえる聖蓮の腕はびくともしない。優しく、だが容赦無く玉還を肉刀に落としていく。

「…は…っ、あ…っ、あぁぁ…っ…」

ずず、ずぷぷ、ずぶっ。

少しずつ入ってくる肉刀が媚肉を擦り、拡げていく。痛みがほとんど無いのは、月季にたくさん孕ませてもらっておいたおかげだろう。

けれど慣らされたはずの媚肉は軋み、薄い腹を内側から膨らまされ、こじ開けられているようだ。

もし最初に召したのが聖蓮だったら、あの香油を用いても受け容れられなかったかもしれない。穏やかで淑やかそうな聖蓮が、こんな凶器めいたものを持っていたなんて。

「陛下…、さあ…」

はくはくと喘ぐ玉還の口に、聖蓮は豊満な胸を差し出す。すさまじい圧迫感から少しでも逃れたくて、玉還は夢中でしゃぶり付いた。

「ん…ぐっ、ふ、ぅ、んんっ……」

乳は出なくても、その柔らかさと弾力、何より安心感は玉還を酔わせる。これで抱き締めてもらえたら温もりと安らぎにどっぷりと浸れるのに、聖蓮の腕は玉還を串刺しにするのにかかりきりだ。

……早く全部お腹に受け止めれば…、抱き締めてもらえる……。

胸をしゃぶったまま、玉還は必死に下肢の力を抜き、自ら体重をかけていく。ぎち、と限界まで拡がった蕾が軋むのは怖いけれど、抱いてもらいたい欲望の方が勝った。

「…は…っ、ああ、あぁ、……陛下!」

「い…っ…、あぁぁあっ!?」

肉の隘路を一気に満たされ、玉還は思わずのけ反ってしまう。情けどころを擦り上げた切っ先が、月季に拓かれた最奥のさらに奥…種を孕むための場所にずっぽりと嵌まり込んでいるのを感じる。

「何てけなげで、愛らしい陛下……月季に孕まされるのは、そんなに気持ちよかったのですか?」

耳に吹き込まれる声は甘くしっとりと濡れているのに、かすかな棘を含んでいる。孕むための場所をこねくり回され、さらに拡げられながら、玉還はぽろぽろと涙をこぼした。

「ち、が…っ、…抱いて、欲しかった、から…」

「……私に?」

拡がった隙間は膨らんだ切っ先がたちどころに満たし、聖蓮の形に馴染まされていく。ぬちゅぬちゅと勝手にうごめく媚肉が肉刀を貪るたび、股間に熱が集まる。

猛る刀身が情けどころに当たるよう無意識に腰を揺らし、玉還は聖蓮の胸に頬を擦り寄せた。淫らな行為とあどけない仕草の落差に聖蓮が唾を飲んだことなど、気付きもしない。

「そなたに、…ぎゅっと、抱いて欲しかったから…」

「陛下……っ…」

聖蓮は胴震いし、玉還をきつく抱きすくめてくれる。柔らかな胸と逞しい腕に隙間無く包まれ、玉還は尖った乳首にうっとりと吸い付いた。

……ああ、何て心地よい……。

どくん、どくん、どくん。

聖蓮の鼓動と玉還の鼓動が重なり、そこへ腹の中で脈打つ肉茎のそれも溶け合う。柔らかくて暗くて安らげる。…生まれる前、亡き母の腹の中もこんな場所だったのだろうか。

「抱いて差し上げます。いくらでも…、陛下の望まれるだけ…」

「あ…ん、あぁ…、あっ、聖蓮……」

楚々とした外見からは想像もつかない荒々しさで、聖蓮はがつんがつんと真下から突き上げてくる。一突きされるごとに玉還の小柄な身体は宙に浮き、情けどころを抉られては、めくれた袴から伸びる白い脚をびくんびくんと跳ねさせる。

「私のこの腕は、貴方様を抱き締めるためだけに存在する。貴方様の居場所は、……しか無いのですから……」

「あっ、ああっ、や…っ、気持ち、いい、…気持ちいいっ…」

月季に教わったまま甘い悲鳴を漏らせば、聖蓮の肉刀はいっそう猛り狂い、媚肉を突き回してくれる。肉刀に刻まれるうちに、どこもかしこも敏感な情けどころに生まれ変わらされていく。この分ではいずれ、太いものを嵌められただけで気持ちよくなってしまいそうだ。

「陛下…、愛しい私の陛下……」

「…あぁ…、んっ、聖蓮…」

「私も陛下の妃に加えて下さいませ。月季にそうなさったように…」

股間の肉茎が聖蓮の手に包まれる。柔く扱かれ、玉還はそこが今にも弾けそうなくらい張り詰めていたことに気付いた。聖蓮のもとを訪れてからは、まともに触れられていないのに。

腹の中の肉刀が強い脈動と共に膨れ上がる。後頭部に回った手が、ぐいと玉還の顔を豊かな胸に押し付けた。

「……ん、……ぅぅぅっ！」

絶頂の悲鳴は盛り上がった胸に吸い取られた。

どくんどくんと何度も力強く脈動する切っ先から、種の奔流が最奥に叩きつけられる。月季のそれに勝るとも劣らない量の種はたちまち孕むための場所を満たし――それだけでは飽き足らずに注ぎ続け、薄い腹の肉を内側から膨れさせていく。

「せ…、いれん、聖蓮、聖蓮っ…」

いつまで注がれるのか。怖くなって思わず聖蓮を見上げれば、恍惚に蕩けた黒い瞳と目が合った。

その前にかざされた掌は白く濡れている。中に出された瞬間、玉還も甘露を噴き出していたらしい。

紅い舌で残らず舐め取り、聖蓮は微笑んだ。どこまでも穏やかで慈愛深かった笑みに、ぞくりとするほどのなまめかしさが加わる。

「……これで私も、陛下の妃」

「あ、ぁっ、もう、お腹、が…」

「待っておりました、この時を。……もう、離れない……」

『長かった。……本当に、長かった……』

狂おしい告白は涙する月季を思い出させた。

容姿も気性も、まるで似ていないはずの二人がつかの間重なって見える。

「…孕んで下さい、陛下」

聖蓮は小刻みに震える玉還の脚と、腹を撫でた。

「私の種を、もっと奥に…陛下の内側に。…そうすれば、お身体は楽になるはずでございます」

「う、うぅ、…んぅっ……」

……内側に孕むって、どうすれば……？

迷った末、玉還は聖蓮の逞しい腰に両脚を絡め、ゆるゆると腰を上下させる。初めて月季とまぐわった時、気持ちよくなるたび全身が熱くなり、腹の中の種がいつの間にかなくなっていたことを思い出したのだ。

「ふふ…、陛下はいい子ですね…」

どうやら正解だったらしく、聖蓮が後ろ頭を撫でてくれる。

玉還はとろんと目を蕩かせた。阿古耶たちは優しくかいがいしいが、こんなふうに頭を撫でたり、抱き締めたりしてくれることは無かったから。

甘やかされるとは、何て心地よいのだろう。…あの頃もそうだった。かん高い声の主に鞭打たれ、身も心も傷付けられるたび、あの人のもとへ行った。頭を撫でてもらい、抱き締めてもらうために…。

『愛しい子よ……』

「あっ、あっ、あぁぁ…、いい、…気持ちい、いっ…！」

胸の奥に響いた愛おしげな声は、己の唇からほとばしる甘ったるい嬌声がかき消した。媚肉が蠕動し、たぷたぷに満たされた聖蓮の種を喰らっていく。

「…あ…っ、陛下、私も…」

つややかな黒髪を振り乱し、喘ぐ聖蓮の唇は蓮の花のように清らかなのに、ひどく淫らに見えた。

玉還は太い首に腕を回し、腹の中のものを食み締めながらあお向くと、聖蓮の唇に己のそれを重ねる。

ぴくんと震える唇は月季のものより少し厚く、むっちりとしている。

二人の違いを堪能する間も無く、肉厚な舌が入ってきた。月季の教えに従い、開いておいた唇の隙間から。

「う、…ふぅっ…」

口蓋をぞろりと舐め上げ、玉還の舌をからめとるそれは玉還の口内をみっちりと犯す。

腹の中は肉刀と種に埋め尽くされ、身体もぴたりと重なり合って。余すところ無く聖蓮に満たされ、えもいわれぬ幸福が玉還の頭を白く染め上げる。

……もっと。もっと、どろどろになりたい。

玉還は首筋に縋る腕と、腰に絡めた脚に力をこめる。聖蓮は興奮したように喉を鳴らし、後ろ頭を撫でていた手を背中にすべらせると、両腕できつく抱きすくめてくれた。

聖蓮の腹に押し付けられた薄い腹がひしゃげ、銜え込まされたものの形をはっきりと感じる。注がれた種が、媚肉に貪り喰らわれていく感触も。

「ん…ぅ、ぅ、……あ……？」

混ざり合った唾液の糸を引き、聖蓮の唇が離れていく。空っぽになってしまったのが悲しくて唇を尖らせれば、また後ろ頭を優しく撫でられた。

「そんなお顔をなさらないで。…もっと、抱いて差し上げますから」

「…ほん、と…？」

「はい。私の愛しい、可愛い可愛い陛下……」

玉還の尻たぶをしっかりと支え、聖蓮はつながったままの玉還ごと椅子から立ち上がった。弾みで腹の中の切っ先の角度が変わり、ぐりゅっと情けどころを抉られる。

「ふ…っあ、あ、あぁっ……！」

脈打った肉茎が、堪えきれずに甘露を吐き出した。濡れた感触でそうと悟ったのだろう。聖蓮は尻たぶをやんわりとつねる。

「悪い子。……私に黙って甘露を出してしまわれるなんて」

「あ、あ、…す、すま、ぬ…、んぅっ…」

ごく軽い力でつねられただけの尻たぶが甘く疼く。

悪い子と咎められたのは生まれて初めてだ。阿古耶たちも神も、玉還が何をしても責めたりはしなかったし、廷臣たちにいたっては玉還が歩いた床さえありがたがって伏し拝むような有り様だったから。

「聖蓮、…聖蓮…っ…」

胸がふさぐような、けれどときめくような不思議な気持ちでいっぱいになり、玉還はいっそう強く聖蓮の首筋に縋り、腰に脚を絡める。

玉還はいい子だと、聖蓮は何度も誉めてくれた。…悪い子はもう抱いてもらえないのだろうか。頭を撫でてはもらえないのだろうか。

「陛下、……ああ、貴方という方は…っ…」

聖蓮は分厚い筋肉をぶるりと震わせ、つながったまま歩き出した。視界の端にすっかり冷めた料理の皿が映り、ここは食堂で、食事の途中だったのだと今さらながらに思い出す。

給仕役たちはいつの間にか居なくなっており、回廊にも宮人たちの姿は無かったが、聖蓮が前に立つと、螺鈿細工(らでんざいく)で蓮の花を描いた奥の扉はひとりでに開いた。その向こうは大きな寝台が置かれた寝室だ。

聖蓮は絹の敷布に覆われた寝台に乗り上げると、玉還ごとゆっくり横臥(おうが)した。絡み付いていた右脚を解かれ、持ち上げられる。また腹の中の肉刀が角度を変えながら情けどころを穿ち、甘露を噴いてしまいそうになるのを、玉還は必死に堪えた。

「私のために堪えて下さったのですね。……いい子、陛下はいい子……」

「あ…っ、あ、あぁっ、聖蓮、聖蓮っ」

ずちゅ、ずちゅんと横臥したまま揺すり上げられる。椅子の上と違い、ここならいくら動いても落ちる心配は無い。中に出された種のおかげでなめらかに出入りする肉刀を、存分に受け止められる。

「……ふ…ぅっ、んっ、うう…、……っ!」

再び注がれる種を、玉還は四肢をびくびくと打ち震わせながら孕んでいく。

中に出されると同時に吐いた甘露は、聖蓮が素早く掌に受けてくれた。濡れた掌を舐め、歓喜に細められる黒い瞳は神秘的な湖のように澄んでいるのに、奥底には炎が燃え盛っている。月季に教えてもらったばかりの、…欲情の炎が。

「聖蓮……」

玉還はそろそろと聖蓮の背中に腕を回す。聖蓮は微笑み、つながったまま体勢を変えた。あお向けの玉還に覆いかぶさる格好だ。

逞しい腕が玉還を強く抱き返してくれた。待ちわびた抱擁の温もりに、玉還は酔いしれる。

……ずっと、このままでいたい。

「しばらくはこのままでいましょうか。……陛下が私の種を、すっかり孕んで下さるまで」

玉還の望みを読み取った聖蓮が囁く。

玉還は笑い、のしかかってくる身体の重みを受け止めた。


身体が揺らされる感覚で目が覚めた。

「おめでとうございます、陛下。都の港に大量の真珠と珊瑚（さんご）が打ち揚げられたと、先ほど報告がございました。陛下がお二人目のお妃様を娶られたこと、神もお慶びでいらっしゃいます」

寝台の傍らにたたずんでいた阿古耶が嬉しそうに告げると、別の阿古耶が開いていた玉還の脚を恭しく閉じさせた。月季の時と同じく、玉還がちゃんと妃の種を孕んだのかどうかを確認していたのだろう。

「聖蓮……、は？」

阿古耶たちが迎えに来ているということは、終わりの刻限が…十二の刻が近いことを意味する。玉還は横たわったまま落ち着いた色調で纏められた寝室を見回すが、聖蓮の姿は無い。

「陛下、お目覚めでしたか」

寝室の扉が開き、聖蓮が入ってきた。慎ましやかだが品のいい襦と裙を纏い、乱れていた髪も結い直し、ついさっきまで玉還を孕ませていた淫靡な空気は微塵も感じさせない。

「聖蓮……」

玉還はのろのろと起き上がり、重たい両腕を伸ばす。

聖蓮は持っていた盆を近くの阿古耶に預けると、寝台に乗り、玉還を抱き締めてくれた。盛り上がった柔らかな胸は、布越しでもやはり心地よい。このままとろとろと眠りに落ちてしまいそうになる。

「どこに行っていたのだ？」

寂しかったのだと匂わせれば、聖蓮は背中を優しく撫でてくれる。

「厨房へ。陛下がお目覚めになったら飲んで頂こうと思ったのですが、寂しい思いをさせてしまったのですね。申し訳ございません」

聖蓮の目配せを受け、阿古耶が盆を玉還に差し出した。載せられた碗を満たすのは、淡い緑色の液体だ。緑茶のようだが、漂う湯気には柑橘らしき爽やかな匂いが混じっている。

「…これは？」

「私が煎じたお茶です。陛下のお身体にいい薬草ばかりを調合しましたので、お飲み頂ければきっとお疲れが取れると思います」

聖蓮の実家では大陸じゅうから運ばれる薬草を扱っており、聖蓮も常連客の高名な薬師から手解きを受け、薬草茶の調合を覚えたのだという。聖蓮が客の体調に合わせて調合する薬草茶はよく効くと評判で、ひそかな人気商品だったそうだ。

「そうか。…ありがとう」

玉還は何の疑いも抱かず、薬草茶を飲み干した。阿古耶たちも止めようとはしない。

君主に付き物の毒殺の危険は、玉還に限っては存在しないのだ。玉還の毒殺を目論んだ者は、毒物を仕掛けようとしたその瞬間、神罰によって命を落とすから。

「……美味しい、な」

薬草は苦いという先入観があったので、甘く爽やかな味に少し驚いてしまった。まるで果実の搾り汁のようだ。これなら幼い子どもでも喜んで飲むだろう。

「それは良うございました。…間も無く十二の刻になります。花王宮に戻られたら、今日はもうお休みになるのがいいでしょう」

微笑んだ聖蓮にまた背中を撫でられ、玉還は頷いてしまいそうになる。はっと聖蓮の胸から顔を上げたのは、大切なことを思い出したせいだ。

「待て。…戻る前に教えて欲しい。そなたたちは何故、そのような取り決めを交わしたのだ？」

「……」

「何故わざわざ、他の妃の有利になるようなこと、…を…」

ぐらりと視界が揺れる。己を支えていられなくなった玉還を、聖蓮がそっと抱きとめた。

「もう何もお悩みにならず、ゆっくりお休みなさいませ。妃を二人も娶り、陛下はお疲れでいらっしゃるのですから」

「あ…、だ、……が、……」

低く慈愛に満ちた声で囁かれるたび、強い眠気が押し寄せてくる。呑まれるまいと玉還は懸命に首を振ったが、妃や阿古耶たちには頑是無い子どもがいやいやをしているようにしか見えないことは気付かない。

――その者の申す通りだ、玉還。

玉還の胸から青い光の玉が飛び出した。聖蓮はそっと顔を伏せる。

「神…、様……」

――そなたは二人の妃の種を孕んだ。その身に馴染ませるには、時と休息が必要だ。

「は、……い……」

神の勧めなら受け容れないわけにはいかない。重たいまぶたは今にもくっついてしまいそうで、玉還は頷いた。光の玉は満足そうに瞬き、玉還の胸に戻る。

「神様は…、二人の種を馴染ませるために、時と休息が必要だ、と……」

玉還が告げると、聖蓮は名残惜しそうに身体を離した。光の玉を伏し拝んでいた阿古耶たちは大急ぎで玉還に白絹の夜着を着せ、輿に乗せる。

「……聖蓮、また……」

「はい。……また抱いて差し上げる日を心待ちにしております、陛下」

閉ざされた帳の隙間から伸ばした手を、聖蓮はぎゅっと握ってくれる。その温もりを心地よいと感じた瞬間、眠りに落ちてしまったのだろう。

ふと気付くと、玉還は葦が生い茂る川辺に居た。

……ああ、またあの夢か。

かん高い声の主に責められ、鞭打たれ、黒い靄のかかった人々に追い払われる夢。

全身ぼろぼろになった夢の中の玉還が最後にたどり着くのは、いつでもこの川辺だ。今はよどみ、水かさもすっかり減ってしまった川がかつては清流をたたえ、青き竜にもたとえられた大河であったことを、夢の中の玉還は知っていた。

『愛しい子よ。また虐(しいた)げられたのか』

頭を撫でてくれる手の主の姿は見えないが、怖くはなかった。玉還を邪険にする人々と違い、この手の主は弱々しくも清らかな白い光に包まれているからだ。

白い光の人。

夢の中で唯一優しくしてくれるこの人を、玉還はそう呼んでいた。

『すまぬ…、すまぬ。我に力が無いばかりに、そなたばかりをつらい目に…』

玉還は首を振る。つらい目に遭っているのは白い光の人の方だと知っているからだ。擦り切れた衣のふところを探り、小さな餅(へい)を差し出す。黴(か)びる寸前のそれは、今日の餌(えさ)だと世話係に投げ与えられたものだ。

『私に？　…だがこれは、そなたの大切な食事であろうに』

白い光の人はためらっていたが、玉還が何度も差し出すと、諦めたように受け取ってくれた。こうと決めたら揺るがない玉還の気性を知り尽くしているのだ。

『…愛しい子よ』

白い光の人は餅を割り、大きな方のかけらを玉還にくれた。勧められるがままかぶりつけば、小麦と水を練って焼いただけとは思えない芳醇(ほうじゅん)な甘さが口いっぱいに広がり、お腹と背中がくっつきそうだった飢えも癒やされる。

『礼を言う。…我が消えずに済んでいるのは、そなたのおかげだ』

白い光の人が小さな方のかけらを食べると、その身を包む光がほんの少しだけ強くなったようだった。川の水かさもわずかに高くなるが、しばらくするとすぐ元に戻ってしまう。

お礼なんて要らない。玉還は喉を押さえ、首を振った。

本当はちゃんと言葉で告げたいけれど、お前の悲鳴を聞くと耳が腐る、とかん高い声の主に毒を飲まされてしまい、喉がまともに動いてくれないのだ。無理をすればしゃべれなくもないが、ひきつった醜い声を、白い光の人には聞かせたくない。

玉還は白い光の人の前にひざまずき、傷だらけの掌を合わせた。供物と呼ぶのもおこがましいが、自分の捧げたものが少しでもこの人のためになったのなら嬉しい。

……いつか、私自身もこの人を包む光に…その一部にでもなれたらいいのに。

ひそかに願う玉還の手を、白い光の人は大きな掌に包んでくれた。

皇帝の私的空間である花王宮の南に位置する花蕾宮は、皇帝以外の皇族の住まいだ。
現在の主な住人は玉還の父親の前皇帝とその妃、及び玉還の異母きょうだいに当たる皇子や皇女た

ちである。彼らは身分に合わせ、いくつも連なる宮殿に分かれて暮らしているが、家族らしい交流を持つことはほとんど無い。

ひときわ壮麗な宮殿に住まうのはもちろん前皇帝だ。玉還をこの世に送り出した功績により、前皇帝にはありとあらゆる贅沢が許されていた。

「先帝陛下、お食事をお持ちしました」

「お……、おぉっ！」

宮人たちが長い食卓を豪華な料理の皿で埋め尽くすと、前皇帝は黄ばんだ目を輝かせながら飛び付いた。脂（あぶら）ぎった肉や魚を手づかみでがつがつと喰らい、酒精の強い酒を水のごとく飲み干してはげっぷを吐く。

自力での歩行が困難なほど肥えた身体にも、知性を削ぎ落とされた顔にも、かつて英邁（えいまい）な青年君主と謳われた面影は無い。生まれたばかりの息子に帝位を奪われ、憤怒（ふんぬ）と屈辱に震えていたのは遠い昔。今の前皇帝は美食と美女に溺（おぼ）れるこの生活に心から満足させられていた。

「……うむ、今日の料理は、格別に、美味いな」

むしゃむしゃと咀嚼音（そしゃくおん）交じりに呟けば、給仕役が恭しく一礼する。

「もったいなきお言葉。花王宮より極上の食材が届けられましたので、料理人が腕を振るいましてございます」

「花王宮、から？　それはまた、何故？」

好物の揚げた鶏肉を丸かじりしながら、前皇帝は首を傾げる。花王宮には皇帝のために極上の食材が伽国じゅうから献上されるが、花蕾宮に下げ渡されたことは今まで無かったはずだ。

「皇帝陛下がお妃様を娶られましたゆえ、皇族がたにも幸をお分けするようにと」

「……皇帝……陛下、……」

酒で濁った意識がかすかに揺れる。

そう呼ばれるべきは自分だったはずだ。政には関われずとも皇帝として、民草のため尽くすつもりだったのに、どうして。

「さあ先帝陛下、新しい御酒をどうぞ」

「お料理の追加も届きました。たくさん召し上がって、また私たちを可愛がって下さいませ」

美しい妃たちが前皇帝を囲み、酒杯や料理を勧める。きつい酒精や脂っこい肉を貪るうちに、意識の揺れは治まった。代わりに生まれるのは衝動だ。もっと食べ、もっと飲み、もっと肉欲を発散させたい。

もっと――もっともっともっと。

前皇帝に考えられるのは、それだけだった。

……すさまじい美貌であったな。
横たわった寝台から飾り気の無い天井を見上げ、承恩は溜め息を噛み殺した。

ここは花蕾宮で賜った自分の個室ではない。花后宮の片隅に建つ、宮人用の宿舎の一室だ。熟練の域に達した宮人には個室が与えられるようだが、仕えて日の浅い承恩は同じような境遇の朋輩たち六人と大部屋を共有している。もう二十四の刻を過ぎた。疲れて眠る朋輩を起こしてしまっては色々と面倒だ。

……傾城の美とはあのことだ。姫様が執着されるわけよ。

脳裏に思い描くのは、貴妃・月季の麗しいかんばせだ。宮人として花后宮に潜り込んで一月近く、ようやく大庭園を散策するところを眺めることが出来た。

皇帝との対面の儀が行われた昨日、さっそく皇帝のお召しがあったので、上機嫌で外に出る気になったのだろう。今までは己の宮に閉じこもり、他の妃たちと交流する様子も無かった。それは残りの四夫人、淑妃、徳妃、賢妃たちも同じだが。

大庭園は妃なら位に関係無く入って良いことになっているので、晴天の日は数多の妃が訪れる。彼らの羨望と嫉妬の眼差しを浴び、花々の咲き誇る庭園を優雅にそぞろ歩きする月季は、生ける薔薇のごとく光り輝いていた。ほっそりとしなやかだが、確かに男のものである身体に纏う女の衣装は、絶世の美貌を引きたててこそすれ、不自然さなどどこにも無かった。

ずん、とまた気が重くなる。あれほどの美形なら、姫様は絶対に諦めないだろうと悟ってしまったからだ。

表向きは宮人として花后宮に仕える承恩だが、本当の主人は前皇帝の娘、藜紅だ。長女であることから長公主とも呼ばれる藜紅は、目鼻立ちのくっきりした美貌と豊満な肢体を備えた美姫である。現皇帝玉還の長姉でもあり、皇太后も皇后も不在の今は伽国で最も尊ばれるべき女性と言えるだろう。

実際、皇帝以外の皇族が暮らす花蕾宮では女王のように振る舞っている。父の前皇帝は己の宮に閉じこもりがちで、唯一姉を諫められる立場の玉還は花蕾宮に姿を見せたことすら無いのだ。

承恩の父親は藜紅の家令だったため、承恩もまた藜紅に仕えることになった。民の尊崇を集める皇族、それも長公主の使用人ともなれば、人から羨まれる立場だ。だが承恩は代わって欲しいのならいつでも代わってやるぞと思っていた。

皇帝の姉として蝶よ花よと育てられた藜紅は、叶わぬ願いなど一つも無い、あってはならないと考える傲慢な姫に成長してしまった。承恩は姫様のわがままを叶え、しでかした過ちの尻拭いに苦悩する父の背中を見て育ったのだ。藜紅が好んで衣服に薫き染める麝香の香りを嗅いだだけで寒気がする。

だから一月と少し前、藜紅に召し出された時は、また姫様のわがままが始まるのだと思ったのだが。

『四夫人の一人、貴妃の月季を花后宮からさらってきなさい』

告げられたのは予想をはるかに上回るわがまま、いや犯罪だった。神の命により集められた皇帝の妃をさらうなど、誰であっても許されない。

愕然とする承恩に、藜紅は上機嫌で頬をつやつやさせながら話してくれた。花后宮に入宮する四夫人たちを、こっそり垣間見に行ったこと。そのうちの一人、際立って美しい貴妃を一目で気に入り、素性を調べさせたことを。

『月季は璃家の出身でした。建国以来の名門貴族の子息なら、長公主たるわらわの婿にも相応しい。お前もそう思うでしょう?』

何を言っているのかと思った。

皇族の婚姻相手は神が決めるのだ。神の決めた相手と番い、子をもうける。その子もまた神の決めた相手と結ばれる。

千年前の建国からずっと、皇族はそうやって系譜をつないできた。神が決めた相手以外と関係を持つことは、かたく禁じられている。たとえ皇帝であってもだ。それは藜紅も幼い頃から言い聞かせられてきたはずである。

藜紅にはいまだ神託が下りていないが、もう二十歳だ。近いうちに神が相手を決めて下さるだろう。その時別の男に肌を許していたとなれば、皇族であっても神罰を受けるかもしれない。

承恩は必死に言い募ったが、藜紅は聞く耳を持たなかった。

『神の決めた相手？　そんなの、何になるかわかったものではないわ。伽国で最も高貴なわらわが厩(うまや)番(ばん)だの下民(げみん)だのと番わされたら……想像するだけで死んでしまいそうだわ』

藜紅の言葉は決しておおげさではない。神は基本的に同じ皇族や、皇族の血を引く貴族を相手に選ぶのだが、時折何故そのような者を…と疑問を抱かざるを得ない相手を選ぶことがあるのだ。

たとえば、二代前の公主の相手は厩番の男だった。どこぞの貴族の落胤(らくいん)というわけでも美男でもない、特段優秀でもないごく普通の男で、公主より三十も年上だったそうだ。公主は泣いて嫌がったが神託には逆らえず、厩番と婚姻し、二児を産んですぐに亡くなった。

五代前の皇帝の相手はもっとひどい。戦禍に追われ、伽国に流れてきた流民の娘だったのだ。娘にはすでに夫が居たが引き離され、皇帝の妃に据えられた。さらに一子を産んだ後は再び神託によって離縁させられ、次は五十近く年上の老皇族と再婚し、六人の子を産んだ後力尽きたように亡くなった。老皇族は最後の子を孕ませた閨で腹上死を遂げていたため、六番目の子は生まれながらにみなしごになってしまった。

　二代前の公主も五代前の皇帝も、流民の娘も、再婚相手の老皇族も、誰もが幸せになれたとは思えない。

　いったい何を思し召し、彼らを番わせたのか。神の御心は深すぎ、人の身にはとうてい推し量れない。しかし伽国の皇族に生まれた以上、神託は絶対だ。

『嫌よ！　わらわの相手はあの男以外に考えられない！』

　承恩は懸命に説得を続けたが、藜紅はかたくなだった。わがまま放題の長公主でも神託にそむくことだけは無かったのに、よほど月季に魅入られてしまったのか。

『どうしてもわらわの願いを拒むのなら……お前の父親がどうなっても構わないのでしょうね？』

　しまいには据わった目で脅され、承恩はとうとう屈服した。藜紅が望んだら、父も承恩も簡単に処刑されてしまう。ささいな不始末で藜紅の機嫌を損ね、鞭打ちの末処刑された侍女が何人居ることか。

　幸い、数多の妃を抱えたばかりの花后宮は人手を必要としており、出自を偽った承恩でも容易に潜り込めた。家令の父から教育を受けた承恩は非常に有能だと、上役の覚えもめでたい。もうしばらく働いてから貴妃付きの宮人になりたいと願い出れば、採用してもらえるだろう。問題は月季を花后宮から連れ出す方法だが…。

「……？」

　小さな物音が聞こえ、承恩は寝返りを打つふりで入り口の方を窺（うかが）った。手燭（てしょく）を持ち、足音を忍ばせて入ってきたのは、同じ頃に仕え始めた永青（えいせい）だ。鍛えられた長身と隙の無い動作が軍人のような男である。

……いや、本当に軍人だったのかもしれんな。

花后宮の宮人は、神の代理人と崇められる皇帝を傍近くで拝める数少ない役職だ。軍部の人間は千年の平和を保ち続ける皇帝をことのほか尊崇している。花后宮が開かれた時、数多の軍人が軍を辞め、宮人に応募したと聞いた覚えがある。宮人はお互い俗世での身分を詮索してはならない決まりなので、本人に確かめることは出来ないが。

永青は眠る朋輩たちを見回すと、手燭を消し、自分の寝台に入ってしまった。今宵、この部屋に夜番の者は居ないはずだが、何をしてきたのだろう。己に後ろ暗いところがあるせいか、妙に気にかかる。

けれど永青を叩き起こし、問いただすわけにもいかない。悩むうちにだんだん眠くなってきて、いつしか承恩は寝息をたてていた。

玉還が起きたのは翌日の九の刻だった。
聖蓮のもとを去ったのは昨日の十二の刻だったから、二十一刻…まる一日近く眠っていたことになる。眠りは深い方だが、こんなに長い間眠り続けていたのはさすがに初めてだ。
「お加減はいかがでございますか？　ご気分が悪いようでしたら典医を参らせますが」

寝台を取り囲む阿古耶たちも心配そうだが、玉還は首を振った。

「…無用だ。少しだるいが、眠り過ぎたせいだろう」

「されど…」

「むしろふだんよりも身体が軽く感じるくらいだ。きっと神様が仰せになった通り、よく休んだことで月季と聖蓮の種が馴染んだのだろう」

——そうだ、玉還。

玉還の胸から青い光の玉が現れ、温かな光を振りまいた。光の玉に表情は無いが、生まれた頃からの付き合いだからたいていの感情は読める。これは神が喜んでいる時の反応だ。

——昨日、そなたが孕んだ種は完全にそなたの中に根付いた。これからも好きなだけ妃を選び、孕むがいい。孕めば孕むほどそなたの器は満たされ、そなたを通して我が祝福は伽国を潤す。

「…はい。神様のお慈悲に感謝いたします」

——礼など不要。我はただ、そなたが愛おしいだけゆえ。

光の玉が胸に戻り、いつものように神の言葉を告げると、阿古耶たちの顔は安堵と歓喜に輝いた。

「神がそう仰せならば何の心配もございませぬな。ではさっそく、朝のお支度を整えさせて頂きましょう」

夜着から普段着へ着替えさせてもらう間、玉還の部屋には朝餉の膳と、一抱えはありそうな朱塗りの箱が運び込まれた。

阿古耶たちが蓋を開けると、大量の真珠と珊瑚が現れる。真珠はどれも大粒でまろやかな光沢をたたえ、珊瑚は血のように紅い最高級の赤珊瑚だ。どれか一つだけでも、売れば庶民の一家が十年は遊んで暮らせるだけの値がつくだろう。

「もしや、都の港に打ち揚げられたという真珠と珊瑚か？」

昨日の記憶をたどって問えば、阿古耶たちは嬉しそうに頷いた。

「陛下がお妃様をお迎えになったことを慶ばれた、神からの賜り物にございます。こちらはほんの一部に過ぎませんが」

「一部？」

「真珠も珊瑚も同じ大きさの箱にあと十ほどございまして、それらは宝物庫へ運び込んであります」

玉還はまじまじと箱の中身を見詰めてしまった。神はいつだって玉還に甘いが、これだけのものを大量に与え、しかも甘露の雨さえ降らせたのだから、玉還が妃を迎えたことがよほどに嬉しかったのだ。

……私はただ、二人の種を孕んだだけなのに。

二人の妃は趣こそ異なるがとても優しく、美しく、玉還を甘く酔わせてくれた。それだけでこんな贈り物をもらってしまうのは、少々気が引けてしまう。かといって神の贈り物を突き返すわけにはいかないのだが。

「真珠はいつも通り陛下のお召し物や装飾品に使うとして、珊瑚はいかがいたしましょうか？」

阿古耶たちが伺いを立ててくる。

伽国において真珠を身に着けられるのは皇帝か、皇帝から特別な許しを得た者だけだから、花王宮に留めておくしかない。だが珊瑚は民でも取り扱うことが許されており、伽国産の珊瑚は最高級品として大陸じゅうの商人がこぞって買い付けに訪れるそうだ。聖蓮の実家でも扱っているかもしれない。

「…この箱の分だけ残し、他は売り払う。得た銀子は幼き子らのために使うよう、丞相に申し伝えよ」

「まことに慈悲深き仰せ、ただちに申し伝えまする。丞相は陛下の御心の深さに感激し、必ずやお望み通りにすることでしょう」

阿古耶たちは感じ入ったようにひれ伏した。

豊かな伽国でも様々な事情で両親を失い、行き場に困る子どもは存在する。そうした子どもたちのことを神に教えてもらってから、玉還は各地に彼らのための施設を作り、人格確かな者を長に選んで養育させていた。

『皇帝陛下は何と慈悲深くていらっしゃるのか』

『さすがは神の愛し子であられる』

民は玉還を褒め称えたが、玉還の胸の内は複雑だった。…違うのだ。幼い子らを哀れんだのも事実だが、行き場の無い子らにあの夢の中の自分が重なって、いてもたってもいられなくなったのが施設を造らせた本当の理由だから。

施設の子らの他に、親は居ても貧しさゆえ満足な食事や教育を受け取れない子らにも援助をしている。神が下された珊瑚は彼らの将来をおおいに助けてくれるだろう。彼らが幸福な未来に向かって歩めると思うと、玉還の心も温かくなる。

「ありがとうございます……」

玉還が胸に手を当てて祈ると、現れた青い光の玉がきらきらと輝いた。

――そなたの清らかな心に応えたまでのこと。そなたのなすこと全てを、我は嘉するであろう。

光の玉はすぐにまた玉還の胸に戻ってしまった。玉還はもう一度心の中でお礼を捧げ、阿古耶たちの用意してくれた朝餉を取る。

伽国一の腕前を誇る専属料理人は玉還の好みや食べられる量を熟知しており、品数は少なめだが、どれも素材の味を最大に活かした美味しいものばかりだ。今朝は何だかいつもより腹が減っており、粥のお代わりを所望したら、料理人は感激のあまり泣き崩れたらしい。

……月季と聖蓮は、今頃何をしているだろうか。

種を孕んだせいだろうか。食後の白茶を飲んでいると、自然と二人の顔が思い浮かんだ。

「今、何時か？」

「間も無く十一の刻にございます」

玉還の長い髪をていねいにくしけずったり、指先の手入れをしたりしていた阿古耶たちが教えてくれた。神の命により伸ばしている髪は艶を増し、本物の真珠よりもなお輝いている。

……ならば、二人のところへは行けぬな。

月季と会えるのは零の刻から六の刻までだ。聖蓮と会える時間はあと一刻ほど残っているが、支度を整えたり出迎えを受けたりする間にすぐ十二の刻になってしまうだろう。これから会えるのは…。

「……沙羅」

餓（かつ）えるような金色の瞳をした、金髪に褐色の肌の異色の姿が思い浮かぶ。

あの少年なら教えてくれるだろうか。眠ってしまったせいで聞けなかった答えを。何故、四夫人たちはそれぞれ玉還と会える時間を分かち合っているのか――。

「徳妃様のもとへお出ましになりますか？」

阿古耶たちの問いかけにおずおずと頷けば、さっそく支度が始まった。

月季の時は真夜中、聖蓮の時は早朝だったのでそれぞれ夜着に普段着だったが、今回は人目もある昼間ということでいつもより華やかに着飾らされる。

結わずに垂らしたままの髪には大粒の真珠の飾りがいくつも朝露(あさつゆ)のようにきらめき、白い額には紅玉の額飾りを着け、金糸と銀糸の刺繡に細かく砕いた紅玉をあしらった袍と袴という神の愛し子にしか許されないいでたちに、阿古耶たちは感涙する。

「何と、何と愛らしくも神々しいお姿か……」

「おおげさな。そなたたちは私が生まれた時から傍で見てきたではないか」

「陛下はお生まれになった瞬間からまばゆい光を放っておいででした。しかしお妃様を召されたことで、ますます光り輝いていらっしゃる。陛下のかようなお姿を拝見出来た我らは、幸せ者にございます」

阿古耶たちが泣きじゃくるうちに、沙羅の宮へ出した遣いが戻ってきた。沙羅は玉還の訪れを心待ちにしているという。

泣きやんだ阿古耶たちと共にさっそく沙羅の宮へ赴き、玉還は困惑してしまった。出迎えてくれた沙羅がひざまずいたまま、起き上がってくれないのだ。沙羅付きの宮人たちさえ、玉還の許しを得て身を起こしているというのに。

「……そこの者、何か申し上げたいことがあるのか?」

もの言いたげな宮人に阿古耶たちが質問する。宮人と玉還では身分が違いすぎるため、直接言葉を交わすことは基本的に許されていない。

「はっ…、はい。実は…徳妃様は、対面の儀より戻られてからずっとこちらで、陛下をお待ち申し上げていらしたのです。お食事も取られずに…」

「何と…!?」

玉還は思わず声を上げてしまった。対面の儀は一昨日の昼間だったから、一日半は経過している。その間ずっとここに居たというのか？　食事もせずに？

「すぐに薬師を呼べ」

起き上がらないのではなく、空腹と疲労のせいで起き上がれないのだ。そう判断した玉還が阿古耶たちに命じた時だった。沙羅の手が伸ばされたのは。

「沙羅……？」

「――――っ！」

がばっ、と沙羅が勢いよく顔を上げる。

金色の瞳にたぎる強い光に引き寄せられ、玉還は阿古耶たちの制止を振り切って進み出た。

「……、を」

褐色の喉から絞り出された声はかすれ、うまく聞き取れない。

「どうした、沙羅。何が言いたいのだ」

「あ、……し、を……」

……あし、……足か？

玉還が己の足を見下ろすと、沙羅の視線も付いてきた。足で間違い無いらしい。どうしたらいいのかわからず、そっと一歩踏み出せば、細い足首を素早く摑まれた。

「…っ、貴様、陛下に何を!?」

阿古耶たちがいっせいに小太刀を抜いた。迷わず沙羅に斬りかかろうとする彼らを、玉還は必死に首を振って制止する。

「駄目だ。斬ってはならぬ」

「しかし、陛下」

「大丈夫だ。この者は私に危害を加えはしない」

玉還が半身になってみせると、阿古耶たちは戸惑いながらも小太刀を鞘に収めた。彼らにも見えたのだ。玉還の足に縋り付き、恍惚と頬を擦り寄せる沙羅が。

「へ…、いか、…へいか、…陛下…」

熱い吐息交じりに紡がれる声音にはかすかなあどけなさが残り、語調が伽国の民とは少し異なっている。やはり沙羅は遠い異国の出身なのだろう。

「待ってた。ずっと、…ずっと待ってた…」

「沙羅…」

餓えた双眸に見上げられ、胸がずきんと痛んだ。求めても求めても与えられない姿が、誰からも受け容れてもらえなかった夢の中の自分に重なって。

——誰か。誰か助けて。傍に居て。

最初の頃、夢の中の自分はいつでも泣きながらさまよっていた。傍に居てくれる誰かを探し求めて…白い光の人に出逢うまで、ずっと。

「……すまぬ。待たせてしまったのだな」

玉還は身をかがめ、金色の頭を撫でてやる。思ったよりもやわらかな感触をひそかに堪能していると、ぐらりと沙羅の身体が傾いだ。

「もう、……死んでもいい……」

「しゃ、沙羅っ⁉」

玉還の足を摑んだままどさりと倒れた沙羅は苦心の末に引き離され、宮の中に運ばれた。

玉還も同行する。阿古耶たちには出直すよう勧められたが、うなされる沙羅から離れがたかったのだ。

「……、陛下、陛下陛下陛下っ⁉」

寝台に横たえられた沙羅は、典医が駆け付ける前に跳ね起きた。恐怖と焦燥にひきつった顔は、傍らの椅子に座る玉還を見付けたとたん歓喜に蕩ける。その落差に、玉還の心臓はどくんと高鳴る。

「…へい…か、…居た…、陛下……」

「大丈夫か、沙羅。もうすぐ典医が参るゆえ、診てもらうといい」

「てんい、…典医？　要らない。こうしていればすぐ良くなる」

沙羅はじりじりと寝台を這い、恭しく引き寄せた玉還の手に頰を擦り寄せる。褐色の頰はさっきより温かいし、血色も良くなった気がするが、何せこの少年は一日半もの間飲まず食わずで回廊に待機していたのだ。安心は出来ない。

「診た限り、お身体のどこにも異常はございません。強いて申し上げるなら、少々水分が不足している程度かと」

念のため診てもらった典医はそう断言し、じかに拝する玉還に恐懼(きょうく)しながら退出していった。だったら何故、さっき沙羅は倒れたのだろう。

「……やっと陛下が来てくれたと思ったら、幸せで……頭がいっぱいになっただけ」

白状する沙羅は、玉環の手を握り締めたままだ。典医の診察中もずっと握っており、阿古耶たちや典医にいくら叱責されても頑として聞かなかった。その強靭(きょうじん)な精神はいっそ尊敬してしまう。

「本当に、何ともないのか？」

「俺は砂漠を旅する一座の舞い手だった。水も食事ももらえずに何日も移動するのはしょっちゅうだったから、このくらい、何てことない」

何でもないことのように告げられた過去は重く、過酷だった。旅芸人の一座には団員を牛馬のごとく扱う極悪なところもあると聞いた覚えはあるが、砂漠の旅で水も食事も与えないなど尋常ではない。

「…徳妃様は我らがお妃様集めのため各地を巡っている際、さる舞踏一座から献上されたお方でございます」

まだ付き添っている阿古耶たちに目を向ければ、ひそめた声で教えてくれた。

彼らが沙羅の親代わりだという座長から聞き出したところによると、沙羅は一座の花形だった踊り子が異国の盗賊団にさらわれ、凌辱(りょうじょく)された末に身ごもった子だそうだ。妊娠に気付いた時にはすでに堕胎不可能な時期に入っており、産むしかなかった。

赤子が金色の髪と瞳、褐色の肌を持って生まれたと知った踊り子は狂気に陥り、自ら命を絶ったという。…おそらく己をさらい、凌辱した盗賊が同じ色彩の主だったのだろう。

座長は残された沙羅を仕方無しに育てたそうだが、沙羅の話を聞く限り、ろくな扱いはされなかったはずだ。それでも沙羅が生き延び、母親譲りの美貌と踊りの才能を開花させると、掌を返したように花形の舞い手として舞台に立たせた。

座長が阿古耶たちに沙羅を献上した時、沙羅はがりがりに痩せ細っていたそうだから、ひどい扱いは花形になってからも変わらなかったのだろう。幸い、大きな怪我や病気などは無く、しっかりとした食事と安全な寝床を与えられ、すぐに回復したそうだが…。

「……、……ふ、……うぅっ……」

「へ、陛下、…陛下っ…！」

血相を変えた沙羅が、しゃくり上げる玉還の両腕を摑む。陛下、と阿古耶たちも青ざめ、玉還を取り囲んだ。

けれど涙は止まらない。泣きやまなければならないと思えば思うほど、溢れ出てくる。

……同じだ。夢の中の私と。

自分は何をしたわけでもないのに、虐げられた。

沙羅を座んだ踊り子は哀れだ。花形を失った座長も不運かもしれない。だが沙羅には何の罪も無い。罪があるとすれば、それは踊り子を凌辱した盗賊だろうに。

「っ……？」

濡れた温かいものに涙を拭われ、玉還はぴくんと頬を震わせた。涙の膜の向こうで金色の光がまたたいている。

「泣かない、で、陛下…」

涙を舐め取ってくれる沙羅の言葉は、やはり少しぎこちない。今ならわかる。それは異国出身のせいではないのだと。沙羅を育てた座長は伽国の民なのだから。

……きっと誰も、沙羅と話そうとしなかったのだ。

座長に疎まれる沙羅と関わったら、自分まで理不尽な扱いを受けるかもしれないから。だから舞台に上がる時以外、沙羅は放っておかれた。水も食べ物も与えず、死んでしまっても構わないと思っていたに違いない。阿古耶たちに献上したのも、皇帝の妃を出した一座という名誉のためというよりは、ていのいい厄介払いだったのでは…。

『名誉に思いなさい』

ずきん。

鈍い頭痛と共に、あのかん高い声が響いた。

『醜い出来損ないの化け物が、ようやく役に立つ時が来たのですから――』

「泣かないで。……泣かないで……」

沙羅の腕が背中に回された。そっと押し当てられた胸に、涙もあのかん高い声も、頭痛さえも吸い取られていく。

「俺は、何もつらくなんかない。陛下に逢えたから」

「私…、に…?」

「初めて陛下を見た時、思った。俺はこの人に出逢うため、生まれてきたんだって」

玉還の背中を慣れない手つきで撫でながら、沙羅はたどたどしく語る。何年か前、西の果ての国を訪れた際、生まれて初めての雪を見たことを。

「その国は伽国よりもずっとずっと貧しくて、街はどこもごみ溜めみたいだった。でも雪が降ると、一面きらきら光る真っ白な世界に変わる」

大陸の南半分を支配する伽国は温暖な気候の土地が多い。北方や高山周辺では雪が降るところもあるが、都は一年を通して暖かく、花王宮で生まれ育った玉還は雪を見たことが無い。

でも、見える気がした。一面に広がる銀世界が。神々しい光にうっとりと見入る沙羅が。

「献上されてから、教えてもらった。伽国が平和で豊かなのは、陛下のおかげだって。そんな人の役に立てるなら、妃になってもいいと思った。…けど、対面の儀で陛下を見た時、決めた。この人のものになる。そのためなら何でもするって」

「沙、羅…」

「俺が生きてきた中で、綺麗なのは雪だけだったけど…陛下は、同じ色なのにもっともっと綺麗だ…」

沙羅は玉還の真珠色の髪を掬い、恭しく、だが愛おしそうに口付ける。月季とも聖蓮とも違う熱い炎の宿った瞳に射貫かれ、心臓がどくんと跳ねる。

金色の瞳がとろりと蕩け、月季とは違う色香を纏った。

「陛下…、…俺を、妃にするために、来てくれた？」

「あ、…ああ…」

「じゃあ、……して。俺を、妃に……」

しなやかな褐色の腕が玉還を寝台に引きずり込もうとする。その直前で、阿古耶たちが割って入った。

「お待ちなさい。その身体で陛下に召して頂くつもりですか？」

「……？」

きょとんと首を傾げる沙羅に、嘆かわしい、と阿古耶たちはこめかみをひきつらせた。

「貴方は丸一日以上、外で過ごしていたのですよ。陛下に召して頂く前に、汚れた身体を清めるのが妃の務めでしょう」

「……っ……、でも……」

沙羅がきゅっと玉還の袍の胸元を握り締める。身体を清めている間に玉還が行ってしまわないかと、不安でたまらないのだ。

玉還は別にこのままでも構わないが、阿古耶たちは決して引き下がるまい。それに玉還にも気にかかることがある。

「……私はここで待っている。どこにも行かないから」

金色の髪を撫でてやると、沙羅はしばし玉還の手の感触を堪能し、渋々離れた。何度も振り返りながら浴室へ連行されていく沙羅を誰かが見たなら、飼い主から引き離される大型犬のようだと思っただろう。


沙羅が浴室に消えた後、玉還は沙羅付きの宮人に質問する。さっき沙羅はずっと回廊で待っていたと教えてくれた、あの宮人だ。阿古耶たちを通じて話すのではまどろっこしいから、直答の許しを与える。

「沙羅が動かなかったのなら仕方が無いが、誰も水や食事を運ぼうとは思わなかったのか？」

「も、もちろん運びました。ですが徳妃様が一口も召し上がって下さらなかったのです」

伽国の民である宮人が、神の愛し子たる皇帝に嘘を吐くことは無い。沙羅は自らの意志で水も食事も取らなかったのだ。

……どうしてそのようなことを？

「陛下！　陛下、陛下、陛下っ！」

疑問に思ううちに、沙羅が駆け寄ってきた。ずいぶん早いと思ったら、短い金色の髪からはぽたぽたと雫が落ち、雑に薄物を纏った褐色の肌は湿ったままだ。ろくに身体を拭かぬまま浴室を飛び出してきたらしい。

「こら、お待ちなさい！」

拭き布を持った阿古耶たちが追いかけてくるが、沙羅は素早く玉還の背後に回り、追っ手を近付けさせない。自分を中心にした睨み合いが始まり、玉還ははあっと息を吐きながら阿古耶たちに手を差し出した。

「拭き布を」

「陛下、まさかおん自ら…」

「濡れたままでは風邪を引いてしまうだろう。さあ」

重ねて促せば、阿古耶たちは渋面で拭き布を渡してくれた。阿古耶たちからは逃げ回っていたくせに、玉還が拭き布を広げると、沙羅は嬉々として頭を差し出す。

「ふふ…、ふふふ、ふふっ……」

かしずかれる立場ゆえに玉還の手付きはぎこちないのだが、沙羅は上機嫌な笑い声を漏らしている。玉還も楽しくなってきて、金色の髪をわしゃわしゃと拭いてやった。まるで人懐こい大きな獣の世話でもしてやっているようだ。

「――陛下！」

あらかた拭き終え、拭き布を阿古耶たちに返すと、沙羅は玉還に抱き付いてきた。しっとりとした褐色の肌から、身体を洗うのに使ったのだろう香油の匂いが立ちのぼる。

「もう、いい？　…もう、陛下の妃にしてくれる？」

「あ…いや、だがそなた、一日以上何も食べていないのだろう。まず食事をせねば…」

玉還が視線を向けると、料理の乗った盆を手にした宮人たちがしずしずと進み出る。とにかく何か食べさせなければと思い、沙羅の入浴中に用意させておいたのだ。

しかし沙羅はいい匂いを放つ料理を一瞥（いちべつ）もせず、首を振る。

「要らない」

「えっ」

「少しでも早く陛下の妃になりたい。もう待たない。…待てない」

金色の瞳がぎらつく光を放った。その光に見惚れているうちに、玉還は褐色の腕によって抱き上げられる。

「待…っ、て……！」

玉還はとっさに手を伸ばすが、阿古耶たちは『首尾よう種を孕まれませ』と一礼し、宮人たちと共に去っていってしまった。行き場の無い手に沙羅がついばむような口付けを落とす。

「陛下、……嫌？　俺のこと、妃にしたくない？」

「ち、違う……！　ただ私は、そなたが心配で…っ…」

いくら慣れていても、空腹はつらいはずだ。夢の中の玉還がそうだった。世話役は気が向いた時にしか食事をくれず、いつでも飢えに苦しんでは残飯を漁り、この泥棒めと叩きのめされていたから。

…白い光の人に出逢うまでは。

「……変わらない」

ぼそりと紡がれた呟きは、夢を思い返していた玉還には聞こえなかった。聞き返す前に、沙羅は玉還を抱いたまま近くの卓子に歩み寄る。卓子には朱塗りの大きな器が置かれ、数種類の果物が盛られていた。

「取って」

短く促され、玉還はわけがわからないながらも手近にあった茘枝(ライチ)を数個取る。

沙羅は満足そうに頷き、早足で部屋を横切ると、奥の扉を蹴り開けた。やけにがらんとした広い部屋には、中心に大きな天蓋付きの寝台だけが置かれている。

寝台に乗り上げるや、玉還を向かい側に座らせ、沙羅は大きく口を開けた。金色の瞳は玉還の手の中の茘枝に注がれている。

……これは、食べさせろという意味か？

玉還は茘枝の赤い皮を不慣れな手付きで剝き、現れた白くみずみずしい果実を沙羅の口に運んでやった。

「美味いか…？」

沙羅は嬉しそうに笑い、果実を飲み込むと、再び口を開ける。昨日は聖蓮に食べさせてもらっていたが、今日は食べさせる側だ。他人にものを食べさせるのは、生まれて初めてである。

……昨日、聖蓮が楽しそうだったのがわかるな。

自分の差し出したものを美味しそうに食べてもらえると、心がほっこりと温かくなる。玉還の場合は、自分でこしらえたわけではないけれど。

　金色の瞳が不穏にまたたいているのに気付かぬままもう一つ皮を剝き、同じように運んでやる。沙羅の口は白い果実を素早く咀嚼して飲み下すと、引っ込めようとしていた玉還の指にぱくりと喰い付いた。

「っ…!?」

　熱い舌がねっとりと指に絡む。ついさっきまで微笑ましく見詰めていたはずの唇は茘枝の果汁と唾液に濡れ、みだらな艶を帯びている。

「しゃ、沙羅…、やめろ……」

　こぼれた声は弱々しい。

心の奥底にひそむ真逆の願いを読み取ったのだろう。沙羅は玉還の腕を捕らえ、引き寄せる。咥(くわ)えられていた指が根元まで沙羅の口内にずぶずぶと呑み込まれていく。

『陛下』

　欲情した囁きが聞こえた気がした。ひたと玉還に据えられた金色の瞳の奥から。

『陛下、好き…、好き。やっと妃になれる…』

　ちゅ…、くちゅ…、といやらしい音をたてて指をしゃぶる沙羅の姿に、玉還は見入ってしまった。

　浴室から逃亡してきた沙羅が纏うのは、紗の袍一枚きりだ。極薄の布地は褐色の肉体を隠すどころか、より煽情(せんじょう)的に透かし見せている。

　極限まで引き締まった身体は、聖蓮はもちろん四夫人の中では最も小柄な月季よりも細いのに、脆弱(ぜいじゃく)さはかけらも感じられない。舞うために造り上げられた、しなやかな肉体だ。玉還も外延での宴に招かれ、舞い手たちが舞うところを見たことはあるが、こんな身体の主は居なかった。

「……陛下」

また聞こえた声は、沙羅の唇が紡いだものだった。沙羅はねっとりと唾液の糸を引きながら玉還の指を解放し、濡れたそれに頬を擦り寄せる。

「嬉しい。…陛下、俺を見てくれてる」

「あ、しゃ、沙羅…」

「俺も、…見てた。陛下を、ずっと、……ずっと、ずっとずっとずっと……」

すっと身を乗り出す沙羅の肩から、紗の袍がすべり落ちた。もはや隠すものは何一つなくなり、さらけ出される。沙羅の股間に勃ち上がった肉刀が。

「……は、…ぁ…っ…」

ぞくり、と背筋が震える。

月季や聖蓮よりも色の濃いそれの刀身は細身に見合わぬほど幅広で、何より長かった。刀というよりは槍のようだ。玉還の腹を貫き、最奥に種を孕ませるための肉の槍。

「…陛下、いい…?」

発散される熱気に押されるように首を上下させたとたん、寝台に押し倒された。紅玉の袍、その下に重ねた単衣、袴。阿古耶たちが丁寧に着付けてくれた衣を剝いでいく手は、性急でありながら優しく器用だ。

「…はぁ、はあ、は…っ…、……」

一枚、また一枚と衣を剝ぐたび、沙羅の呼吸は熱を帯び、荒くなっていく。欲情しきった金色の瞳に舐め回され、玉還の肌はじわじわと燃え上がった。淡く染まりゆく白い肌は、妃の興奮を煽る媚薬だ。

「はあっ、はあ、はあ…っ、ああ、あああ、ああ……！」

沙羅は下帯を着けていない玉還の股間にぎらんと目を輝かせる。足首のあたりにわだかまっていた袴をむしり取り、白い脚を大きく開かせると、何のためらいも無く股間に顔を埋めた。

肉茎が熱くぬるついたものに包まれる。沙羅に咥えられているのだと理解した瞬間、玉還の頬は真っ赤に染まった。

「あ、あぁ……っ⁉」

そこをしゃぶるなんて、月季や聖蓮もしなかったことだ。急所を捕らわれる本能的な恐怖は無い。玉還を傷付けようとする者には、即座に神罰が下されるからだ。何も起きないのならば、神もまたこの行為を許しているということである。

「やっ、や…ぁっ、沙羅、沙羅、やめて…っ…」

玉還は脚の間でうごめく金色の頭をどうにか引き剝がそうとするが、沙羅は肉茎に喰らい付いて離れない。熱い粘膜に包まれ、ぐちゅぐちゅと揉みたてられるたび、覚えのある感覚がひたひたと押し寄せてくる。

「駄目、…駄目、出てしまう、から…」

肉茎を咥えたまま、ちらりと目を上げてくれた沙羅に涙目で訴える。

金色の瞳が大きく瞠られたので、やめてくれるのだと玉還は安堵した。…次の瞬間、肉茎は根元まで沙羅の口に捕らわれた。

「ひ…っあ、あっ、あんっ、や、ああ、ああ……っ！」

唾液まみれにされた肉茎をじゅるるるっと唇で扱き上げられ、先端のくびれに軽く歯を立てられ、玉還はあっけなく快楽の波に呑まれてしまった。びくんっと震えた肉茎は、沙羅の口内で甘露を吐き出す。

「あ…、ああ、……あぁ……」

それでもまだ足りないとばかりに、沙羅は萎えた肉茎に舌を絡め、最後の一滴まで搾り取ろうとする。

残滓を吸い取られるたび達したばかりの身体に快感が走り、玉還は白い脚をびくびくと跳ねさせた。横目で窺う沙羅が、今にも暴発しそうな肉槍をそそり勃てていることにも気付かずに。

「……甘い……」

ようやく満足したのか、ゆっくりと上げられた沙羅の顔は、玉還とさほど変わらない年齢とは思えない妖艶な色香をしたたらせていた。どきんと心臓を高鳴らせる玉還は、知らない。舞踏一座の舞い手は、報酬次第では色を売らされることもあるのだと。

「陛下、…陛下、陛下、俺の陛下…」

沙羅は玉還に覆いかぶさり、真っ赤なままの玉還の頬に口付ける。とっさに逸らしても、熱い唇は見通したように追いかけてきた。

「…俺に甘露、あげたくなかった？」

「違う、…っ…！」

囁く声音は今にも泣き出しそうで、顔を上げたとたん唇を奪われた。月季の教え通り開いてしまった隙間から、ぬるりと舌が入ってくる。

「ん…っ…、う、ん、んぅっ……」

月季とも聖蓮とも違う余裕の無い舌遣いに、ぐちゃぐちゃと頭の中までかき混ぜられているみたいだった。絡んだ舌を絞り上げられ、混ざり合った唾液を飲まされる。こくん、と嚥下する喉を褐色の手が愛おしそうに撫でる。

「じゃあ、どうして？」

名残惜しそうに離れた唇に甘くなじられても、すぐには答えられなかった。鼻で呼吸する余裕が無かったせいで、はあはあと必死に息を吸い込んでいたから。

「…このような真似は…、月季も、聖蓮もしなかった、から…」

「……本当に？」

沙羅は何故か驚いていたが、玉還が頷くと、『信じられない…あいつら、本当に…』と呟いた。どういう意味なのだろう。首を傾げる玉還の頬に口付け、沙羅は寝台に投げ出されていた玉還の手に指を絡める。

「あの二人がしなかったことだから、嫌だった？」

「…そうでは、ない。その、…」

玉還は何度もためらってから、腹に力を入れ、肉槍をそっと押し上げた。褐色のそれは、密着しているだけで玉還の薄い腹の肉を破ってしまいそうなほど猛り狂っている。

「そなたは、…妃は、一度召されてしまったら、私を孕ませることしか許されず、自分で搾り取ることも出来ないのだろう？　なのに、こんな有り様のままでは…」

「…俺がつらいって、……心配してくれた？」

頷いた瞬間、息が出来なくなった。さんざん搾られ、くたっとしていた舌をからめとられ、唇を奪われたのだとようやく理解する。

『嬉しい』

間近にまたたく金色の瞳の奥から、また喜色に満ちた声が聞こえた。

『初めて心配してもらった。初めて泣いてもらった。……陛下、陛下、陛下……』

ざわりと波打つ心に浮かぶのは、夢の中の自分だ。白い光の人と出逢い、初めて誰かに心配してもらう喜びを知った自分。

「う…っ、ん、…ぅぅっ……」

疼きにも似た感覚が全身に広がり、玉還は沙羅の手をきゅっと握り返した。細い両脚を褐色の腰に絡める。いじらしい妃を…夢の中の自分を、抱き締めてやりたくて。

沙羅の喉がごくんと鳴った。

「ん……っ、んぅー……っ…」

伸び上がった沙羅に真上から舌を突き入れられ、激しい動きに翻弄されながらも、玉還は脚に力をこめる。沙羅の動きに引きずられ、高く掲げさせられた両脚は、必死に絡めていなければ振り落とされてしまいそうだ。

『もっと。もっと俺に縋って』

感激した沙羅は今にも弾けそうな肉槍をぐりぐりと玉還の腹になすり付けながら、口内を貪り続ける。沙羅の重みを受け止めさせられた腹はひしゃげ、脚を上げているせいで息苦しさに襲われるが、別の感覚もこみ上げてくる。

……欲しい。

口もいいけれど、腹の中にあの肉槍を突き入れられたい。たっぷりと種を孕ませてもらって、馴染むそばから注がれて、つながったままのしかかられ、一滴残らず媚肉に馴染ませてもらいたい。

「う、う、…ん、…っ…」

玉還は唯一自由になる脚を懸命に動かし、かかとで沙羅の背中を蹴る。

唾液も吐息も沙羅に吸い取られるせいでほとんど力は入らなかったが、沙羅は気付いてくれたようだ。容赦無い唇がねちゅりと音をたてながら離れる。…もっとも、言葉を紡げば触れ合うほどの近さでとどまっているのは、すぐにでもまた喰らってやろうという魂胆だろうけれど。

「……頼む、沙羅……」

「へい、か…？」

「孕みたい。……孕ませて」

耳元に唇を寄せ、玉還は懇願する。腹の中では媚肉がざわめき、早く種をと訴えている。

「──う、あ」

沙羅が苦しげに呻くたび金色の瞳はちかちかと不穏にまたたき、強い光を宿す。…いや、あれは炎だ。沙羅と玉還を焼き尽くしてしまうための。

だって、焼かれてしまえば…灰になって混じり合ってしまえば、絶対に離れることは無い。二人は一つになれる。

だから夢の中の玉還も、……。

「あ、あ、あ、……ぁぁっ！」

陛下、と最後は叫んだのだろうか。

狂おしい叫びを、玉還は聞き取れなかった。ぐいと担ぎ上げられた両脚の狭間…尻のあわいに、肉槍の先端をあてがわれたせいで。

むっちりとした熱い感触に腹の中が期待でざわめく。

「……大丈夫、だ」

はあ、はあっと荒い息を吐き、胴震いしながらも腰を進めようとしない沙羅に、玉還は手を伸ばす。…優しい沙羅。解しもしないで貫いたら玉還を傷付けてしまうかもしれないと、心配してくれたのか。自分だってつらいはずなのに。

「私は傷付いたりしない。…早く、そなたの種が欲しい」

「――――ッ！」

沙羅が発した獰猛(どうもう)な咆哮(ほうこう)は人間のものとは思えなかった。玉還に外で暮らした経験があれば、狼(おおかみ)を連想したかもしれない。

「あ、ああ、…あっ、あぁ…っ…」

寝台とほぼ垂直になるまで脚を担がれ、浮き上がった尻のあわいに肉槍が撃ち込まれていく。真上から沈められる褐色のそれは、玉還からもよく見えた。甘露を吐き出したばかりなのに、ぴくぴくと震えながら硬くなっていく肉茎も。

「…ああ…っ、ん、あん…、あぁ、…んっ…」

猛る褐色の肉槍が小さな蕾をこじ開け、媚肉を抉る。

蕾に触れられてすらいなかったにもかかわらず、痛みは皆無だった。あるのは隘路を無理やり拡げられる快感と、待ち焦がれていたものを与えられる満足感だけだ。ほんの二日前…初めて月季とまぐわった時は、香油を用いても下肢が軋んだのに。

……月季と聖蓮の種が、私に根付いたから？

そうとしか考えられない。神も言っていた。好きなだけ孕め、孕めば孕むほど玉還の器は満たされるのだと。玉還がより大量の種を孕めるよう、慈悲深い神が身体を造り替えて下さったのかもしれない。

……では沙羅の種も根付けば、私はもっと孕める身体になる？

腹の中をもっとたくさんの種に満たされることが出来る。月季と聖蓮と沙羅と…玉還の心に住まう妃たちとまぐわえばまぐわうほど…。

「しゃ、…ら、…沙羅、あぁっ」

「はっ、…はぁっ、はあ、…陛下、っ……」

情けどころをぐりっと抉られ、弾けそうになる肉茎の根元を沙羅が指で縛めた。寸前でせき止められた欲望は甘い疼きをもたらすが、ひどいとは思わない。

だって沙羅が名実共に妃になるには、玉還が沙羅の種を孕みながら吐いた甘露を飲まなければならないのだから。

「沙羅、…もっと、…奥に…」

ざわめく媚肉に突き動かされるがまま、玉還は沙羅の首筋に腕を回す。

腹の中でどくどくと脈打つ長大な肉槍。これならきっとまだ暴かれていない奥まで届き、孕むための場所を拡げてくれると、本能が告げている。

「あ…あ、…陛下、…一番綺麗で愛しい俺の陛下……！」

叫びざま突き入れられた肉槍は奥のすぼまりを貫き、月季も聖蓮も入ったことの無い最奥にずっぽりと嵌まり込んだ。喉奥から何かがせり上がってきそうな圧迫感に、玉還はうっとりと紅玉の瞳を蕩かせる。

「ああ…、…奥に、…奥、…に、…ぃっ…」

「…俺だけ？　ここに入ったの、…俺だけ？」

がくがくと腰を揺さぶられながら血走った目で問われ、玉還が必死に頷いた瞬間、腹の奥に熱がほとばしった。

「……ぁ、……ああ……！」

拓かれたばかりの狭い場所はたちまち沙羅の種に満たされてしまう。染み渡る熱い感触に打ち震える玉還の尻を捕らえ、沙羅はなおも腰を振った。暴いたばかりの場所を肉槍の先端で拡げ、少しでも多くの種を植え付けるために。

その貪欲さ、金色の瞳の奥に逆巻く炎の激しさにくらくらする。

「……陛下……」

頬を上気させた沙羅が玉還の腹を拭い、濡れた掌をかざす。

白い甘露まみれになった褐色の肌はぞくりとするほど淫らだ。中に出された時、玉還も肉茎から甘露を噴き出していたらしい。

「う……、……あぁ……」

ゆったりと腰を使いながら甘露を舐め取る沙羅は優美な肉食の獣のようで、玉還は見入ってしまう。月季とも聖蓮とも違うが、この少年も確かに美しい。阿古耶たちが最高位の四夫人に選んだのも頷ける。

「…これでやっと、俺も陛下の妃になれた、けど…」

「うあぁっ…」

「ここ、まだ足りないって言ってる。…俺ももっと孕ませたい」

中に出されて敏感になった媚肉を、沙羅は容赦無く突き上げる。達したばかりのはずの肉槍は媚肉に絡み付かれ、みるまに勇猛さを取り戻していった。

「……いい？」

欲情に蕩けきった金色の瞳が玉還を見下ろす。

応えの代わりに、玉還は両手と両脚で褐色の身体に縋り付いた。


長い褐色の指が器用に柑子（こうじ）の皮を剝いていく。現れた果実の白い筋まで綺麗に除き、ふっくらとした果実をひとふさ取ると、沙羅は玉還の口元に運んだ。

「可愛い」

もぐもぐと咀嚼する玉還の頰に、何度も口付けが落とされる。食べにくいからやめて欲しいのだが、沙羅が何とも嬉しそうなので、やめてくれとは言えずにいた。

「…可愛い。すごく可愛い。本当に可愛い。おかしくなりそうなくらい可愛い」

「しゃ、沙羅っ…」

たまらない、とばかりに顔をくしゃくしゃにした沙羅に抱き締められ、つむじに顔をぐりぐりと埋められて匂いを嗅ぎまくられる。玉還が柑子をひとふさ食べるたびにこれだ。やはりやめてくれとは言えないのは、玉還もまた心地よいと感じているからだろう。共に向かい合って寝台に寝そべり、果実を食べさせてもらうこの状況を。

沙羅が満足するまで孕まされても、玉還はどうにか意識を保てていた。月季と聖蓮の種が根付いてくれたおかげで、細く小さな身体にも体力がついたのかもしれない。

だが沙羅は玉還の腹のすみずみまで満たしても離れたがらず、隣の部屋から運ばせた果物をかいがいしく玉還に食べさせてくれている。さっきは玉還に食べさせてもらったので、そのお返しらしい。

…その割には、沙羅の方が楽しんでいるようにしか思えないけれど。

「沙羅…、もう一つ…」

そろそろ息苦しくなってきたので背中を叩けば、沙羅はいったん離れてくれたが、すぐにまたがばりと抱き込まれてしまう。

「可愛いっ…」

「な、何を言って…」

「俺の背中を叩いた時、ぺちぺちって音がした。ぺちぺちって…、陛下は叩く音さえ可愛い。全然痛くないけど」

——あいつらとは違う。

小さな呟きに胸が痛んだ。あいつら…たぶん一座の者たちだろう。ろくに口もきかなかったくせに、気に入らないことがあると沙羅に八つ当たりをしたのかもしれない。

「……、沙羅……」

玉還は力を抜き、褐色の腕に身を任せる。玉還の肩に埋められた唇が熱い息を吐いた。互いに生まれたままの姿だから、沙羅の熱がじかに伝わってくる。

無言のまま抱き締められていると、あの夢を思い出す。

『そなたは、……か？』

かん高い声の主に罵倒され、周囲の人々につつき回され、食事ももらえず、逃げ込んだ川辺に白い光を纏ったあの人は居た。夢の中の玉還を見て、ひどく驚いたような顔をしていた。

『そうか。だからそなたはそのような目に……』

白い光の人はぼろぼろの玉還をためらいもせず抱き締めてくれた。誰かに抱いてもらうととても安心出来るのだと、夢の中の玉還はあの時初めて知ったのだ。

「――陛下。徳妃様」

馴染んだ声が聞こえたのは、うとうとと眠りに落ちそうになった時だった。寝室の扉が開き、阿古耶たちがぞろぞろと入ってくる。

「間も無く十八の刻になりますので、お迎えに上がりました」

「え……」

もうそんな時間なのかと驚く玉還の脚を恭しく開かせ、種を孕まされた痕跡がありありと刻まれた蕾を確認すると、阿古耶たちは寝台の下にひざまずく。

「おめでとうございます、陛下。都じゅうの果樹園に巨大な樹が芽吹き、あらゆる季節の果実をたわわに実らせたと報告がございました。果実はもいでももいでも実り、枯れることを知らぬそうです。三人目のお妃様を娶られ、神はますます慶んでおいででしょう」

「…そう、か…」

神が実らせて下さった作物は決して枯れず、普通のものよりはるかに美味だ。神の祝福篤き伽国は飢饉を知らないが、民のことを考えたら食料はいくらあっても困らない。神の果実を配ってやれば、民は神への信仰をますます高めるだろう。

……一昨日は甘露の雨を降らせて下さって、真珠と珊瑚も下さったばかりなのに。

「ありがとうございます、神様。…でも…」

これ以上はさすがにもったいない、と続ける前に、青い光の玉が玉還の胸から飛び出した。阿古耶たちはひれ伏し、隣に横たわっていた沙羅も起き上がって顔を伏せる。

——遠慮など無用だ、玉還。そなたは私の愛し子。我が恩恵を受ける資格を持つ、この世で唯一の存在なのだから。

「神様…」

——珊瑚も果実も、そなたの好きにするがいい。…特に果実は、近いうちに役立つであろう。

光の玉はまたたき、玉還の胸に戻った。

……果実が、近いうち役に立つ？

神が具体的な未来について語るのは珍しい。起き上がった阿古耶たちに神の言葉を伝えると、そっくりな顔がいっせいに緊張を帯びた。

「…すぐ外延の丞相に伝えましょう」

阿古耶の一人が足早に出ていく。残りの阿古耶たちが着せようとした夜着を、横から伸びてきた褐色の腕が奪った。

「沙羅、……っ……」

至近距離に迫った金色の瞳に見惚れているうちに、裸身に夜着を纏わされ、ゆるく帯も締められた。短時間の着替えに慣れた舞い手だったせいか、沙羅の手はとても器用だ。

「……ずっと、待ってる。陛下がまた来てくれるのを」

仕上げに触れるだけの口付けを交わし、沙羅は名残惜しそうに離れる。その手を、玉還はとっさに摑んだ。聞かねばならないことを思い出したのだ。

「教えてくれ、沙羅。何故そなたたちは、わざわざ時間を分け合って私に召されている？」

沙羅は金色の瞳をさまよわせるだけで答えようとしない。答えられないのか、それとも答えたくないのだろうか。月季も聖蓮も沙羅も、玉還の妃なのに。

「…いつでも会いたかったら、俺を皇后に選んで」

やがて沙羅は目を逸らしたまま、ぽつりと呟いた。

「皇后に？　…何故…」

「今はそれだけしか言えない。…ごめんなさい」

しょぼんとした沙羅をそれ以上問い詰めることも出来ず、戸惑っているうちに刻限が訪れ、玉還は輿で花王宮に運ばれた。

……妃たちが取り決めを設けた理由は、私には聞かれたくないようなことなのか？

もやもやとしたものが胸に生じる。…妃たちが玉還に対し害意を持っていると、疑っているわけではない。彼らはそんな人間ではないし、万が一害意があったとすれば、とっくに神罰が下っているはずだ。

だったらこの割りきれない気持ちは何なのか。初めての気持ちに悩んでいると、外延に赴いていた阿古耶が玉還の足元にひざまずいた。

「丞相が明日、陛下に拝謁を願いたいと申しております」

「…それは、先ほどの神様のお言葉についてか？」

「はい。陛下のご高察を賜りたいとのことですが…いかがなさいますか？」

政の全権を委ねられている丞相が玉還の判断を求めるのは、よほどの大事が起きた時だ。おそらく神が教えてくれた、『果実が役立つ時』が近いのだろう。

「わかった。明日、十の刻に外延へ参ると伝えよ」

「承知いたしました」

さっそく外延へ向かう阿古耶を見送り、玉還は紫檀の椅子に背をもたれさせた。

夢の中の自分を彷彿とさせる沙羅の出自、明かされない取り決めの理由。ただでさえ思い悩むことが多いのに、丞相の用件が加わっていっそう気が重くなる。皇帝である以上、放り出すことは許されないとわかっているけれど。

「…陛下。この後はいかがなさいますか？　こちらでお休みになるなら、夕餉と寝所の支度をいたしますが…」

阿古耶たちが遠慮がちに伺いを立ててくる。すでに十八の刻を過ぎた。四夫人の中で一人だけ、いまだ召されていない銀桂のもとへ行くよう勧めるべきなのだが、玉還が思い悩んでいるので休ませたい気持ちもあるのだろう。

「……銀桂の宮へ行く。先触れを出してくれ」

玉環が命じると、阿古耶たちは喜びと不安がない交ぜになった表情で準備を始めた。

どうせ悶々と考え込んでしまい、ろくに休めないのだ。ならば待たせてしまっている妃のもとへ行く方が、よほどいい。

……賢妃、銀桂か。

対面の儀で見たきりの、凛とした知的なたたずまいを思い浮かべる。月季も聖蓮も沙羅も、それぞれに異なる魅力と慕わしさの主だった。最後の一人はどのような人物なのだろうか。

「お召し替えを」

阿古耶たちが玉環に新しい衣を着付けていく。

沙羅のもとへ渡る時着ていたものと意匠は違うが、こちらにも神から賜った真珠と紅玉がふんだんにあしらわれていた。ていねいにくしけずられた髪にも真珠と、珊瑚を花の形に細工した飾りが着けられる。

「もしやこれは、神様から賜った珊瑚か？」

「はい。陛下がお手元に残されましたものを、花王宮専属の細工師たちが細工いたしました。まだたくさんございますので、そちらは時間をかけて新たな揃いの額飾りと腕飾りと耳飾りを作らせる予定です」

さらりと言うが、小さな髪飾りとはいえ、この短時間でこれだけこしらえるのは大変だっただろう。よく見れば髪飾りは薔薇や木蓮、梅や蓮など、一つ一つ別の花をかたどっている。阿古耶たちが言うには、細工師たちは皇帝専属の職人であることに無上の誇りを抱いており、最上級の珊瑚を見せられた瞬間目を輝かせ、陛下に相応しい装身具をお作りするのだと自ら作業に入ったらしいが。

「大儀であった。とても気に入ったと、細工師たちに伝えてくれ」

「かしこまりました。そのお言葉を聞けば彼らはますます奮起し、寝食を惜しんで働くことでしょう」

「…くれぐれも、無理はさせぬように。良いな？」

玉還は念を押した。細工師たちに限らず、玉還専属の職人は玉還のためなら時間も手間も体力も平気で注ぎ込んでしまう者ばかりなのだ。

玉還の衣装部屋は彼らが作り上げ、玉還に纏ってもらうのを待つ衣装や装身具で溢れ返っている。物心ついて以来、玉還は同じ衣装に二度袖を通した覚えが無い。

「承知いたしました」

阿古耶たちは頭を下げ、玉還に真珠をびっしり嵌め込んだ靴を履かせた。これもきっと神から賜った真珠を靴職人たちが細工師に負けじとこしらえたものだろう。この分では仕立て職人たちも対抗心を燃やし、新たな衣装作りに夢中になっているかもしれない。また衣装部屋を増築することになりそうだ。

阿古耶たちに囲まれ、たどり着いた銀桂の宮では、主人の銀桂が折り目正しい礼で出迎えてくれた。

「陛下のご恩情に感謝を。お召しを心待ちにしておりました」

対面の儀と同じく細身の上衣に袴を身に着けた銀桂は、顔を上げるや、青い瞳をかすかに細めた。

背後に控える宮人たちを振り返り、静かに命じる。

「珈琲を用意しろ。たっぷりの砂糖と牛の乳も」

「こぉ、ひぃ…？」

初めて聞く不思議な言葉に玉還は首を傾げるが、宮人たちは知っているようで、素直に下がっていく。

銀桂は微笑み、玉還の手を取った。恭しく押し当てられる唇の温もりに、どきんと心臓が高鳴る。

「すぐおわかりになります。…さあ、参りましょう」

「あ、ああ…」

阿古耶たちと別れ、銀桂に手を引かれて宮の中に入る。四夫人の中で最も身長の高い銀桂はすらりと脚が長く、歩幅も広いのだが、小柄な玉還に合わせてくれるおかげでちっとも歩きにくくない。

案内された部屋は黒檀(こくたん)の調度類で纏められ、華やかさは無いが洗練された落ち着ける空間になっていた。四夫人の宮の造りは同じはずだが、住まう妃の趣味によってずいぶんと違うものだ。

庭を臨む円形の窓辺には品のいい卓子と椅子が置かれ、喫茶の支度がされていた。しかし並べられた茶器は玉還が馴染んだものとはだいぶ違う。

茶壺(ちゃふう)は背が高く、優美な曲線を描く注ぎ口はずいぶんと長いし、大ぶりな茶杯には取っ手が付いている。茶壺と揃いの小さな器は牛の乳で満たされ、添えられた小皿には花の形に固められた砂糖が数個載っていた。茶請けの干し果物と小さな月餅(げっぺい)は、玉還の好物だ。

「どうぞ、おかけ下さい」

銀桂が椅子を引いてくれる。向かい側にはもう一つ椅子が置かれてあるが、玉還は座らなかった。聖蓮の教えを思い出したのだ。

「妃と食事を共にする時は、妃の膝に乗るものなのだろう？」

「…誰が、そのようなことを陛下に教えたのですか」

「聖蓮が。……違うのか？」

銀桂と玉環とでは身長差がありすぎ、立ったままではどうしても見上げる格好になってしまう。銀桂は何故か息を呑んだが、向かい側の椅子に座り、腕を広げてくれた。

「私の膝では硬いかもしれませんが…どうぞお座り下さい」

「うむ、ありがとう」

玉環がさっそく膝の上に座ると、銀桂は落ちないよう腹に片腕を回してくれた。その腕は逞しく、背中に密着する胸は聖蓮のように柔らかくはないものの、どっしりしていて頼もしい。玉環がいくら動き回っても、小揺るぎもしないだろう。

「失礼いたします」

付き従っていた宮人が風変わりな茶壺から取っ手付きの茶杯に茶を注いでくれる。

ふわりと香ばしい匂いが漂い、濃い褐色の茶が茶杯を満たした。玉環の好む白茶や緑茶、花茶とはまるで違う色だ。

「…これが、先ほどそなたが言っていた『こぉひい』か？」

銀桂はふっと喉を鳴らすように笑い、宮人から茶杯を受け取った。

「はい。珈琲の木の種子を焙煎（ばいせん）し、細かく挽（ひ）いた粉に熱湯を注いで漉したものです」

「こぉひいの木の、種子？　…つまりこれは茶葉ではなく、種から淹れた茶なのか」

玉環の知る種は花の種や、茘枝や柑子などの果物に入っている種だが、あれらを炒（い）ってもこんな香ばしい匂いにはならないだろう。初めて嗅ぐのに、不思議と心惹かれる匂いだ。

「飲めるのか？」

「もちろんです。…しかし最初はほんの少しだけになさって下さい」

銀桂の忠告の意味はすぐにわかった。銀桂に渡してもらった茶杯の中身をそっと啜ったとたん、今まで味わったことの無い苦味が口いっぱいに広がったのだ。

「…な、何だ、これは？」

「珈琲は苦味と酸味の強い飲み物なのです。大人は慣れればこの苦さがやみつきになるのですが、幼い者にはいささかきついでしょうな」

暗に玉還も幼いと言われたのだが、腹は立たなかった。銀桂の低い声は珈琲のように不思議な深みとかぐわしさがあり、玉還が落ちないよう支えてくれる腕はことのほか優しいからだ。

包まれ、支えられる安心感は、聖蓮とはまた少し違う。聖蓮にはいつまでもあの豊かな胸に甘えていたいが、銀桂には背後からずっと包まれ、頭を撫でられていたくなる。この感覚は…。

「されどこうすれば、幼き者も楽しめるようになる」

銀桂は茶杯を卓子に置き、花の形の砂糖と牛の乳を注ぐと、宮人が差し出した柄の長い匙でかき混ぜた。牛の乳と混ざり合った珈琲は白みを帯びたやわらかな褐色に変化する。蘇（チーズ）や乳酪（バター）などは料理に使われるため、牛の乳には馴染みがあるが、飲み物に入れるのは初めてだ。

「……、……美味い！」

こわごわと啜り、玉還は目を瞠ってしまう。

苦味を砂糖と牛の乳が緩和してくれるおかげで、香ばしさとまろやかで芳醇な味わいだけを楽しめるようになっていた。一口、また一口と後を引く味だ。これならやみつきになる者が居るというのも頷ける。

「ふ…、くく、ふふふっ…」

ふと密着した胸が震えたので振り返れば、銀桂が端整な顔をゆがめるようにして笑っていた。さっきとは違うおかしくてたまらないとばかりの笑顔は、年齢よりも銀桂を若々しく見せ、玉還の目を吸い寄せる。

「銀桂…？」

「…申し訳ございません。あれほどおそるおそる口をつけられたのに、ぱっと笑顔になられるのがあまりにお可愛らしかったもので」

――見惚れてしまいました。

「……ぅ、…ぁ……」

囁く声は砂糖よりも甘く、練り絹のようになめらかで、背筋がぞくぞくと震えてしまう。真っ赤に染まった玉還の耳朶を甘噛みし、銀桂は茶請けの月餅をつまみ上げた。

「こちらもどうぞ。珈琲と一緒に召し上がると、いっそう味を楽しめるかと」

「…う、うむ」

一口で食べきれる大きさの月餅にかぶりつく。中身は玉還が好きな、椰子（やし）の実を混ぜた餡（あん）だ。食べた後に珈琲を飲むと餡の甘ったるさが苦味と混ざり合い、心地よい甘さとなって喉を潤してくれる。

口元に差し出された干し杏子（あんず）を食べようとして、玉還は白皙の顔を見上げた。

「そなたは飲まぬのか？」

「私は飲み慣れておりますゆえ。……それに、陛下のお可愛らしいお姿を拝見する方が、心が弾みます」

どきん、とまた心臓が高鳴る。ごまかすように干し杏子を口にしたが、密着した銀桂には隠せないだろう。ふふっと笑われ、玉還は茶請けの胡桃(くるみ)に手を伸ばした。

玉還がそうして珈琲を楽しむ間、銀桂は玉還から問いかけない限り話しかけてこない。真珠色の髪を愛おしそうに撫でるだけだ。

だが夕日の差し込む空間に横たわる沈黙は気まずくはなく、どこまでも優しく玉還を包んでくれる。部屋の主人のように。

「ふう……」

大ぶりの茶杯が空になる頃には、悩みだらけの心はすっかり落ち着いていた。何も解決したわけではないのだが、今あれこれと悩んでいても仕方がない、これからどうにでもなると思えるようになっている。

だから、黙って玉還を抱いてくれる銀桂の優しさにも気付けた。

「ありがとう、銀桂」

「…陛下?」

「私のために、わざわざ珈琲を用意させてくれたのだろう?」

銀桂はきっと玉還の顔を…そこに浮かぶ憂鬱(ゆううつ)を見て、珈琲を用意させたのだ。会うのはまだ二度目なのに、心の内を察してくれた。

「陛下のお身体とお心をお慰めするのは、妃として当然のこと。礼には及びませぬが…」

髪を撫でていた手が腹に回された。両の腕(かいな)で抱き締められる。肩口に顎を乗せられ、銀色の髪がさらりと頬をくすぐった。

「そう仰って頂けると、我が心は歓喜と愛おしさに震えます。気高く清らかな我が主君、…我が夫…」

「あっ、……」

ぐっと尻のあわいに押し当てられる股間は熱く、銀桂が玉還に欲情しているのだと教えてくれる。この余裕と思い遣りに満ちた男に求められている。嬉しいのに、またあのかん高い声が聞こえてくる。

『お前のような化け物が、誰かに愛されると思っているの？』

震える玉還のうなじに、かすかな甘い痛みが走った。

「あ…っ…？」

「陛下…、貴方というお方はこんなにも高貴で美しく、お可愛らしいのに」

ちゅっ、と可愛らしい音をたて、またあの痛みがさっきより下に刻まれる。吹きかけられる熱い吐息の感覚で玉還は理解した。やわらかな笑みをたたえていた、銀桂のあの唇に薄い肌を吸い上げられているのだと。

控えていた宮人が卓子に燭台を置き、一礼して去っていく。

「何故ですか？　時折、ひどく自信の無さそうな…まるでここに居てはいけないのだというようなお顔をなさるのは」

「ぁっ…、ぎ、…銀桂…」

「私の貴方に、そのようなお顔をさせる大罪人はどこの誰ですか？　…教えなさい。地の果てまでも追いかけ、切り刻んでやりましょう」

懇願されたりへりくだられたり、優しく促されたりするのはしょっちゅうだが、教えなさい、などと命令されたことは無い。阿古耶たちが居合わせたなら、不敬なとまなじりを吊り上げるだろう。

けれど、嫌な気持ちにはならなかった。むしろ胸に刺さる甘い棘を、もっともっと刺して欲しくなる。初めて味わうその欲求が、玉還の口を動かす。

「…誰、でもない。夢だから」

「夢……、ですか？」

「物心ついた頃から見る夢だ。夢の中の私はとても小さくて、…誰からも忌み嫌われている」

ぽつりぽつりと、玉還は語った。かん高い声の主に痛め付けられること、周囲の者に罵倒されること、どこにも居場所が無かったこと、白い光の人に出逢ったこと…夢の中で起きる全てを。銀桂はなかなかの聞き上手で、気付けばあらいざらい打ち明けさせられていたのだ。

「…なるほど。夢で責められるがゆえ、現実でも自信を持てずにいらっしゃるわけですか。大罪人が夢の中では、さすがの私も捕らえることは出来ませぬが…」

しばらく聞き役に徹していた銀桂が玉還の袍の襟をずり下げ、隠されていた肌にちゅうっと強く吸い付く。

「あぁっ…」

「今度は私のことをお話しいたしましょう。…陛下、私は都から遠く離れた、隣国との国境にほど近いさる農村の生まれにございます」

都とは比べ物にならないほど小さい村だが、神の祝福のおかげで実りに困ることも無く、村人皆が幸福に暮らしていたそうだ。もちろん銀桂とその家族も。

だが銀桂が今の玉還より少し幼い頃、村は突然襲ってきた盗賊の一団によって略奪され、村人もほとんどが虐殺された。生き残ったのは銀桂と幼馴染みを含め、ほんの数人程度だったという。

盗賊は隣国からの流民だった。隣国は伽国と違い天候不順が続き、これといった資源や産業にも恵まれず、愚鈍な王は酒や女に逃げるばかりで、食い詰めた民が次々と逃げ出していたのだ。銀桂の村を襲った盗賊は、元はそうした寄る辺の無い民だったのである。

盗賊は銀桂の村を略奪した後、続けて別の村を襲おうとした途中で辺境警備隊に捕縛された。伽国はそのけた違いの財力を軍部にも注ぎ込み、広い国境線を綿密に警備させているのだ。

盗賊から銀桂の村について聞き出した警備隊が駆け付けたところ、生き残った銀桂と幼馴染みたちを保護し、都へ連れ帰った。そして親を亡くした子のための施設に引き取られ、成人した後は幼馴染みと共に軍に入ったのだ。

「…私と幼馴染みが軍人を志したのは、陛下。少しでも貴方に恩返しをしたかったからです」

「私に？　だが私は、何もしていないのに…」

「賊がただちに捕縛されること。身寄りを失った子どもが何不自由無く育てられること。じゅうぶんな教育を受け、職業選択の自由を与えられること。どれ一つ取っても、伽国以外の国ではありえない僥倖です」

もしこれが他国であれば、辺境の小さな村が一つ襲われた程度で軍が動くことは無い。ある程度被害が蓄積し、無視しきれない有力者の訴えがあって初めて出動する。賊が壊滅する頃には、その数十倍の民が犠牲になっているだろう。

生き残った子どもたちはそのまま捨て置かれ、たいていが野垂れ死ぬ。運良く命をつないだとしても、末は村を襲ったのと同じ賊に身を落とすか、奴隷として売り飛ばされるのが関の山だ。他国にも孤児のための施設はあるが、環境は劣悪で、満足な教育も施されぬまま外に出されるため、たいていが悲惨な末路をたどるのだという。

「軍部が規律正しく正義の心を保つのも、施設が子どもたちの味方であり続けるのも、陛下。全ては貴方がそうお望みになるからです」

「でも…、それは神様が祝福を授けて下さるおかげだ。私の力ではない」

「そうかもしれません。ですが、与えられた力をどう使うかはその者次第。たとえば素晴らしい名刀を与えられたとして、他人を守るために振るう者も居れば、傷付けるために振るう者も居るでしょう。陛下が前者であられたからこそ、伽国は神の楽園と羨望されるほどの平和と繁栄を享受しているのです」

さっき思いきり吸い上げられ、まだちりちりと痛む肌に、銀桂はいたわるように舌を這わせる。

「陛下はご自分で思われるよりはるかに多くの民を救ってこられた。その一人として、どうすればこのご恩を返せるのか。私は悩んだ末、幼馴染みの永青と共に軍人になりました。しかし陛下のお妃集めが公布された時、天啓がひらめいたのです。一介の軍人として返せるご恩はたかが知れている。されどお妃ならば傍近くで陛下を支え、寄り添うことが叶うのではないかと」

「…だがそなたは、軍人であったのだろう？」

四夫人に選ばれるほどの容姿と人格、そして知性の主だ。年齢的にも、銀桂は軍内で相応の地位を築いていたに違いない。妃になれば、必死の努力の末に獲得した全てを捨てなければならないのに。

「もとより陛下のおかげで得たものです。陛下のお傍に上がるためならば、ためらいなど何もありませんでした」

銀桂は玉還の袍の留め具を背後から器用に外し、はだけた胸元から手を侵入させた。妃の種を孕むため赴くのだからと、いつもよりゆったりと着付けられた単衣はたやすく緩み、銀桂の手をその奥に受け容れる。

「あんっ……」

胸の頂に息づく小さな乳首をつままれ、くにっとつねられたとたん、痺れにも似た感覚が腰を疼かせた。月季にも聖蓮にも沙羅にも、そこはあまり触れられたことは無い。

「…ああ、何と無垢でお可愛らしいお声だ。ここをこうして可愛がられるのは、初めてですか？」

「ん…っ、…んんっ…」

問う間にも先端の小さな穴を指先で抉られたり、薄い胸の肉を寄せ集めるように揉み上げられたりするせいで、まともに声が出せない。代わりに首をがくがくと上下させれば、反対側からも大きな手が入ってきた。

「初めてなのにここで気持ちよくなれるなんて、陛下はいい子ですね」

「…あ…っ、い、…いい、子…？」

「ええ。悪い子はなかなか、おっぱいでは気持ちよくなれないのですよ」

銀桂がするりと玉還の股間に手をすべらせる。

そこはすでに熱を帯び、乱れかけた袴を押し上げていた。絹地ごと大きな掌に包まれるだけで、どくんと脈打つ。

「あ、あっ…、お、おっぱ…い、って、…何、だ…？」

初めて聞く言葉は不思議で淫らな響きを含み、玉還を惑わせる。銀桂はふふっと笑い、再び両手で胸の肉を揉み上げた。

「陛下の、お可愛らしいここのことですよ。普通は胸と呼びますが、閨ではおっぱいと呼ぶのです」

「そんなこと…、初めて、聞いた、…ぁっ…」

「閨事に絡むことゆえ、お教えするのは我ら妃の務めでございます」

思い返せば、月季も同じようなことを言っていた覚えがある。いずれ妃に教えてもらうため、阿古耶たちは敢えて何も言わなかったのだろう。

「…さあ…、陛下。仰ってみて下さい。もっとおっぱいを可愛がって、と」

「…あ…っ、や…、あぁぁっ……」

「そうすればもっと気持ちよくして差し上げます。愛しくてお可愛らしい、私の陛下…」

にゅるりと耳の穴に舌を入れられ、胸の肉を揉みしだかれる。

言う通りにすれば、さっきみたいに乳首をいじって気持ちよくしてもらえるのだろうか。頂の小さな肉粒はじんじんと疼き、銀桂の指を待ちわびている。

「…お…っ、…ぁ、…い…」

きゅっと袴の絹地を握り締め、玉還は背後の男を振り仰いだ。静かな湖面のようだと思っていた青い瞳が欲情に濡れている。

「おっぱい、……可愛がって……」

懇願と同時に、全身が震えた。玉還が震えたのではない。玉還を膝に乗せた、銀桂が大きく胴震いしたのだ。

「…もちろん。もちろんです、陛下。お望みとあらば、いくらでも」

「あぁ、んっ…！」

「可愛がって差し上げましょう。この無垢でお可愛らしいおっぱいを…」

銀桂の両手が玉還の両方の乳首をつまみ、ぐりゅ、と押し潰す。

びりびりと内側から焼き焦がされるような感覚に貫かれ、玉還は両脚をわななかせた。弾みですべり落ちそうになった身体を、銀桂がすかさず支えてくれる。

「ひ…あ、あ、あ――……っ！」

自分のものとは思えないほど甘い悲鳴がほとばしった。真っ白に塗り潰されていた視界がゆっくり戻るにつれ、全身から力が抜けていく。ぐったりと銀桂にもたれかかる姿を、燭台の明かりに照らされた丸窓が映し出す。

快楽の余韻に蕩けた顔。乱れた袍から覗く、淡い朱鷺色に染まった白い肌。だらしなく広げられた両脚。

どれ一つ取っても皇帝の威厳などかけらも無いのに、背後から抱き締める銀桂の顔は喜びと慈愛に満ち溢れていた。小柄な玉還をすっぽりと覆って余りある肉体の頼もしさ、広く分厚い胸は玉還がずっと慕わしく思い描いていたものに重なる。

「……父上……」

生まれてから一度も会ったことの無い父、前皇帝。

皇帝の位を奪い取ったも同然の自分は疎まれている。だから神が対面を禁じるのだとわかっていても、想像せずにはいられなかった。父とはどんな人物なのか。物語に登場するように大きくて逞しく、子を軽々と抱き上げてくれる存在なのか。……真珠色の髪と紅玉の瞳の玉還を、愛しい子と慈しんでくれるのだろうかと。

「……前皇帝陛下を、慕っておいでですか？」

「わからない。…お会いしたこと、無いから」

何故だろう。一回り大きな身体に包まれ、優しく頭を撫でられていると、小さな子どもにでも還ったような心地になってしまう。…ちょうどあの夢の中の自分のような。

「でも、一度でいいからお会いしたいって思ってた。私なんて嫌われてるに決まってるけど、それでも…」

「……貴方を嫌う者など居るものか。そのような者、この私が許さぬ」

丸窓に映る銀桂の青い瞳がぎらりと輝いた――ように見えた。振り向いたら愛おしそうに細められたので、きっと気のせいだったのだろう。

「私が貴方の父なら、貴方が愛おしくて愛おしくて、どこかへさらわれていってしまわないかと心配でたまらなくて、片時も傍を離せない。日がな一日こうして腕の中に閉じ込め、愛で続けるでしょう」

「…銀桂…、……本当に？」

「本当ですとも。…何なら試してご覧になりますか？」

銀桂は玉還の耳朶を食み、そっと吹き込む。

甘い提案に心臓がとくんと高鳴った。玉還はもじもじと何度もためらい、とうとう口にする。

「……と、……父様（とうさま）……」

「ああ……」

青い瞳を歓喜に蕩かせ、銀桂は玉還を包む腕に力を込めた。さらされたうなじに吸い付き、軽く歯を立てる。

「ひぁっ……」

「いい子だ、吾子は……本当にいい子だな……」

吾子…我が子と呼びかける低い声は甘く、うなじをすべる唇に食まれるたび心の中の芯がふにゃふにゃと溶けていく。まるで本当に銀桂の子になって、父の胸に抱かれているような――。

「…父様、…あんっ、父様、ぁ…」

「吾子…、私の可愛い吾子……」

大きな手が乱れきっていた袍と単衣をずり下げる。玉還が自ら袖から腕を抜くと、頭を慈しむように撫でられた。

「よく出来たな。吾子は賢い子だ」

「あ…っん、と、…父様に、もっと触れて欲しかった、から…」

「…違うだろう？　吾子。もっとここを触れて欲しかったら、何と言うのだった？」

銀桂は青い瞳を細め、もはや隠すもののなくなった裸の胸を両側からいやらしく揉み込む。男の大きな掌でたやすく覆い隠されてしまう胸も、その指の隙間から覗くぷっくりとした乳首も、丸窓に映し出されている。

「わ、…私の、…おっぱい、…もっと、可愛がって…父様……」

「っ……、……ああ、吾子。いくらでも……」

――可愛がってあげよう。

熱にかすれた語尾は、堪えきれないとばかりに喰らい付いたうなじに打ち込まれた。さっきとは違い、容赦無く歯を喰い込まされる。

「やぁ、あっ……」

皮膚を破られる痛みは一瞬で甘い陶酔（とうすい）に変わり、玉還は身をよじった。太陽が沈み、室内を侵食しつつある薄闇に、くねる白い身体が浮かび上がる。

「あ…、あっ、父様、…父様っ」

くり返す呼び名はまるで魔術のようだ。銀桂は玉還の父親などではなく、妃である。玉還はこの男の種を孕むためここへ来たのに、父様と呼ぶたび、皇帝の務めなど放り捨てていつまでも甘やかされていたくなってしまう。

それに――。

「父様…、つらく、ない…？」

玉還は小さな尻を銀桂の股間に擦り付ける。ただ上に乗っているだけでもわかるほどそこは硬く、熱を帯びていた。

きっと玉還に種を孕ませたくて孕ませたくて、狂おしいほどいきり勃っているはずだ。想像すると蕾がきゅんとうごめく。

「心配してくれるのか…。…吾子はいい子で賢いだけではなく、優しい子だな」

「…ん…、あぁっ…」

ぐっと銀桂が真下から玉還の尻を押し上げる。布越しに何度も蕾を抉られる間にも無防備なうなじや背筋を吸われ、歯を立てられ、白い肌に銀桂の痕を刻み込まれていく。

「……父様の種を、孕んでくれるか？」

「ん…、…うん…っ、…父様の種、いっぱい、お腹に、欲しい…」

こくこくと何度も頷けば、ふわりと身体が浮いた。椅子を蹴倒す勢いで立ち上がった銀桂の腕に抱かれて。

両腕ではなく左腕一本で、縦向きに抱いた玉還を軽々と支えている。その力強さと幼子を抱きかかえるような仕草に玉還の腰は甘く疼いた。押し当てられた股間の熱さが忘れられない。早くじかに触れて欲しいと、蕾が訴えている。ほんの数刻前、沙羅の肉槍に貫かれ、最奥のさらに奥を孕みどころにされてしまったばかりだというのに。

「早く…、父様……」

玉還は銀桂の首筋に縋り付き、さっきまでの愛撫を思い出しながら白い肌をちゅっと吸い上げる。ごくりと喉を鳴らし、銀桂は右手奥にある扉を荒々しく蹴り開けた。


扉の奥は寝室だった。高位の妃の宮には複数の寝室があり、どの部屋からも寝室へ移動出来るよう設計されている。皇帝がいつでも存分に種を孕めるようにという、神の指示で。

「……吾子。父様に見せなさい」

大きな寝台の真ん中に下ろされるや、掬い上げた真珠色の髪に口付けられながら囁かれる。何を、なんて聞くまでもない。ぎらつく青い瞳に全身を舐め回されれば嫌でもわかる。

「はい、父様」

熱っぽい声音で紡がれる命令にぞくぞくする。玉還は背中に引っかかっていただけの袍と単衣を取り去り、袴も脱いだ。手が興奮に震えるせいで少し時間がかかってしまったけれど、銀桂はゆったりと青い目を細めて見守ってくれる。

「おお……」

自らさらけ出した裸身に銀桂は感嘆し、膝を立ててにじり寄ってくる。

「何と美しい。真珠のようだ…」

「…あ…、父様…」

「この髪も、この肌も。深い海の懐に抱かれ、月光を浴びて育った真珠のようだ……」

銀桂は玉還の長い髪を後ろへかきやった。隠れていた股間が露わになる。ほのかに熱を帯びた肉茎を、大きな掌が包んだ。

「ここはもう、甘露を出せるようになったのか？」

「っ…は、…い…」

「そうか。妃を迎えて間もないというのに…吾子は本当に聡明な、いい子だな…」

いい子と囁かれるたび、心の奥底がじわじわと熱くなる。自分なんか、自分なんて。どれだけ大切にされても消えなかった卑下(ひげ)の気持ちが少しずつ溶けていく。

そのまま肉茎を可愛がってもらえるのかと思っていたら、銀桂はゆっくりと離れていった。

「……這いなさい」

「っ……、はい、父様」

身体の芯が震え、淫楽の小さな炎が宿る。肉茎がぷるぷるとわなないた。命令されて感じるなんて、自分はどこかおかしくなってしまったのだろうか。

った。

葛藤しつつも、玉還はうつ伏せになる。冷たかった絹の敷布は玉還の体温を吸い、すぐに温かくな
命令はそれだけでは終わらない。

「腰を上げて、脚を開きなさい」

「…と、父様…」

「吾子が父様を銜え込むための場所をよく見せるんだ。……いいね？」

ぞくんっ、とまた身体の芯が震える。

玉還は言われた通り腰を上げ、膝を立てて脚を開いた。ついでに肘をつき、上体を支える。

「ああ…、いい子だ。吾子の可愛いここが、もっとよく見えるようになった」

「あ…っ、ん……」

尻たぶを割られ、隠されていた蕾に火傷しそうなほど熱い眼差しが絡み付く。

……あ、…あ、……見られてる。

ついさっきまで沙羅の肉槍にこじ開けられ、たっぷり種を植え付けられていた蕾を。

かあああ、と頬が紅く染まっていくのがわかった。どうしてだろう。阿古耶たちによってたかって
検分されても、恥ずかしいなんて思ったことは無いのに。

「もう三人も妃を娶ったというのに、綺麗な色のままだな」

「あ、……ひゃんっ⁉」

熱く濡れたものが蕾に這わされ、玉還はびくっと身体を震わせる。くずおれそうになった腕に力を
入れれば、尻たぶを大きな手に撫でられた。いい子だ、と誉めるように。

「あぁ、…っん、あっ、あっ、あぁ…」

ちゅ…、くちゅっ、と尻のあわいから淫らな水音が聞こえる。まるで深い口付けを交わしている時のように。

「あっ、あんっ、…父様、…父様、ぁ…っ」

口付けと違うのは、玉環の唇は自由なままで、ひっきりなしに甘ったるい悲鳴を漏らし続けていること。そして勝手に振ってしまう尻のあわいを、熱く濡れたものが舐め回していることくらいだ。

「…あ、…んぅ、…あぁ……！」

ぬるる、と濡れたものが腹の中に入ってくる。尻のあわいに熱い鼻息が吹きかけられ、玉環はようやく悟った。銀桂の舌に蕾を暴かれているのだと。

「と…う、さま、…父様、父様ぁっ…」

指とも肉刀とも違う感触は、玉環の身体の芯をまた疼かせた。…だって、だってそこは三人の妃たちの種をたっぷりと搾り取った場所で。ついさっきも、沙羅の種が腹を少し押されれば溢れ出てしまうほど詰め込まれていて…。

……だから、だ。

媚肉をこそぐように舐め取られ、玉環は唐突に理解した。銀桂は玉環がちゃんと種を孕めたかどうか、自らの舌で確かめているのだと。

「あぁぁぁっ…、父様、…あんっ、父様、ああっ…」

甘く呼べば呼ぶほど舌は腹の中をぬめぬめと這い回り、媚肉をびちゃびちゃに濡らしながら味わってくれる。時折聞こえる喉の鳴る音と濡れゆく媚肉が、玉環の肌を燃え上がらせた。…もっとねばねばとして熱い液体にべとべとにされる快楽を、玉還は知っている。

布越しにも熱く硬かった銀桂の肉刀。あれでここを貫かれ、おびただしい量の種を孕ませてもらえたら――。

全身を駆け巡る熱の奔流(ほんりゅう)が股間に集まっていく。玉還が尻を振るのに合わせて揺れる肉茎は、今にも弾けそうなほど張り詰めている。

「……あ、あぁ、……っ……！」

情けどころを舌先に抉られた瞬間、肉茎はどくんっと脈打った。銀桂はするりと前に手を回し、先端から吐き出される甘露を残らず受け止める。

「……吾子。私の可愛い吾子」

髪を優しく掬い取られ、突っ伏してしまっていた顔を上げれば、銀桂が微笑んでいた。玉還と目を合わせてから、掌を濡らす甘露をゆっくりと舐め取る。

「父様……」

「三人分、きちんと孕めたな。しかも腹を可愛がられるだけでおちんちんから甘露を出せるとは、吾子は本当にいい子だ」

「……おちんちん？」

初めて聞く言葉を思わずおうむ返しにしてしまう。

銀桂は萎えた肉茎に手を伸ばし、優しく包み込んだ。

「吾子の可愛いここのことだ。知らなかったか？」

「…ごめん、なさい」

玉還は項垂れた。おっぱいといいおちんちんといい、自分は妃の夫たる皇帝なのに、知らないことが多すぎる。

「謝る必要は無い。吾子は妃を娶って間もないのだから。知らないことはこれから知ればいい」

「父様…、本当？」

「ああ、本当だ。恥ずべきは知ろうとしないことであって、知らないことではない。…吾子は違うだろう？」

「……はい」

頬から喉を撫でられ、玉還はうっとりと目を細めながら頷いた。欲情に濡れた青い瞳がぎらつきを増したのにも気付かずに。

「では、言ってごらん。……と」

銀桂は玉還を横向きに寝かせると、自分も向かい側に身を横たえ、覆いかぶさりながら耳元で囁いた。真珠色の髪を梳いてくれる手の優しさに促されるがまま、玉還は教えられた言葉をくり返す。

「…お尻を父様に舐めてもらって、おちんちんが気持ちよくなりました…」

「気持ちよくなったのは、おちんちんだけか？」

くにゅ、と乳首をつままれ、唾液まみれにされた蕾がきゅんと疼く。

「あぁ…んっ、…おっぱいも、…お腹も、気持ちよくて、あ、ああっ、あん…っ」

「お腹はどうして気持ちよくなったんだ？」

「父様に、いい子って、誉めてもらったから…」

やわらかな笑みの気配と共に、耳朶を噛まれた。びくんっ、と震える背中を大きな手が撫で下ろし、尻のあわいにそっと指を差し入れる。

「…いい子だ」

囁くと同時に、入ってきた指が情けどころを引っ掻いた。

「あ、…んっ！」

身体の芯が疼き、玉還は唾液を塗り込めるようにうごめく指を食み締めてしまう。いい子だと優しく頭を撫でてくれたあの指を…ごつごつとして節ばった感触を逃さないために。

「いい子だ。吾子よりもいい子は居ない。素直で可愛い、私の吾子……」

「…やっ…、ん、父様、父様ぁ……」

とろり、と心の奥底がまた甘く蕩ける。銀桂の声には魔力でもこもっているのだろうか。聞いているだけで思考が溶け、いい子と誉めてもらうことしか考えられなくなってしまう。

「父様…っ…、あぁ…っ、父様…」

ぐちぐちと情けどころを執拗になぞられるうちに、玉還はいつしか腰を揺らし、股間を銀桂のそこになすり付けていた。尻に男の指を深々と銜え込まされながら腰を振る自分が、どれほど銀桂の劣情を煽るかなんて考えもせずに。

「は…ぁっ、父様の、も、熱い…」

生まれたままの姿になった玉還と違い、銀桂はまだほとんど衣服を乱していない。細身の袴もまだ穿いたままなのに、銀桂の肉刀はともすれば燃え上がってしまいそうなほどの熱を玉還に伝えてくる。

「こんなに可愛い吾子を見せ付けられて、孕ませたくならないわけがないだろう？」

「…ひっ…、やぁぁっ……」

ぐううっと強く情けどころを指先に突かれ、密着した身体の狭間で肉茎がまたむくむくと膨らんでいく。

このまま出してしまいたい。でも駄目だ。銀桂はまだ玉還の妃になれていない。次こそ銀桂の種を孕みながら甘露を出し、銀桂に味わってもらわなければ。

「父様、お願い…父様の種、孕ませて…」

玉還は今にも達してしまいそうなのを堪え、震える手で銀桂の袴の紐をほどいた。手探りだからなかなか上手くいかないのがもどかしいけれど、どうにか袴の前をずり下げるのに成功する。

「いいのか、吾子？　私のこれで、吾子の腹をかき混ぜても」

「……あっ…、あ…ぁ……」

掌に押し付けられた肉刀は熱く、玉還の小さな手には収まりきらないほどの大きさでずっしりと重い。

見なくてもわかる。こんなものに貫かれたらただでは済まないと。身体も、…心も。

でも——。

「父様のおちんちん、お尻に、ちょうだい…っ…」

「っ……吾子、……吾子、……！」

自ら反対側を向き、疼き続ける尻を剥き出しの肉刀に押し付ければ、片脚をぐいっと持ち上げられた。太股が胸につくほど折り曲げられ、さらされた蕾に待ち望んだ熱い肉刀の切っ先があてがわれる。

「あああ、…あっ、……あ————っ……！」

ずにゅううううっ、と何の抵抗も無く侵入してきた肉刀は玉還の薄い腹の肉壁を突き、情けどころを抉り上げながら奥へ進んでいく。

腹を食い破られてしまいそうな太さと獰猛さに、くらくらとめまいがした。最初に召したのが銀桂だったら、玉還の狭く小さなそこは受け容れきれずに壊れてしまったかもしれない。

「…あー…っ、あぁ、ああ……」

熟した切っ先は最奥のすぼまりをたやすく突破し、沙羅が拓いたばかりの孕みどころにずっぽりと収まった。薄く柔い肉に包まれる心地を堪能するように腰を震わせ、銀桂は気持ちよさそうな息を吐く。

「……全部入った。吾子はいい子だな」

「あ…っ、んっ、父様…」

「教えなさい、吾子。父様のおちんちんは今、どこにある？」

甘く命じる間にも、銀桂は担ぎ上げた脚ごと玉還を抱え込み、ゆさゆさと揺さぶる。玉還の小柄な身体は銀桂の腕の中にすっぽりと収まり、まるで揺り籠(ゆりかご)に揺られているような錯覚に陥りそうになる。

「……こ、……ここ」

玉還は腹を満たす肉刀の感触に酔いしれながら、へその少し上のあたりに触れた。薄い肉越しに自分のものではない脈動が伝わってくる。

「父様のおちんちん…、ここで、どくどくしてる…」

「吾子がいい子で、父様をちゃんと銜え込めるようになっていたからね。…熱くてきつくて柔らかくて、吾子の中は最高に気持ちいいよ…」

「…や…ぁっ、あん…、ああっ…」

抱き込まれたまま、真下から何度も大きく突き上げられる。片脚を折り曲げられ、つらい体勢のはずなのに、情けどころをどすどすと殴るように突かれるたび、えもいわれぬ快楽と幸福が全身に広がっていく。

首筋に吹きかけられる荒い吐息は、銀桂もまた気持ちよくなってくれている証だ。もっと気持ちよくなって欲しくて、玉還は腹の中の肉刀をいっしょうけんめい締め上げた。媚肉がぴっちりと肉刀に絡み付き、まるで下肢が銀桂と一つになってしまったみたいだ。

「吾子……」

うなじを吸い上げた銀桂が玉還の手をそっと肉茎に触れさせた。何を望まれているのか、孕みどころを執拗に拡げながら脈打つ肉刀が教えてくれる。

「…はい…、父様…」

「ああ……」

恍惚と玉還の肩口に顔を埋め、銀桂は玉還をいっそう強く抱きすくめる。容赦もいたわりも無い抱擁に小柄な身体はみしみしと軋んだが、痛みも壊されてしまいそうな恐怖もすぐ幸福へとすり替わった。

「吾子、……愛している……私だけの可愛い子……!」

「ひ…いっ、あ、あん、ああ、ああ――……っ…」

数刻前沙羅の種を受け容れた孕みどころに、今度は銀桂の種が奔流となって浴びせられる。腹が裂けてしまいそうなほどの量の種を、銀桂の腕に捕らわれた玉還はただびくんびくんと身を震わせながら植え付けられるしかない。

「…吾子、吾子、いい子だ…」

「あ…ん、…父様、……父様ぁっ」

ぴくぴくとけいれんする脚を揺らされ、玉還は肉茎を包んでいた手を引き寄せた。中に出された瞬間、吐き出してしまった甘露に濡れた手を。

銀桂は担いでいた脚を下ろし、玉還の濡れた手を恭しく取った。

熱い舌が甘露をねっとりと舐め取っていく感触に、玉還も喜びに満たされる。これで銀桂は名実共に玉還の妃になったのだ。

「ああ、何という美味だ……」

「…ぁ…っ、と、父様…、お腹、また…」

孕ませたばかりの肉刀が玉還の中でむくむくと膨らみ、腹を押し上げていく。まだ出された種が馴染みきっていないのに、すぐにまた植え付けられてしまったら…。

「大丈夫だ、吾子。…種が吾子の腹に馴染むまで、ずっとこうして栓をしておいてあげるから」

「あっ、ああっ、あんっ…、あん…っ…」

「私が相手の時に限らず、立て続けに何度も孕まされて種が馴染みきらない時は、こうしてもらうんだよ。…どうお願いすればいいのかは、いい子の吾子ならわかるな？」

喉をくすぐるように撫でられる。入ったままの肉刀を食み締め、玉還は銀桂の腕に額を擦り付けた。

「種が馴染むまで、…父様のおちんちんでお腹に栓をして」

「……いい子だ」

逞しい腕がまた玉還をきつく抱きすくめる。

肉刀がより深くへ嵌まり込み、ごぷ、と孕みどころに溜まった種が音をたてた。


「失礼いたします」

盆を持った宮人が寝室に入ってくる。

乱れた寝台では銀桂が胡座(あぐら)をかき、その上に一糸纏わぬ皇帝が後ろ向きに乗っていて、皇帝の蕾は銀桂の太いものを銜え込んだままなのに、眉一つ動かさないのはさすがだ。もっとも玉還の裸身もつながった部分も、長く豊かな真珠色の髪に覆われ見えなくなっていたし、万が一玉還に良からぬ欲望を抱こうものならその場で神罰が下されていただろうが。

「ご苦労」

銀桂が盆に載せられた小さな茶杯を受け取ると、宮人は一礼して去っていった。かぐわしい香りを楽しむ玉還の口元に、茶杯が差し出される。

「熱いから気を付けて飲みなさい」

「はい、父様」

玉還はそっと茶杯に唇をつける。中身は砂糖と牛の乳をたっぷり入れた珈琲だ。まろやかな味を堪能していると、くすっと笑う気配がして、うなじを強く吸い上げられた。

「吾子はずいぶん珈琲が気に入ったようだな」

「飲むと何だか心が落ち着くし、……父様の好きな飲み物だから」

逞しい胸に寄りかかるように背中をくっつければ、今度は肩口に歯を立てられた。

まぐわう間じゅう吸われたり噛まれたりしていたから、きっと全身銀桂の痕だらけになっているだろう。妃を娶った皇帝は常に妃の痕だらけになっていないといけないのだそうだ。今度は月季や聖蓮、沙羅にも痕を刻んでもらわなければ。

「珈琲には昂(たかぶ)った心を鎮める作用があるが、飲みすぎてはいけない。目が冴(さ)えて眠れなくなってしまう」

「…そ…う、なの？」

ゆるく腹の肉壁を擦られ、こぼれそうになる甘い悲鳴を我慢する。長いまぐわいは終わり、今はたっぷり注がれた種が馴染むまで肉刀で栓をしてもらっているのだ。

そろそろ零の刻が近付き、阿古耶たちが迎えに来る頃だろう。零の刻を過ぎてもまぐわっていたら、銀桂に四夫人の取り決めを破らせてしまうことになる。

『…いつでも会いたかったら、俺を皇后に選んで』

『今はそれだけしか言えない。…ごめんなさい』

理由すらわからない謎の取り決めをいつの間にか受け容れつつあるのは、沙羅の悄然(しょうぜん)とした姿が思い浮かぶせいだ。

玉還の問いに答えられないことに、沙羅は強い罪悪感を抱いているようだった。玉還の訪れを一日半もの間回廊で待ち続けた沙羅だ。可能なら喜んで答えてくれただろう。

なのに沙羅は答えなかった——否、答えられなかったのだ。どんな理由があるのかはわからないが、玉還が問い詰めれば困らせるだけである。今は静観するしかあるまい。

「そうだ。だから軍人には好まれるのだが、吾子は私たちの種を馴染ませるため、しっかりと休まなければならないからな」

「あっ…、あぁ…」

銀桂が右手で玉還の腹を、左手で頭を撫でてくれる。

今日は沙羅と銀桂、二人の妃の種を腹いっぱいに孕ませてもらった。玉還が孕めば孕むほど神は慶び、玉還を通して伽国の大地に祝福を行き渡らせて下さるのだという。

銀桂を召し、これで最初に選んだ四夫人全員を正式な妃として娶ったことになる。

……神様は、慶んで下さっているだろうか？

一回り以上大きな身体に身を任せ、うっとりと撫でられていると、寝室の扉が音も無く開いた。皇帝の滞在する部屋に許しを得ず入ってこられるのは、阿古耶たちだけだ。

「間も無く零の刻にございます、陛下。お迎えに上がりました」

銀桂の肉刀に貫かれたままの玉還を目にするや、おお、と阿古耶たちは歓声を上げた。

「陛下おん自ら少しでも多くの種を孕もうとなさるそのけなげなお心、神はさぞ愛しく思っていらっしゃいましょう。…賢妃様」

促された銀桂は玉還の膝裏に手を入れる。そのまま抱き上げられれば、根元まで嵌まっていた肉刀がずるずると抜けていった。

「…んっ…」

漏れそうになった甘い声を、玉還はどうにか呑み込む。銀桂は肉刀の形に拡げられ、種の残滓にまみれた蕾がよく見えるよう、阿古耶たちの前で玉還の脚を大きく開かせた。

「おめでとうございます、陛下」

玉還が確かに四人目の妃を娶った証を見届け、阿古耶たちは歓喜に打ち震えながらひざまずいた。全員の目に涙が滲んでいる。

「先ほど伽国じゅうから伝書鷹が飛来しました。水の不足しがちな内陸部や山間部のいたるところに泉が湧き、民は歓喜しているそうです。陛下が四人目のお妃様を…四夫人全員を正式に娶られたことを、神は欣喜しておいでてございます」

伝書鷹とは緊急の連絡手段として、各県で飼われている鷹のことだ。他国では鳩を使うそうだが、伽国に棲息する鷹は鳩と同じ帰巣本能を持ち、しかも人の命令をよく聞くため、鳩の代わりに使役されている。捕食者に狙われない上、その速さは鳩とは比べ物にならない。

「泉が……」

寝台に下ろされ、玉還は裸の胸に手を当てた。竜にもたとえられる大河が走る伽国は水に恵まれた国だが、広い国土の中には水不足に悩む地域もある。神が与えてくれた泉は彼らの渇きを癒やし、いずれ土地も潤してくれるだろう。

「ありがとうございます、神様。何から何まで…民に代わりお礼申し上げます」

——礼は要らぬと申したはずだぞ、玉還。

玉還の胸から青い光の玉が飛び出した。まき散らされる光はいつもよりまばゆい。神の威光に阿古耶たちはひれ伏し、銀桂も頭を垂れる。

——我が唯一の愛し子たるそなたが、めでたく四人の妃の種を孕んだのだ。祝うのは当然のこと。

「慶んで下さるのですね…」

——むろんだ。…これからも妃たちを召し、孕み続けよ。さすればそなたを通し、伽国は史上最高の繁栄を極めることになるであろう。

光の玉は玉還の周囲をしばし飛び回り、胸の中に戻った。顔を上げた阿古耶たちや銀桂に、玉還はさっそく神の言葉を伝える。

「何とめでたき仰せ。陛下は最上の聖帝として歴史に名を刻まれることでしょう」

阿古耶たちは喜びに沸き、銀桂は玉還の手の甲に唇を押し当てた。その仕草は恭しく、さっきまでの情熱はみじんも感じられない。

「陛下のようなお方の妃となれたことは、我が生涯最高の誉れにございます。愛しい我が夫君…」

「…っ…、…私も、そなたを妃に迎えられて嬉しく思う」

どうして吾子と呼んでくれないのかと責めてしまいそうになるのを、玉還は寸前で堪えた。実際は妃の身でありながら皇帝を我が子と呼び、父親のような振る舞いに及べば、不敬だと阿古耶たちに咎められてしまう。

『また、寝所で』

銀桂が唇の動きだけでひそやかに告げる。こくりと頷けば、手にもう一度口付けを落とされ、名残惜しそうに解放された。

「陛下、そろそろ零の刻にございます」

阿古耶たちに促され、玉還は用意されていた輿で銀桂の宮を後にした。

零の刻からは月季のもとを訪れることが出来る。あの薔薇のような美貌の妃に会いたくはあったが、明日の丞相との謁見に備え、今宵はこのまま花王宮に戻って休むことにした。

『…可愛い。すごく可愛い。本当に可愛い。おかしくなりそうなくらい可愛い』

『いい子だ、吾子は……本当にいい子だな……』

胸に刻み込まれた二人の妃の熱っぽい眼差しと睦言を思い出すと、心が温かくなる。

その晩、玉還は夢も見ない深い眠りに落ちた。


翌日の十の刻、玉還は阿古耶たちに囲まれ、久しぶりに外延を訪れた。

皇帝の来臨となれば文武百官が打ち揃い、歓呼しながら出迎えるのが筋だが、今日は忍びゆえ出迎えは無用と丞相に伝えておいた。仰々しくされるのはあまり好きではないし、自分のために官吏たちの仕事を止めさせてしまうのもかわいそうだ。…そう言うと、『陛下は何と情け深くていらっしゃることか』と阿古耶たちを感涙させてしまったのだけれど。

「神の愛し子、伽国の真珠たられる皇帝陛下のご来臨を賜り恐悦至極に存じます。本日は無知蒙昧なる臣のため宝石よりも貴重なお時間を割いて頂き恐懼しております」

外延の中央に位置する丞相府では、丞相自らが玉還を出迎えてくれた。ひざまずく丞相の背後には、黒の朝服で正装した丞相府の官吏たちがずらりとぬかずいている。

「構わぬ、臣下の声に耳を傾けるのも皇帝の務めだ。それより丞相…皆の者も顔を上げよ。私に尋ねたいことがあるのだろう？」

「はっ」

すっと起き上がった丞相は冠から覗く髪も髭も太い眉も白く、深い皺に埋もれてしまいそうな細い目の老人だ。齢七十は軽く超えていそうだが、玉還が物心ついた頃からこの老人は丞相の座にあり、今と変わらない外見だった。実際の年齢は阿古耶たちも知らないらしい。皇帝に対する忠誠心にかけては、右に出る者は居ないと噂されている。

「……丞相？　いかがした？」

丞相の糸のような双眸からぼたぼたと涙が溢れ出たので、玉環は面食らってしまった。濡れた頬を拭おうともせず、丞相は皺だらけの手を祈りの形に組み合わせる。

「おお、おお…っ…、今日の陛下はいつにも増して光り輝いていらっしゃる。老い先短いこの老体の目にはまぶしすぎるほどに」

「私はいつもと変わらぬと思うが…」

「左様なことはございませぬ。むろん陛下はお生まれになった瞬間から輝いていらっしゃいましたが、今日は燦然と照り輝いておられる。のう皆の者、そう思うであろう？」

丞相の問いかけに、官吏たちはいっせいに頷いた。彼らもまた涙を流し、玉環を拝んでいる。

「四人のお妃様を娶られ、ご夫君としても自信を持たれたのでございましょう。良きお妃様を持たれたこと、臣一同、心よりお祝い申し上げまする」

「あ、…ああ。皆の気持ち、嬉しく思うぞ」

「もったいなきお言葉にございます」

まだ拝み足りなそうな丞相を阿古耶たちが促し、丞相の執務室へ案内させる。官吏たちはそれぞれの持ち場に戻り、同行するのは側近の秘書だけだ。

丞相たちの涙には驚かされたが、嫌な気分にはならなかった。

……そうだ。私は四人の…月季と聖蓮と沙羅と銀桂の夫になったのだ。

種を孕ませてもらうのに夢中になっていたけれど、夫とは妻を守るべきものだ――と書物には記されていた。彼らを守るため、玉還は夫として何をすればいいのだろうか。

「本日おいで頂きましたのは、昨日神がお恵み下さった果実の使い道につき、陛下のご意見を伺いたく思ったからでございます」

秘書が茶を出して下がると、丞相はさっそく切り出した。

「神様が下さった作物は腐らない。一部は民に下げ渡し、残りは万が一の際の備えとして備蓄すれば良いと思うが…そなたがわざわざ尋ねるということは、他の使い道があるのだな？」

「ご明察、恐れ入りまする。…実は一月ほど前、北方の辰国より、我が国に食料援助を乞う旨の申し出がございました」

「辰国からだと？」

驚いたのは玉還だけではなかった。阿古耶たちもそっくりな顔を見合わせる。

辰国は火山に囲まれた国土から鉱石を多く産出し、鉱石そのものやそれらを加工した武器などの貿易で小国ながらも大国並みの利益を上げている。しかも火山を棲み処とする火神・騰蛇の守護を受けており、過去何度か鉱石を狙った国々に攻め込まれたことがあるが、いずれも優れた武器を揃えた軍と騰蛇によって撃退したという勇猛な国だ。

その辰国が食料援助を乞うなんて、いったい何が起きたというのか。

「辰国からの使者によれば、数年来の天候不順により収穫量が減少していたそうなのですが、ここ二、三年は旱魃が続き、ほとんどの作物が枯れてしまったとのこと」

「それで我が国に援助を乞うたのか。…しかし妙だな」

火山に囲まれた辰国は元々農業には不向きな土壌で、耕作用の土地も少なく、食料の半分近くは他国からの輸入に頼っていたはずだ。国内の収穫が見込めないのならば、援助を乞う前に、輸入量を多くすればいいのではないか。辰国の懐は、その程度では痛まないはずだ。

玉環が指摘すると、丞相は山羊のような顎髭をしごきながら頷いた。

「臣も同様に考えましたゆえ、手の者を辰国に放ち、詳しい内情を探らせました。…集まった情報はひどいものでした。辰国では旱魃のみならず火山の噴火やそれに伴う地震が続き、数多の民が犠牲になったというのです」

「何と…」

「生き残った民には国から新しい家と当面の食料が与えられますが、その数があまりに多いため、国庫はかなり逼迫(ひっぱく)しているようです」

つまり辰国は食料の輸入量を増やさないのではなく、増やせないのだ。

いつまた噴火が起きるかわからない以上、新たな災害にも備えなければならない。鉱石を売って稼ぐにしても、売りすぎれば市場価値が下がってしまう。

「…我が国に援助を求めた理由はわかった。だが、騰蛇という守護神がおいでなのに、何故そこまで災害に見舞われるのだ？」

騰蛇は火神だ。その守護を受けているのなら、辰国は火山の噴火や地震などとは無縁のはずであろうに。

「臣は人の子ゆえ神々の御心のうちは量りかねますが…ひょっとすると、辰国の王族が騰蛇のご機嫌を損ねるような真似をしでかしたのやもしれませぬ」

「……、王族が、神のご機嫌を損ねるような真似を？」

きょとんとする玉還に、丞相は苦笑した。

「神の愛し子であられる陛下には想像がつかないでしょうが、神の守護を賜るには、相応の対価が必要なのですよ。強い守護を願えば願うほど、求められる対価も大きくなります」

「しかし神様は、そのようなことは一度も…」

――そなたが愛しいからだ。

玉還の胸から青い光の玉が出現する。丞相は転げ落ちるように椅子から下り、阿古耶たちと共にひざまずいた。

――愛しい者を守るのに理由など要らぬ。強いて言うならば、そなたの幸せそうな笑顔が見たいから…ということになるのであろうな。

「神様…、…私はもうじゅうぶんに幸せです。全ては神様のおかげで…」

――まだ足りぬ。そなたはもっと幸せにならなければならぬ。……を、忘れるくらいに。

珍しく怒りの滲む声はところどころかすれ、うまく聞こえなかったが、光の玉は玉還の胸に戻ってしまった。玉還は胸に手を当て、ひざまずく丞相と阿古耶たちに神の言葉を伝える。

「陛下は何と神に愛されておいでなのか。臣は、…陛下のような主君を戴けた臣は伽国一の果報者にございます…！」

感涙にむせぶ丞相と阿古耶たちが落ち着くまで、しばらくかかってしまった。丞相は濡れた顔を絹の手巾（しゅきん）で拭い、椅子に座り直す。

「……我が国の神は愛し子であられる陛下のため、惜しみ無く祝福を下さいます。しかし他の国ではそうはいきませぬ。辰国は王族が対価を捧げなかったため、騰蛇のご機嫌を損ね、加護を失ってしまった。臣はそう愚考しております」

「なるほど…だとすれば、辰国の窮状は長期間にわたり続くと考えるべきであろうな」

「はい。ゆえに食料援助は今後も引き続き要請されるでしょう。今回は見返りとして相当量の鉱石の譲渡を申し出ておりますが、長く続けば無償の援助を求められる可能性が高いと丞相府では推察しております」

「…辰国は我が国以外にも援助を要請しているのか？」

「おそらくは。しかし応じる国は多くはございますまい。我が国を除けば、他国の民を養えるほどの余剰食糧を抱える国などほとんど存在しませんから」

見返りに鉱石を譲られても、加工する技術が無ければ宝の持ち腐れだ。辰国もそれは承知しているはずだが、鉱石以外に出せる見返りが無いのだろう。

……辰国は相当追い詰められているようだな。

玉還は心がずんと沈むのを感じた。国の苦しみは、民の苦しみに他ならない。

丞相は冷めかけた茶を啜り、再び口を開く。

「援助要請に応じるべきか否か、この一月、丞相府では検討を続けておりました。おおかたの結論が出たら陛下にもご報告申し上げようと思っておりましたところ、昨日、阿古耶様がたが神のお言葉をお知らせ下さったのです」

「果実は近いうちに役立つであろう…、か」

「神がそのようなお言葉を下さるのは異例のこと。もしや全能なる神は辰国の状況もご存知の上で、果実を辰国への援助として役立てよと仰せなのではと、臣下一同鳩首の末、陛下のご高察を仰ぎたく来臨を賜った次第にございます」

丞相の白い頭が深々と下げられる。玉還も冷めかけた茶を飲もうとしたら、阿古耶たちが無言で新しい茶杯に取り替えた。ちょうどいい熱さの白茶が沈む心を少しだけ癒やしてくれる。

「…皆の意見は？」

「断るべきである、という意見が大半でございます。我が国と辰国は盟を結んでいるわけではありませぬし、見返りの鉱石にしても、必要な分は国内で安定的な供給がございますゆえ」

きっとその判断は政治的に正しい。

ここで援助要請に応じれば、味を占めた辰国が何度も援助を求めてくるだろう。豊かな伽国とて、無尽蔵に食料を貯蔵してあるわけではない。いずれ限度を超えれば、要請を断らざるを得なくなる。その時、辰国は大人しく引き下がるだろうか。与えられないのならば奪うしかないと、伽国に侵攻するのでは――臣下たちもそう危惧したからこそ、援助要請を断るべきだと主張したのだ。

……だが我が国まで断れば、辰国はどうなる？

玉還が思い浮かべるのは王侯貴族ではなく、名も無き民だ。食料の配給が止まれば、最も弱い立場の者から飢えて死んでいく。あるいは銀桂の村を襲った流民のように、賊に身を落とす者も出るだろう。

神を祀るのは王の務めだ。王が務めを怠ったがゆえ神の祝福を失ったことに対し、民は何の責任も無い。

玉還はそっと胸に触れた。とくん、と心臓が玉還を励ますように高鳴る。

「私は……要請に応じたいと思う」

「っ……！」

丞相が皺に埋もれかけた目をいっぱいに見開いた。これまで玉還は外延の政治的判断にほとんど口を挟んでこなかったから、当然だろう。

「皆の意見はもっともだと思う。しかし辰国内の食料が尽きれば、真っ先に苦しむのは辰国の民だ。…叶うなら、私は彼らを助けたい」

「…、…っ…、……」

丞相は老いた小柄な身体を小刻みに震わせ始めた。自分たちの判断にまっこうから反対され、さすがに立腹したのかと心配していたら、座ったばかりの椅子からがばりと飛び降り、平伏するではないか。

「他国の民であろうと手を差し伸べようとなさる、陛下のお心の何と深いことか……！」

「じょ、丞相…」

「保身しか頭に無かった我が身の不徳、恥じ入るばかりにございます…っ…」

丞相はおんおんと泣き始めてしまった。助けを求めようにも、阿古耶たちも丞相と一緒になって感涙にむせんでいる。

「…泣かないでくれ、丞相。そなたが我が国を思う気持ち、私は尊いと思っている」

「へ…、陛下…、されど私は、陛下のお心にそむくような真似を…」

「それも我が国を思うからこそであろう。間違ってはいない。…そなたのその優しさを、ほんの少しだけ辰国の民にも分けてやることは出来ぬだろうか」

玉還が細い肩をそっと叩くと、丞相は勢いよく起き上がった。涙でぐちゃぐちゃの顔は、歓喜とやる気に満ちている。

「お任せ下され、陛下！　すぐにでも各省と協議し、神がお恵み下さった果実を辰国に届けまする」

「あ、…ああ、頼む。くれぐれも…」

「王侯貴族ではなく、民へ優先的に行き渡るよう手配するのですな。陛下の慈悲深いお心に添えるよう、臣下一同、粉骨砕身する所存！」

やる気を漲らせた丞相はさっそく各大臣との協議に入りたいと言うので、玉還は花王宮に引き上げることにした。神の下さる作物は腐らない上、収穫するそばからまた新たな果実が実るそうだから、辰国には大きな助けとなるだろう。

……それにしても、何故辰国の王族は騰蛇の怒りを買うような真似をしたのだろう？

丞相は対価を捧げなかったのだろうと言っていたが、神の守護を受ける国にとって、神の祭祀は最優先事項のはずだ。富強の辰国が対価を用意出来なかったとも考えづらい。それに。

……神様はいつでも傍に居て下さる、かけがえのないお方なのに。

おろそかに扱うなど、どうして出来るのだろうか。悩む玉還の胸から青い光の玉がふわりと浮かび上がる。

――愚か者のことなど、心配してやらずとも良い。

「神様…」

――それより、そなたはそなたの務めを果たすことだけを考えよ。妃たちもそなたの訪れを心待ちにしていよう。

種を孕んだばかりの妃たち…月季、聖蓮、沙羅、銀桂の面影が思い浮かぶ。

「あ……」

今日はまだ一度も孕ませてもらっていない腹が、甘く疼いた。

上役から言い付けられた用事を済ませ、回廊を渡っていると、にわかに周囲が騒がしくなった。上級宮人たちまでもが広い回廊の端に下がり、ひざまずくのを見て、志威（しい）も慌てて倣（なら）う。

さざ波のように人が引いた回廊の真ん中を渡ってくるのは、この花后宮の主——伽国皇帝、玉還だ。その姿は気持ち悪いくらいそっくりな顔の従者たちに囲まれ、ほとんど隠れているが、大粒の真珠の髪飾りをちりばめられた長く白い髪や、人形のように整った顔は見て取れる。

真珠は伽国の支配する海域でしか採れず、しかも皇帝の許しを得た者しか扱えないため、周辺諸国にはめったに流通しない。

市場に出れば、一粒に黄金十斤（約六キログラム）の値がつくこともざらだ。玉還の身を飾る真珠は全て、玉還を溺愛する神が下賜（かし）したものだというが…。

……あの髪飾りが数粒でもあれば、我が国も一息吐けるだろうに。

志威がむなしい気持ちを噛み殺す間に、皇帝一行は回廊を通り過ぎていく。

「お待ち申し上げておりました、陛下」

その先のひときわ壮麗な宮で一行を出迎えるのは、慈母のごとき笑みをたたえた美男――そう、男だ。清楚（せいそ）な襦と裙を纏っていても、見事な隆起を描く筋肉と肉体美は隠せない。確か四夫人の一人、淑妃の聖蓮といったか。

共に一行を迎える聖蓮付きの宮人たちも、全員が男だ。むろん志威も男である。花后宮には男しか居ない。女人は誰であろうと…皇帝の実母や姉妹であろうと立ち入りを禁止されている。

「十二の刻まで少ししか間が無いのに、すまない。どうしてもそなたに会いたくなったのだ」

照れの滲む笑みを浮かべる玉環もまた男だ。十七歳という年齢より幼く、小柄ではあるが、少女には見えない。

「とんでもないことでございます。陛下にお会い出来る時間は、たとえ呼吸一つの間であろうと黄金よりも貴重なもの。私に会いたいと思って下さったお気持ち、天にも昇りそうなほど嬉しゅうございます」

聖蓮は笑みを深め、玉環を抱き締める。小柄な身体は聖蓮の逞しい肉体に埋もれ、見えなくなった。

「これで淑妃様は二度目のお召しか。ひょっとすると、皇后は淑妃様で決まりかな」

「いや、まだたったの二度だろう。他のお妃様とて機会はある」

「貴妃様も徳妃様も賢妃様もそれぞれお美しいお方だし、九嬪以下のお妃様も粒揃いだ。どなたが皇后になられてもおかしくはあるまいよ」

玉環を抱いた聖蓮が宮の中に姿を消すと、宮人たちはあちこちで噂話を始めた。

皆、男の妃の存在をいぶかしむどころか、好意的に受け容れている。十日ほど前、志威が宮人として潜り込んだ時からそうだった。

『何を言っているんだ？　陛下のお妃様は神託で決められたのだぞ？』

どうして男しか居ない後宮が異常だと思わないのか。同室の永青に尋ねると、信じられないものを見るような顔をされてしまった。

永青に限らない。この国の民は皆そうだ。神託――神の言葉なら、どんなことであろうと何の疑問も持たずに受け容れる。後宮は皇帝や王の世継ぎをもうけるための場所であり、男の妃が子を産めるはずもないのに、誰も否を唱えない。

……我が国ではありえないことだな。

新入りの宮人に身をやつしてはいるが、志威は伽国の北方に位置する辰国の人間だ。ただの民ではない。国王の三番目の子だ。

身分の低い妾から生まれたため公には王子と認められていないが、文武に優れ、黒髪黒瞳の端整な容姿の主であることから、国元では若い娘たちの人気が高い。その志威が隣国の後宮に潜入することになった理由もまた神託であった。…辰国を守護する火神、騰蛇からの。

――伽国の神が力を増しすぎたせいで、我が力は衰えている。伽国の神を弱らせよ。

騰蛇が志威の父、神の祭祀でもある辰国王に語りかけてきた時、驚かぬ者は居なかった。

ここ数年続くかつてない災害は、守護神騰蛇の力が弱っているためだと誰もが推測していた。だが辰国王は騰蛇への対価も祭祀も欠かしておらず、無礼を働いた覚えも無い。なのに何故辰国は危機的状況に陥っているのかと混乱しきっていたところへ、騰蛇から原因が示されたのだから。

伽国の神は水神だ。水と火は相克する関係ゆえ、伽国の神の力が異常なまでに強まれば、火神たる騰蛇の力が弱まるのは道理ではある。

異常。確かに伽国の繁栄ぶりは異常だ。あれだけの国土を一度の戦乱も起こさず平和に保ち、民は皆豊かな生活を享受し、官吏は不正を知らず、軍は民の味方であり続けるなんて、おとぎ話くらいでしかありえない。

おとぎ話を現実にしているのが伽国の神なら、騰蛇の言う通り、かの神の力は異常に強まっているのだろう。伽国の神の力を抑えるか無力化しない限り、騰蛇の力は戻らない。

志威は自ら名乗り出て、伽国の後宮に入り込むことにした。

神を弱らせるには伽国が神に差し出している対価を探り出し、それを捧げられないようにすればいい。伽国の後宮が神託によって新たに開かれたことは辰国にも伝わっていた。神がわざわざ与えた後宮なら、神と皇帝、そして花后宮には何らかのつながりがある。対価に関する情報も得られるだろうともくろんでいたのだが、まさか男しか居ない後宮とは。

……まあ、おかげで宦官（かんがん）のふりをせずに済んだのだが。

通常の後宮では妃の不義を防ぐため、男は去勢された宦官にならなければ入り込めない。いざという時は騰蛇の加護で幻影を纏い、宦官のふりをするつもりだったが、本来の姿のまま動き回れるのはありがたい。

人に使われる慣れない日々をどうにかこなすこと十日、ようやく皇帝の姿を拝めた。祖国はこの国を含め、周辺各国に食料援助を要請しているが、応じてくれる国はほとんど無いだろう。何とか皇帝に接近し、対価の情報を摑まなければ。

「うっ……」

気を入れ直して歩き出すと、曲がり角で誰かとぶつかってしまった。武術の心得もある志威は堪えたが、相手は尻餅（しりもち）をついている。

「すまない、大丈夫か？」

「…あ…、ああ」

志威が差し伸べた手を取ったのは、同室の宮人だった。名前は確か承恩といったはずだ。気弱そうな顔は初めて会った時よりやつれたように見える。

「顔色が悪いな。少し休んだらどうだ？」

「あ…、…いや、気持ちはありがたいけど、まだやらなければならないことがあるんだ」

そそくさと立ち去ろうとする承恩の足元に、小さくたたまれた文が落ちている。志威が拾ってやると、承恩はさっと青ざめながら文を奪い取り、礼も言わずに駆け去っていった。

「……、何だったんだ、あれは」

志威はぼやき、承恩が歩いてきた方を振り返る。長い回廊の先にあるのは貴妃、月季の宮だ。

そういえば承恩は有能な働きぶりが上司に気に入られ、近々高位の妃の専属になるかもしれないと噂されていた。

月季の専属になったのだろうか。あんなにやつれるくらいなら、月季はなかなかの性悪の可能性がある。なるべく近付かないでおこう。

……さっきの文、たぶん女からだな。それも良家の令嬢とみた。

紙が女性好みの淡い桃色だったし、拾い上げた時かすかに麝香の香りがした。希少な麝香は裕福な貴族の奥方や令嬢くらいしか使えない。

きっと承恩もまた良家の子息で、外に婚約者か恋人が居るのだろう。外延の知人にでも頼んで文を届けてもらったに違いない。花后宮の宮人が文の遣り取りをするには上役の許しを得なければならないから、志威に見られてあれほど焦ったのだ。

「…馬鹿馬鹿しい。俺に密告なぞしている暇は無い」

志威の目的はただ一つ、伽国の神を弱らせるための情報を得ることだけなのだから。

対面の儀から二月以上が過ぎると、玉還も花后宮通いにだいぶ慣れてきた。妃たちの取り決めにもだ。

零の刻から六の刻までは月季と、六の刻から十二の刻までは聖蓮と、十二の刻から十八の刻までは沙羅と、十八の刻から零の刻までは銀桂と過ごす。通い始めたばかりの頃は時折花王宮で休むこともあったが、今では妃のもとから次の妃のもとへ移るのが当たり前になっている。花王宮に戻るのは、外延に赴く用事がある時くらいだ。

「ああ、陛下…！　お待ちしておりました」

今宵も銀桂のもとから直接赴いた玉還を、月季は歓喜と色香がしたたる笑顔で迎える。玉還が阿古耶たちによって輿から降ろされると、待ちわびたようにしなやかな腕の中に閉じ込めた。

「げ、月季…、その、服装は…」

「ふふ、これですか？」

月季はするりと身を離し、しなを作ってみせた。見事な均整美を誇る白い身体を隠すのは、胸元だけを覆う袖無しの襦と、薄物の裙だけだ。

いや、あれは襦と呼べるのだろうか？

乳首をかろうじて隠せる程度のそれは、見たままを言えば幅広の紐だ。裙は股間すれすれのきわどいあたりで帯が締められており、腰から尻の悩ましい輪郭が丸見えである。たぶん背後に回れば、尻の割れ目も半ば見えてしまっているだろう。

「陛下はおっぱいがお好きでいらっしゃるから、今宵はじっくり可愛がって頂こうと思ったのです。…似合いませんか？」

「いや…、よく似合っているが…」

似合いすぎるのが問題なのだ。月季と共に玉還を迎えた月季付きの宮人たちは、なまめかしすぎる主人の姿に頬を赤らめており、心なしか呼吸も少し荒い。さんざんまぐわってきた玉還だって目のやり場に困るくらいなのだから、彼らはかなりつらいだろう。

「嬉しい……！」

玉還の言葉の続きを待たず、月季は玉還を抱き上げた。ちゅっちゅっちゅっ、と頬や額に口付けの雨を降らせる。

「早く陛下にお見せしたくて、湯浴みを済ませてすぐこれに着替えたのですよ。それに…」

「あ、…っ…」

「陛下の愛らしいお姿を妄想していたら、こんなふうになってしまいました。…早く、種を…いいですよね？」

横抱きにされた玉還の太股にぐりっと押し付けられる股間は、すでに熱く猛っている。玉還を抱いていなければ、薄物の裙を持ち上げるそこがさらされてしまっていただろう。

「……可愛い陛下」

玉還が首を上下させると、月季は翡翠色の瞳を妖しく細める。目元を彩る泣き黒子が蜜のような艶を帯びた。

「ふふ…っ、早く、…早くまぐわいましょう。私が漏らしてしまう前に…」

月季は軽々と玉還を抱いたまま、宮の中を踊るような足取りで横切る。その間にも押し付けられた股間は玉還の太股に擦られ、どんどん硬くなっていった。

いくつもある寝室の一つの前にたどり着くと、追いかけてきていた宮人の一人が扉を開けてくれる。少し前に月季の専属になった承恩だ。月季から紹介されたので覚えている。他の宮人たちと違い月季の媚態にも動じないその胆力が、上役に評価されたのだろう。

「陛下っ……！」

承恩の開けてくれた扉をくぐるや、月季は玉還を寝台に押し倒し、さっき阿古耶たちが銀桂の宮で着せてくれたばかりの袍を剝ぎ取った。同じことがどの妃の宮でも行われるので、妃を娶ってからの玉還は服を着ている時間の方が短い。

「……ああ、今日も銀桂にたっぷりと可愛がられたのですね」

生まれたままの姿になった玉還を、月季は欲情の眼差しで舐め回す。

この二月というもの、四人の妃によって愛でられ、孕まされ続けた身体は大きな変化を遂げていた。白い肌は常に四人が刻んだ痕に彩られ、色合いを濃くした乳首は絹地が擦れるかすかな感触にさえぴんと勃ってしまうほど敏感になり、真珠色の髪は艶を増したのに、ささやかだった股間の和毛(にこげ)はさらに薄くなってしまった。

そのせいでいっそういたいけに見える肉茎は妃の肉刀を尻に嵌められるだけで簡単に勃起するようになり、妃が求めるだけ甘露を吐き出す。そして、蕾は――。

「あ…っん、あ、あぁっ…、ああ……」

玉還はおもむろに脚を広げさせられ、ついさっきまで銀桂のものが嵌まっていた蕾に月季の肉刀を受け容れさせられる。ずず、ずぷっ、と肉刀が柔らかな媚肉に沈むたび、恍惚と見下ろす月季の美貌は壮絶な色香に染まっていく。

「は…っ…、あぁ…、陛下……」

「…ぁっ、月季、月季…」

「…まだ銀桂の種が残っていますね。あの男もよほど陛下から離れがたかったのか…まあ、今の陛下と一度つながってしまえば、離せるわけがありませんが…」

根元まで埋めると、月季は玉還の両手に指を絡め、ねっとりと腰を使う。

じゅぷじゅぷと水音をたてるのは銀桂の種だ。月季のもとに向かう直前まで栓をしておいてもらったのに、最奥に残った分までは馴染みきらなかったらしい。

銀桂に限らず、どの妃でもよくあることだ。取り決めで許された時間の半分以上はずっとまぐわっているのに、孕ませてもらった種が馴染みきらぬまま次の妃のもとへ赴くことになってしまう。

妃の種を孕む。神に与えられた最も重要な皇帝の務めを果たせていないのではないか、と玉還は悩んだが、神は至らぬ玉還にさえ優しかった。

――悩むな、玉還。そなたが悪いのではない。そなたが妃の種に馴染んだことで、妃もまたそなたに馴染んだのだ。

玉還が日に何度まぐわっても疲れず、狭いままの蕾に太い肉刀を受け容れても傷付かないように、妃たちもまたより多くの種を玉還に注げるようになった。神はそう説明してくれた。

言われてみれば確かに、まぐわい始めたばかりの頃より腹を満たす種の量も、妃たちが玉還の中で果てる回数も増えた気がする。

「あ…ぁん…っ、あんっ、月季、…月季の種も、私に…っ…」

ぬとぬとと擦り上げられているだけなのに、四人がかりで受け容れるための場所に変えられてしまった蕾は月季の肉刀をきゅうきゅうと締め付け、種を蒔いて欲しいとざわめいている。まだ銀桂の種も残る孕みどころに。

「っ…はい、もちろん……私の愛しい陛下……」

「ひ、……ん、……ううっ！」

ずにゅううっと情けどころを抉り上げながら最奥に到達した肉刀が、その切っ先で奥のすぼまりをこじ開け、孕みどころに大量の種をぶちまける。

……お腹、お腹が、いっぱい…っ…。

ただでさえ大量の種は銀桂のそれと混ざり合い、息苦しさを覚えるほど玉還の腹を圧迫する。

「陛下…ぁ、もっと奥に、私を…孕んで下さいませ…」

だが月季が玉還の脚を担ぎ、すぐに回復した肉刀で突き上げ始めると、悦んだ媚肉が物欲しそうにざわめき、二人分の種を喰らっていった。身体が燃えるように熱くなり、玉還は担がれた脚をびくんびくんと震わせる。

「あ……、あ、ああ……」

銀桂に搾り尽くされたはずの肉茎がわななき、二人の身体の間で甘露を吐き出す。濡れた感触に気付いたのか、月季は互いの腹を濡らすそれを手で拭い、嬉しそうに舐め取った。

「孕まされるだけではなく、種を植え付けられても甘露を吐けるようになられたのですね。陛下は本当に愛らしいお方…」

「はっ…、あぁっ…」

「ではこちらでも、……気持ちよくなりましょうね？」

月季は玉還の脚を下ろし、ぐっと上体を倒してくる。そのしなやかな白い胸を隠す紐は月季の激しい腰使いに付いていけず、ずれてしまっていた。…両方の乳首が上半分だけ露出するという、絶妙な具合に。

「…あ…、……」

淫らな光景に玉還は紅玉の瞳を蕩かせ、本能のまま紐に手を伸ばす。だが紐をずり下げようとした寸前で、その手は月季のそれに捕らわれ、絹の敷布に押さえ付けられてしまった。もう一方の手もだ。

「月季……」

気持ちよくなろうと言ったのは、そちらなのに。

じっと睨めば、月季は薔薇の美貌を咲き誇らせ、せっかく圧迫感がなくなったばかりの孕みどころをずちゅっと突いた。

「そんなお顔をなさってもそそられるだけだと、何度も教えて差し上げたでしょう？」

「…ぁっ、あんっ、あっ」

「おっぱいが欲しい時はどうすればいいのか、聖蓮から教わりませんでしたか？」

耳元で囁かれ、玉還は思い出す。少し前、聖蓮の豊満な胸に抱かれ、甘く躾けられた時の記憶を。

……あれは、……あの時は……。

「んっ……」

記憶をなぞりながら、玉還はいっしょうけんめい首を上げる。太い肉刀に貫かれているせいでひどく動きづらいが、どうにか紐を咥えることに成功した。

「…ん…っ、ん、ぅうー…っ…」

咥えた紐をずるずると下ろしていく。玉還よりも大きく色の濃い乳首は先端が尖り、何度か引っかかってしまったが、根気よく続けるとようやく外れ、腰の方へずり落ちていった。

「……んぅう！」

やっとさらけ出された乳首を堪能する間も無く視界が暗くなり、口に何かが入ってきた。

反射的にしゃぶり付き、玉還はうっとりする。この味、この弾力は…月季の乳首だ。つながったまま月季に覆いかぶさられ、口を乳首でふさがれている。腹も口も月季でいっぱいにされている状況に、身も心もどろどろに溶けていく。

「よくお出来になりました、陛下」

「…ふ…、んっ、ん、ぅぅ…」

「そう、おっぱいが欲しい時は陛下の愛らしいお口でおねだりをなさらなくては。…可愛がって差し上げられないでしょう？」

月季は玉還の手を握り締め、小刻みに腰を揺らすのと同じ間合いで胸を押し付ける。まるで腹だけではなく口も犯されているようだ。

「う、…ん…ぅっ、ん、んっ」

むっちゅむっちゅと玉還は与えられる乳首を夢中でしゃぶる。沙羅や銀桂とまぐわう時はあちらが玉還の胸を貪る一方なので、こうして乳首をたっぷり味わえるのは月季か聖蓮が相手の時だけだ。

聖蓮の豊満な胸は吸い付いているだけで安心感に包まれるが、月季のそれはしゃぶればしゃぶるほど身体が熱くなる。股間がずきずきと疼いた。きっと肉茎は膨れ、もう少ししたらまた甘露を吐き出して月季を歓ばせるのだろう。

「ああ、……可愛い……」

月季は頭を撫でる代わりに孕みどころをずちゅんっと強く突き上げた。

弾みで玉還は咥えていた乳首をこぼしてしまうが、すかさずもう一方の乳首が飢えた口に与えられる。その付け根にこりっと喰い付き、月季が甘い悲鳴を漏らした瞬間、限界を迎えた肉茎が二度目の甘露を噴き出した。

「……、……っ！」

喜悦の声は、押し付けられた月季の胸に吸われてしまった。媚肉は肉刀に絡み付き、種を搾り取ろうとうねる。

「…陛下、…陛下っ、ああ、愛しい私の陛下…！」

月季は媚肉を抉り取らんばかりの勢いで玉還の腹を激しく穿ち、空になったばかりの孕みどころに種をどぷんっと放つ。今度は声も漏らせなかった。ただ全身を震わせ、新たな種が植え付けられるのを感じるだけしか出来ない。

しばし腰を押し付け、媚肉の抱擁を堪能していた月季がゆっくりと身体を起こした。

帯を解き、衣服と呼ぶのもおこがましい裙を取り去る。胸を隠していた紐だけを腰に纏わり付かせ、しゃぶられて濡れた胸を誇らしげに反らす妃は壮絶なまでにいやらしい。

銀桂にたっぷり可愛がられ、ぷっくりしていた玉還の乳首がきゅんと疼いた。

「……私も……」

玉還は細い脚を月季の腰に絡め、手を伸ばす。妖艶に微笑んだ月季が玉還の腹に飛び散った甘露を集め、自分の胸に塗りたくった。乳首を弾く指先も、甘い嬌声を漏らす唇も、何もかもが淫猥だ。なのに下品にならないのは、月季くらいだろう。

「ええ。……陛下のおっぱいも、可愛がって差し上げましょうね」

そこだけでまた甘露を吐けるよう、じっくりと。

無言で宣言した翡翠色の双眸が甘く細められる。

「あああ…ぁあっ、あっ、あん……」

ぬるつく乳首を胸に重ねられ、ぬるぬると擦られて、玉還は嬌声を上げながら色気の塊のような妃に縋り付いた。

ぬちゅ、くちゅ。

少しずつ明るくなってきた寝室の空気を、濡れた音がかすかに震わせる。

「…聞きましたよ、陛下。辰国にたくさんの食料を援助なさって、辰国の民はたいそう陛下に感謝しているとか…陛下の妃として、私も誇らしゅうございます」

いったん唇を離した月季が囁く。さんざん玉還の口内を蹂躙した舌は紅くぬめぬめとして、生き物のようだ。玉還を味わい、舐め尽くすためだけに存在する淫らな生き物。

「あ…、あ。だが私の、…力ではない。全ては、…神様の、お力、だ…」

「また、そのようなことを仰る。…悪い口は、ふさいでしまいましょうね」

ぬるりとまた舌が入ってきて、唇もふさがれた。背中に回された腕に力がこもり、重なった胸と胸が擦れ合う。

「ん…っ…、ん、うう……」

ぐちゅり、と肉刀が収まったままの腹から粘ついた音が聞こえた。四刻近くかけて注がれた月季の種は、首尾よく玉還に馴染みつつあるようだ。

宣言通り胸を可愛がられるだけで達せるようになるまでまぐわい続け、少し前から向かい合う体勢で月季の膝に乗せられている。もちろん、肉刀は腹の中に収められたままだ。行為の後に妃のそこで栓をしてもらい、種が馴染むまで親交を深めるのは、もはや日課になっている。

「…他国の民であろうと救いたいという陛下の深いお心あってこそ、神は祝福を下されたのです。辰国の民を飢餓からお助けになったのは、陛下でいらっしゃいます。……ね？」

「あ…ぁぁっ、あ、…あんっ…」

唇を離した月季にぬるぬると互いの乳首を擦り合わされ、玉還はがくがくと首を上下させる。入ったままの肉刀が腹のあちこちを擦る感触に、また肉茎が勃起しそうになる。あと少しすれば聖蓮のもとへ移動しなければならないのに。

「わかって下さったのですね。いい子にはご褒美を差し上げなければ」

「あ、あ…んぅぅっ……」

また唇がむちゅうっと重ねられる。玉還がいい子でも悪い子でも、結局はこうして唇をふさがれてしまうのだ。

己の思い通りに進める月季の要領の良さが、玉還は好きだった。花王宮でも外廷でも玉還を思い通りに動かそうとする者など居ないから新鮮だし、それに。

……月季の要領の良さがかけらでもあれば、私は……。

『…への対価？　そんなもの、適当にくれてやればいいだろう』

白い光を纏うあの優しい人を、あんな姿にさせずに済んだ。あんな姿になっても、あの人は自分をひどい目に遭わせた一族出身の玉還を慈しんでくれたのに…。

「——陛下」

「んあっ……」

ぐぷんっと腹を突き上げられる感覚で、玉還は我に返った。唇を離した月季が嫉妬に燃える瞳で玉還を見下ろしている。負の感情をまき散らしてもなお見惚れずにはいられないほど美しいのは、月季…薔薇が棘を持つ花だからだろうか。

「私とまぐわっていながら、他の四夫人のことを考えていらっしゃいましたね？」

「四夫人ではなければ、誰なのです？　……もしや新たにお心に適う妃が見付かりましたか？」

そんなわけがない。

花后宮には月季、聖蓮、沙羅、銀桂以外にもあと百十七人の妃嬪が存在し、皇帝に召されるのを待っているが、玉還は四人以外の種を孕みたいとは思えなかった。四人のもとへ通う道すがら、どんなに秋波を送られてもだ。

でも、事実を正直に白状するのもためらわれる。言えるわけがない。あのかん高い声の主に責められる夢を、いまだに見ているなんて。

玉還があの夢に苦しめられ続けていることは、今や銀桂のみならず四夫人全員が知っていた。玉還の知らないところで、四人は交流を持っているらしい。そんな夢など見ないようにと、皆玉還が失神するまでまぐわい続けてくれるのに。

「…私が…、孕みたいのは、月季と…、聖蓮と、沙羅と、銀桂の種だけだ…」

悩んだ末に告げれば、翡翠色の瞳に宿る炎がほんの少しだけ和らいだ。

「本当に？　…私たち以外に目移りされたのではないのですね？」

「もちろん…、だ。そなたたちしか…、欲しく、ない…」

「あぁ…っ、陛下！」

感激した月季がつながったまま玉還を押し倒した。切っ先に泡立てられた種がごぽごぽと腹の奥に流れ込んでくる、その感覚にさえ今の玉還は甘いさえずりを漏らしてしまう。

「…や…ぁぁ、んっ、あん…っ、種が、…種が…」

「入っていくのですね？　陛下の、一番深いところに」

「ん…、うん、…うんっ…」

　頷く玉還の頬へ愛おしそうに頬を擦り寄せ、月季は細い腰を揺すり上げる。まぐわう時とは違う、確実に種を奥で芽吹かせるための動きだ。

「私たちだけを愛し、私たちの種だけを孕んで下さる、愛しい愛しい私の陛下…」

「…は…っ、あああ、あぁ…」

「私も愛しています。貴方だけを…」

　抱き締めてくれる月季の背中に玉還も腕を回す。ついでに脚も絡め、しばらくの間、互いの温もりと脈動を堪能しながら語り合った。月季は聞き上手な上に話し上手で、話題も豊富だから、話していると時間を忘れてしまう。

　扉が叩かれたのは、六の刻まであと一刻弱という頃だった。

「入りなさい」

　月季が許すと、盆を捧げ持った宮人…承恩が入ってきた。抱き合ったままの妃と皇帝につかの間目元を赤らめるが、すぐに表情を改め、果物が盛られた皿を玉還たちの近くに置いて去っていく。月季の専属に選ばれただけあって、急いでいてもその立ち居振る舞いはどこか優雅だ。

「喉が渇いていらっしゃるでしょう？　今朝の軽食は果物にしてみました」

　閉じる扉には一瞥もくれず、月季は翼を広げた鳳凰（ほうおう）の形に切られた林檎（りんご）を一つつまみ、玉還に食べさせてくれた。最近は月季のもとで軽食を食べ、聖蓮のもとで昼食を、沙羅のもとで間食を、銀桂のもとで夕食を取るのが日課になっている。

「……甘くて、美味しい」

でも、もっと甘いものが欲しい。

じっと紅い唇を見上げれば、月季は甘く微笑み、玉還の願いを叶えてくれた。

定刻通りに現れた阿古耶たちによって輿に乗せられ、聖蓮のもとに運ばれていく玉還を、回廊に居合わせた宮人たちが伏し拝む。

「おお陛下…何と神々しい…」

「最近とみに輝きを増された。きっと神にますます寵愛されておいでなのだろう」

「陛下が玉座に在られる限り、伽国は繁栄を極め続けるに違いない。いずれは辰国も属国に降るのではないか」

彼らの狂信的なまでの眼差しと熱気は、輿の上からでもひしひしと感じられた。皇宮の人間が玉還を崇めるのは今に始まったことではないが、辰国に食料援助を行ってからいっそう強くなった気がする。

玉還の意を受けた丞相と各大臣が迅速に動いてくれたおかげで、外延での謁見から三日後には食料を満載した荷駄隊(にだたい)が使節に率いられ、辰国へ出発した。食料の大半は神が下された果実だ。汁気たっぷりなのに腐らず、美味な果実は玉還の意向通り庶民へ優先的に配られ、彼らの飢えと渇きを癒やしたそうだ。

こうした援助物資は通常、まず王侯貴族に回され、残ったわずかな食料を民が奪い合うことになる。

だが援助を行う国の皇帝自らが意向を示したことにより、庶民は飢えから救われた。今や彼らは災害にも飢饉にも有効な対策を取れなかった自国の王より、玉還の方に強い感謝と敬意を抱いているのだと丞相は言っていた。遠くないうちに辰国の王家は彼らに打ち倒され、伽国の属国になることを願い出てくるのではないか…とも。

ありえないことではない。玉還が生まれる前にも、争いの無い伽国を羨んだ周辺諸国が自ら属国に降った例はいくつもある。

……だが、王族が対価を怠ったとはいえ、辰国には騰蛇が居られる。辰国が伽国に降ったら、騰蛇はどうするのだろうか。胸に手を当てて考えを巡らせていると、どんっ、と前方ですさまじい爆音がとどろいた。

「…っ…、あれは…」

「陛下！」

阿古耶たちは素早く輿を下ろし、数人が玉還を覆い隠すように囲んだ。残る数人は爆音のした方向――銀桂の宮へ駆けていく。主人の気性を反映した落ち着いたたたずまいの宮からは、幾筋もの煙が上がっていた。

「銀桂っ…」

「ご辛抱下さい。何が起きたのか、今我らが確かめておりますゆえ」

阿古耶たちに押しとどめられ、玉還はぐっと拳を握り締めた。今すぐ銀桂のもとへ駆け付けたいが、こういう時の阿古耶たちには何を訴えても無駄だと思い知っている。

彼らにとって一番大切なのは玉還の安全なのだ。神の愛し子たる玉還は、いかなる武器でも毒物でも傷付けられることは無いのに——逆に妃たちは何かあれば傷付き、死んでしまうこともあるのに……！

「お待たせしました、陛下」

あちこちから宮人たちの悲鳴が聞こえる中、じりじり待っていると、銀桂の宮へ走った阿古耶たちがようやく戻ってきた。

「…いや、構わぬ。何があった？」

「賢妃、銀桂様の宮に運び込まれた荷物が爆発したようです」

「何…っ⁉」

では銀桂は……玉還の愛しい妃は……。

爆発に巻き込まれ、無惨な骸に成り果てた妃を想像してしまい、ふらつく玉還を傍の阿古耶が支えてくれる。

「ご安心を。賢妃様はかすり傷一つ無く、ご無事でいらっしゃいます」

「…ま、まことか？」

「はい。この目で確かめて参りました」

阿古耶によれば、爆発した荷物はいつの間にか宮にあったもので、銀桂専属の宮人は誰も運び込んだ覚えが無かったそうだ。疑問に思った宮人が中身を確かめようとしたところ、荷物は爆発した。しかし音や煙こそ派手に上がるものの、殺傷力は低く設計されていたようで、開封した宮人は軽い火傷を負う程度で済んだという。

「破壊活動を行う者たちが好んで用いるたぐいの爆発物だそうです。賢妃様自らが陣頭指揮を執り、事態の収拾及び犯人の割り出しを行っていらっしゃいます」

「銀桂が……そうか、銀桂は元軍人だったな」

軍人はそうした捜査などお手の物だろうし、銀桂ならいかなる場合でも冷静さを失わず対処するだろうと思う。だが、だからといって安心出来るわけではない。銀桂は玉環の妃なのだ。妃が命の危険にさらされ、じっとしていられる夫は居ない。

「銀桂の宮へ行く」

「陛下、それは…」

「そなたたちが嘘を吐くわけがないことはわかっている。だが、銀桂は我が妃だ。この目で無事を確かめたい」

どれだけ止められても引き下がるつもりは無かった。例の取り決めに反した行為ではあるが、この非常事態ならさすがに破っても許されるだろう。

しかし、阿古耶たちは揃って首を振った。

「いけません。陛下は安全のため、いったん貴妃様の宮までお戻り下さい。淑妃聖蓮様の宮へ向かうには銀桂様の宮にも通じる回廊を通らなければなりません。回廊の無事が確認されるまで、貴妃様の宮でお待ち下さい」

「阿古耶っ…」

「…賢妃様は仰いました。爆発物が一つだけとは限らない。たとえ陛下が神に守られ、傷一つ付かぬ身であられようと、御身を危険にさらすのは妃として死んでも我慢ならないと」

ずきん、と胸が痛んだ。確かに銀桂なら言いそうな言葉だ。閨の外では恭しくかしずき、閨では吾子と呼んで慈しんでくれるあの妃は、玉還を本当の子のように大切にしてくれている。神に守られた玉還が傍に居れば自分も安全だと、わかっているだろうに。

それでも、玉還を危険な目に遭わせたくないと思ってくれるのか。

『お前のような化け物なんて、産むんじゃなかった！』

…親とは、そういう存在なのか…。

「……陛下？」

阿古耶たちが遠慮がちに呼びかけてくる。玉還は頭の奥に響くかん高い声を振り払い、微笑みかけた。

「…勝手を言った。すまぬ」

「そのような…、陛下がお妃様を心配されるお気持ちは当然のことでございます」

「そなたたちの申す通りにしよう。ただ銀桂の宮には、じゅうぶんな警備兵を差し向けてくれ」

「はっ、仰せの通りに」

ほっとした表情の阿古耶たちは再び玉還を輿に乗せ、来た道を引き返す。月季は玉還を送り出した後、眠ってしまったかもしれないが、あのすさまじい爆音は月季の宮にも届いたはずだ。きっと起きているだろう。

……何者だ？　私の妃を傷付けようとしたのは。

神の愛し子たる皇帝を疎んじる者は、伽国には居ない。ならば玉還の愛する妃たちも同様に敬愛されるものだと思い込んでいたが、そうではなかったのか。

「……？」

つらつら考えながら宮に入ってすぐ、玉還は異変に気付いた。

いつもなら皇帝が訪れればすぐさま飛んでくるはずの宮人たちが、一人も居ない。かすかに漂うのは長春花のかぐわしい香りではなく、吸い込むと胸が重苦しくなりそうな甘ったるい匂いだ。

――用心せよ、玉還。これは相当に強い媚薬の匂いだ。

玉還の胸から青い光の玉が現れた。

「媚薬…とは何ですか？　神様」

――……人間の感覚を強制的に狂わせ、前後不覚に陥らせる薬だ。我が愛し子たるそなたには効かぬが、普通の人間ではひとたまりもないだろう。

つまり普通の人間である月季には効き目があるということだ。玉還は阿古耶たちに神の言葉を伝え、媚薬の匂いのする方向…月季の寝室へ走った。

光の玉は玉還の胸に戻ったが、何の心配も無い。神はいつでも玉還を守って下さる。

……だが月季は、……私の愛しい妃は！

寝室にたどり着くまでの間、何人もの宮人たちが倒れていた。医術の心得のある阿古耶の診立てでは、ただ眠っているだけだそうだ。いくら呼びかけても頬を叩いても目を覚まさないのは、強い眠り薬でも盛られたのだろうと。

もう間違いない。誰かが悪意を持って月季の宮に侵入したのだ。標的はこの宮で最も価値のある人物…貴妃、月季以外に考えられない。もしも月季のもとにも爆発物が運び込まれていたら、媚薬で動けない月季は…。

……月季、無事でいてくれ！

いつも月季に抱かれて運ばれる寝室までの距離が、こんなにも長く感じたのは初めてだった。寝室の扉はほんの少しだけ開き、そこから強い媚薬の匂いが流れてくる。

「陛下、お待ち下さい！」

阿古耶たちの制止を振り切り、玉還は寝室に駆け込んだ。ついさっきまで皇帝と妃がまぐわっていた室内には、媚薬の白い煙がうっすらと漂っている。煙の源はおそらく、寝台の傍らに置かれた香炉だ。

毒々しいまでに甘い匂いをまき散らす煙の中に、ソレは居た。蛇（へび）のような髪をうねらせ、ぐったりと寝台に横たわる月季にまたがっている。

「よ、……妖異……」

伽国の神や辰国の騰蛇など、人を守る神々と対立し、世界を闇に閉ざすべく暗躍しているという邪神。そのしもべである妖異は人と違う異形（いぎょう）の姿を持ち、邪神の手足となって人を襲ったり、悪の道に引きずり込むと言われる。

月季を襲っているのは、妖異としか思えなかった。

手足らしきものはあるが、ぼこぼこ膨らんだいびつな身体はどう見ても人間のものではない。なのににたにたと邪悪な笑みを浮かべる顔は人間そっくりで、大きく裂けた唇には紅まで塗り、異形の身体に薄物の裙を纏っているのが心底気色悪い。

「…っ…、皇帝⁉　どうしてここに…」

裂けた唇がかん高い声を発した瞬間、玉還は突進していた。…間違いない。これは妖異だ。邪神のしもべが月季を堕落させに来たのだ。

……だってコレの声は、あの夢の中と同じ……！

「月季を放せ…！」

「ぎゃあっ！」

玉還が勢いのまま体当たりすると、妖異は月季の上から突き飛ばされ、寝台にくずおれた。鼻をかすめる麝香の匂いにぞっとする。異形のくせに、そこまでして人間を装おうとするとは。

追ってきた阿古耶たちの数人がすかさず引きずり下ろし、拘束した。残りは香炉を外へ運び出したり、窓を開けたりと動き回る。新鮮な外の空気が流れ込み、媚薬の匂いが少し薄くなった。

「月季、…月季！　しっかりしろ！」

どうか何事もありませんように、と願いながら月季の肩を揺さぶる。月季は苦しそうに眉をぴくぴくけいれんさせていたが、やがてゆっくりと翡翠色の双眸を開いた。

「…へ…、陛下…？　何故…」

「ああ、月季、…月季！　無事で良かった…」

玉還は安堵のあまり脱力し、くたくたと月季に覆いかぶさった。月季はしばし無言で夫の重みを受け止めていたが、やがて玉還の背にそっと腕を回してくる。いつもと違う、縋るような弱々しさが痛ましい。

「陛下…、妖異が、…妖異が、私を…」

「月季、焦らなくていい。落ち着いて話してくれ」

抱き返してやりながら、玉還は己の中に初めての感覚が芽生えるのを感じた。恐怖に震える月季を守り、慈しんでやりたい。…強くなりたい。玉還が傍に居れば安全だと、月季が安心しきれるくらいに。

背中をとんとん叩いてやっていると、月季はたどたどしく話し始めた。

「…陛下が出立された後、私は次のお召しに備え、寝台に入ったのです」

するとどこからか媚薬の甘い匂いが漂ってきて、おかしいと思い起き上がろうとしたのだが、その時にはもう動けなくなってしまっていたのだという。

声も出せず、身じろぎも出来ない。恐怖に怯える月季のもとに妖異は現れ、にたにた笑いながら忍び寄ってきた。

「アレはきっと、私を辱めるつもりでした…」

その時の恐怖を思い出したのか、月季の身体がぶるりと震えた。

「陛下が来て下さらなかったら、きっとこの身は汚されていたと思います。そんなことになったら私は、生きてはいられない…」

「…そのようなことを申すな！」

玉還は震える身体をきつく抱きすくめた。身の内に荒れ狂う熱い衝動…これは怒りなのか。誰からも敬われかしずかれる日々で、これほどの怒りを覚えたのは生まれて初めてだ。

「何があろうと、そなたは汚れたりなどしない。だから、…だから、そのような悲しいことは言わないでくれ…」

「陛下…、……申し訳ありません……」

「そなたは悪くない。悪いのは…」

玉還は阿古耶たちに拘束された妖異を見下ろした。布を噛まされ、しゃべれないようにされているが、醜悪な呻き声を漏らしながらもがいている。

何度見ても恐ろしい姿だ。こんな異形が誰にも見咎められず宮の中を動き回り、宮人たちに眠り薬を盛ったり媚薬を焚いたりするのは不可能だろう。ましてやここは神に守られた皇宮の一角だというのに。

誰かが妖異を手引きしたとしか思えない。月季を傷付けたい、誰かが。

「…放せ、……放してくれっ！」

そこへ、外に出ていた阿古耶たちがじたばたともがく男を引きずってきた。気弱そうな顔を青ざめさせているのは…承恩だ。倒れていた宮人たちの中に承恩が居なかったことを思い出し、玉還ははっとする。

「庭園から脱出しようとしていたのを発見し、捕らえました。そこの妖異につき、何かを知っているものと思われます」

「妖異…⁉　な、何を言っているんだ。そのお方は…、…ふぎぃっ！」

血相を変えて反論する承恩の頬を、阿古耶の一人が無言で殴り飛ばした。ごきっと嫌な音がして、承恩の口から折れた歯がいくつも吐き出される。

「畏れ多くも陛下の御前で偽りを述べようとは、神をも怖れぬ不埒者め」

「が…っ…、ふ、があぁっ…」

承恩は必死に首を振りながら何か訴えようとするが、鼻血でも詰まったのか、何を言っているのかまるでわからない。咳き込む口には妖異と同じように布が嚙まされ、拘束される。

「この者は軍に引き渡し、尋問させましょう。早晩、知っていることを洗いざらい白状するはずでございます」

「ぐっ⁉　うーっ、ううう――――っ！」

承恩が阿古耶たちに引っ立てられていく。涙と鼻血でぐちゃぐちゃになった顔は哀れだが、あの宮人が妖異の出現に関わっているのは確実だ。承恩なら他の宮人たちに眠り薬を盛ることも、寝室で媚薬を焚くことも可能である。

玉環に忠誠を誓う軍はきっと承恩の口を割らせてくれるだろう。問題は残された妖異だ。妖異は人間の武器でも傷付けられるが、完全に滅するには神の力が必要だったはずである。

「ウ…、うっ、ぐぅっ…？」

どうすればいいのかと悩んでいたら、玉環を睨んでいた妖異の身体が炎に包まれた。普通の炎ではない。青い炎は妖異を拘束している阿古耶たちには燃え移らないのに、妖異の膨らんだ身体だけをぐずぐずと溶かしていく。

「……うぁぁっ……」

やがて妖異は全身を溶かされ、消滅した。残されたのは口に噛まされていた布と、薄物の裙だけだ。悪しきモノだけを燃やし尽くす青い炎。もしやこれは…。

――大事無いか？　玉環。

玉環の胸から青い光の玉が現れ、玉環を心配するようにふわふわと漂った。やはりそうだ。神が玉環を守るため、力を振るって下さった。

玉環は身を起こし、白い手を組み合わせた。

「神様、ありがとうございます。神様のおかげで、この通り何ともありません」

――構わぬ。このようなモノがここにあったら、愛しいそなたの障りとなろうゆえな。

光の玉はちかちかと瞬き、玉還の胸に消えた。妖異の脅威はこれで完全に去ったが、胸の奥にほんの少しだけ重苦しい気持ちが芽生える。

……私にとって障りになるから、神様は妖異を滅して下さった。

逆に言えば、玉還の脅威にならなければ放置したということだ。実際、神は妖異に襲われた月季を助けてはくれなかった。

月季だけではない。銀桂もだ。もし爆発物を仕掛けられたのが花王宮なら…いや、その場合は犯人が爆発物を仕掛けようと思い立った瞬間、神罰によって命を奪われていた。玉還は犯人の存在すら知らぬまま、平和に過ごしていたはずだ。

神は玉還だけを慈しみ、愛して下さるが、玉還の愛する者は守ってくれない。

…理不尽だとは思わない。神とはそういう存在なのだから。

それでも愛する者を守りたかったら――きっと、玉還自身が強くなるしかないのだ。

「陛下……」

起き上がった月季が玉還の袍の袖を引いた。薔薇の美貌には、これまでに無い陰りが滲んでいる。かわいそうに、きっとまだ妖異に襲われた恐ろしさが忘れられないのだろう。銀桂も気になるが、今は月季の傍に居てやりたい…と思ったのに。

「すでに六の刻をだいぶ過ぎてしまいました。早く聖蓮の宮へ向かって下さいませ」

「な…っ…、だがそなたは…」

「私は大丈夫です。脅威は神が滅して下さいましたから、何の心配もございません」

そんなのは嘘だ。確かに妖異は消滅したが、妖異の出現には承恩が…月季の専属宮人が関わっていた可能性が高い。

専属に選ばれ、玉還との閨に入ることまで許した存在に、月季は裏切られてしまったのだ。その心は傷付き、不安に乱れているはず。

「取り決めは守らなければなりません。私のためを思って下さるのなら…どうか、聖蓮の宮へ」

なのに月季は玉還に心配をかけまいと、けなげに微笑むのだ。

……こんな時にも、取り決めか。

どうしてそこまでして守らなければならないのかと、詰め寄っても月季を困らせるだけだろう。玉還に出来るのは月季の望み通りにして、少しでも心の重荷を取り除いてやることのみ。

「わかった。…次に私が来るまで、ゆっくり休んでいてくれ」

回廊の安全が確認され、聖蓮の宮に到着したのは予定よりも一刻遅い七の刻だった。

「陛下！　……ああっ、陛下！」

すでに爆発の原因は花后宮の各宮にも伝達されているはずだが、宮の入り口で右往左往していた聖蓮は、玉還の輿が現れるなり青ざめた顔をぱっと輝かせた。白い頬に伝う涙は、まるで蓮の花を彩る朝露のように清らかだ。

「よくぞご無事で…神様に感謝しなくては…」

「心配させてしまいすまなかった。だが私は…」

「わかっております。神の愛し子であられる陛下を傷付けられる者など居ないことは」

阿古耶たちが輿を床に下ろす。聖蓮は玉還を向かい合う格好で抱き上げ、きつく抱きすくめると、濡れた頰を擦り寄せてきた。

「ですが、陛下が危険な目に遭われたと思うだけで私の胸は壊れそうなほど痛むのです。陛下、私の陛下…」

「聖蓮……」

盛り上がった胸から伝わる鼓動は速く、聖蓮の言葉が嘘偽りではないと教えてくれる。

心優しい聖蓮は爆音が響き渡った直後からずっと、玉還だけを案じ続けてくれていたのだろう。爆発物が仕掛けられたのは銀桂の宮だけとは限らない。神に守られた玉還よりも、自分の身の方がはるかに危険だと承知しているだろうに。

どくん、と玉還の心臓も高鳴った。肉茎がつられて脈打ち、蕾もきゅんと疼き始める。

「…陛下ったら…」

玉還の変化にめざとく気付いた聖蓮が、優しく頰を舐めてくれる。

「おかわいそうに。朝から騒動続きで、お腹が空かれたのでしょう。……すぐ、おっぱいの時間にしましょうね」

「あ…っ…、だ、…だが、そなたにも、伝えなければならない、ことが…」

月季の宮に妖異が出現したことは、皇宮の権威を守るためにも決して公には出来ないが、各妃に伝えておく必要がある。もしかしたら承恩以外にも、妖異を花后宮に導き入れようとする者が居るかもしれないからだ。

「もちろん、陛下のお話は伺いますが…」

聖蓮は玉環を横向きに抱え直し、逞しい腕一本だけで玉環の背中から尻を支える。母親が赤子を抱えるような体勢になり、聖蓮の豊満な胸が玉環の頬にむちっと押し当てられる。

「おっぱいを差し上げながらでもいいでしょう？　…ここが張って、疼いてたまらなくて…」

「…あっ…、あ、あぁ…」

「今すぐ陛下に召し上がって頂かなければ、つらくてどうにかなってしまいそうなのです。…いけませんか？」

低く甘い声で切々と懇願され、玉環はこくりと頷いてしまった。慈愛がこぼれ落ちんばかりに微笑み、宮の中へ入っていく聖蓮を止める者は居ない。阿古耶たちも『首尾よう孕まれませ』と笑顔で見送ってくれる。

複数ある寝室の一つを選んだ聖蓮は、寝台ではなくその傍らに置かれた長椅子に腰を下ろした。玉環は横向きで上半身を聖蓮の膝に乗せ、下半身は長椅子に預けた状態だ。

「さあ…、陛下」

聖蓮がさっそく絹の襦をはだけさせる。

現れた胸はどちらもいつもよりぱんぱんに張り、玉環は無意識に喉を鳴らした。どちらもつらそうだが、まずは心臓に近い左の乳首にしゃぶり付く。みっしりと付いた筋肉で盛り上がった胸を揉みながら。

「……はっ、……あ、あ……」

聖蓮は熱い息を吐き、玉環の頭を優しく撫でてくれた。四夫人の中で最も見事な胸を誇るこの妃は、玉還が毎日吸ってやらないと胸が張り、つらくてたまらないのだという。

だから聖蓮の宮を訪れるとまずこうしてしゃぶるのが日課なのだが、今日は予定よりも遅れたせいで、いつもより張らせてしまっていたようだ。

「ん…ぐ、ん、ぅぅっ…」

玉還は首を上下させながら、先端の小さな穴をちゅうちゅうと強く吸いたてた。子を産んだわけでもない聖蓮のそこが乳を出すことは無いが、乳ではない何かが溢れてくるのを感じる。ずっと吸っていたくなる、熱くて甘い何かが…。

「可愛い陛下…、おっぱいは美味しいですか?」

返事の代わりに乳暈に歯を立てれば、聖蓮は甘く鳴き、背中をとんとんと叩いてくれる。

「たくさん召し上がって下さいね。私のおっぱいは陛下のためにあるのですから…」

楚々とした美貌の聖蓮がおっぱいと口にするたび、きゅうんと胸が疼く。

初めて銀桂の種を孕んだ時、胸のことはおっぱいと呼ぶのだと教えられた。だから次に聖蓮のもとを訪れ、その豊かな胸に埋もれたくてたまらなくなった際、覚えたての言葉でねだってみたのだ。…聖蓮のおっぱいが欲しい、と。

『陛下は何てお可愛らしくて、賢くていらっしゃるのでしょう…!』

聖蓮はとても歓び、玉還の望み通りにさせてくれた。そして、玉還が閨事の間だけ銀桂を父様と呼んでいることを打ち明けると、言ってくれたのだ。

『では、私のことは……』

ずくん、と今度は袍の下の肉茎が疼く。じんじんと熱を帯びてくるのを感じ、玉還は乳首をしゃぶったまま聖蓮を見上げた。

「母様(かあさま)……」

「…っ…、ええ。私の可愛い子……」

喉仏をごくりと上下させ、聖蓮は笑みを深める。背中を撫でていた手は玉還の袍をめくり、露出した下肢の中心…さっきから疼いてたまらない肉茎を握った。

「ふぁぁっ…」

「可愛い、可愛い子。私の可愛い子……」

肉茎を揉み込みながら、聖蓮は離れてしまった玉還の顔を己の胸に埋めさせる。むっちりとした至高の感触をむちゅむちゅと貪り、玉還は腰を揺らす。

……美味しい、美味しい…母様のおっぱい、美味しい…っ…。

ふさがれた唇の代わりに柔らかな胸を揉みたて、みずみずしい乳首を食み、大きな掌に肉茎を擦り付ける。脈打つそれを扱いてくれる手はどこまでも優しく、玉還の心を満たしてくれる。

「……ん…っ…、う、んぅ――……」

先端の小さな穴を抉られ、玉還はぷるぷると震えながら甘露を吐き出した。同時に強くしゃぶり付いてしまった乳首から、甘い何かが溢れてくる。

「あぁ…、…私の、……可愛い子……」

玉還の甘露を全て受け止め、聖蓮は濡れた掌を引き寄せた。

聖蓮が甘露を舐め取る音と、玉還が夢中で胸に吸い付く音が交じり合う。もっと欲しくてむにむにと胸に指先を立てれば、甘露を舐め終えた聖蓮に頬をつんとつつかれた。

「可愛い子。…今度はこちらを…、ね？」

まだ張ったままの右胸を差し出され、玉還は素直に従った。聖蓮はつむじに口付けを落とし、玉還の尻のあわいに指を忍ばせる。甘露を舐め取ったそれは唾液に濡れ、たやすく蕾の中に沈み込んでいく。

「ん……ぅ、ん、んっ、んっ…」

玉還はじわじわと腹の中を拡げられる快感に背中を震わせる。もっと拡げて欲しくて片脚を曲げ、蕾をさらけ出せば、頭の代わりに情けどころをぬちゅうっと撫でられた。

「……ふっ…、う、うぅぅ…っ、んっ！」

「もう、月季の種はすっかり馴染んでしまったようですね。私の子は可愛い上に賢くて、本当にいい子…」

低く優しい囁きとは裏腹に、聖蓮の指は容赦無く媚肉を撫で回し、拡げていく。脇腹のあたりに感じる聖蓮の股間の熱さが、玉還を煽りたてる。

……母様も、私に欲情している。

執拗に腹を抉るのは、早く玉還の中に収まりたいからだ。聖蓮に限らず、妃たちは玉還が前の妃のもとから移動してくるとまずはつながり、種を孕ませようとする。まるで前の妃の種を打ち消そうとでもするかのように。

「…ぅ…、…ぁ、…母様、母様ぁ…」

尻がきゅんきゅんと疼いてたまらない。玉還は豊かな胸を揉みながら聖蓮を見上げ、甘ったるい声で懇願する。

「母様の種…、孕みたい…」

「…おっぱいは、もう要らないのですか？」

「おっぱいも…、おっぱいも欲しい、けど…、種も、孕みたい…っ」

わがままを言っている自覚はある。阿古耶や丞相、臣下たちが聞いたなら、皇帝とは思えないと眉をひそめるだろう。

でも聖蓮なら許してくれる。だって、だって聖蓮は。

「……いい、子」

「うあぁっ……！」

ずるぅっと指を引き抜かれると同時に、聖蓮と向かい合わせで膝の上に乗せられた。蕾にあてがわれた肉刀は、玉還が少し体重をかけるだけでずぶずぶと媚肉に呑み込まれていく。

「ああ…、いい子、いい子いい子いい子…、……私の可愛い子……！」

肉刀が全て沈むまで待たず、聖蓮は玉還を抱きすくめた。力強く温かい腕の中で玉還は腰をくねらせ、根元まで肉刀を受け容れる。みちみちと肉の隘路を押し拡げられ、腹が裂けそうになる感覚は何度味わわされても慣れない。

「あ……っ、あぁっ…、あ……あ、母様、…母様…！」

けれど玉還は喜悦に背をしならせ、ほっそりした脚を聖蓮の腰に絡める。

胴震いする肉刀を締め上げ、吸ってもらうのを待ちわびる右の胸にかぶりついた。

加減が出来ず痛みも与えてしまったはずだが、聖蓮は真珠色の髪を大きな手で撫でてくれる。その眼差しは包み込むような慈愛に溢れ、見詰められるだけでえもいわれぬ幸福に満たされた。

……これが…、母親、なのか……。

たとえ我が子に苦痛を与えられようと怒らず、無償の愛情で包んでくれる。望むだけ乳を飲ませ、種も孕ませてくれる。肌を重ねているだけで安心し、つながったまま溶けていってしまいそうになる。

『ええい、近付くでない！　お前のような化け物、断じてわらわの子ではない！』

あの、かん高い声の主とは違う…。

「う…ぅ、んっ、んんっ」

しゃぶっているうちにまた兆してきた肉茎を、玉還は聖蓮の筋肉の畝に擦り付ける。自ら腰を上げ下げするたび媚肉がこそがれ、肉刀ごと引きずり出されてしまいそうな感覚は、最初は少し恐ろしかったが、今ではやみつきになってしまっている。

「いい子…、いい子」

貪欲に種を孕み、甘露を出そうとする玉還を、聖蓮は抱き締めてくれるから。

「私の可愛い子…、おっぱいを飲みながら孕んで、甘露まで吐こうとするなんて…」

真下から情けどころをどちゅどちゅと突き、胸に玉還の顔を押し付け、口までいっぱいに満たしてくれるから。

「何て欲張りで愛おしい…、貴方は、何をしていても可愛い…っ…！」

玉還の全てを受け容れ、肯定してくれるから。

「……う……ぅ、ん、……ぅっ…！」

玉還は腰を振りたくり、孕みどころへ導いた肉刀をぎゅうっときつく搾り上げてしまう。

愛しい妃の種を一滴残らず孕むために。もっともっと満たされるために。

「は……、……ぁっ……」

低く欲情にまみれた呻きと共に、聖蓮は玉還の願いを叶えてくれた。巨大な切っ先からびしゃびしゃと放たれる大量の種を浴び、媚肉は歓喜にさざめく。

……あ、あ、お腹、いっぱい……。

聖蓮の胸からこぼれる甘い甘い何かが胃の腑を、肉刀から注がれる種が腹を、いっぱいにしてくれる。少し身じろいだだけで溢れ出てしまいそうなくらいに。

こういう時、どうすればいいのかはもうわかっている。

「…母…、様…」

玉還はくったりと聖蓮にもたれ、逞しく盛り上がった胸に縋り付く。分厚い筋肉の奥で、どくんっと心臓が跳ねる音が聞こえた。

「母様のおちんちんで…、お腹に、栓をして……」

「……ええ。……ええ、もちろん……私の可愛い子……」

とくん、とくん、どくん。

重なる互いの鼓動と腹の中の肉刀の脈動は、まるで子守唄のようだ。真珠色の髪を梳かれ、背中を撫でられているだけで、眠気が押し寄せてくる。

……お腹……、あったかい……。

馴染んでいく種と逞しさを失わない肉刀が、内側から玉還を温めてくれる。外側は聖蓮の熱い肉体にすっぽりと覆われ、全身がぽかぽかと温かくなる。

「いい子ですね…、私の可愛い子は……」

低く優しい囁きが眠気を加速させる。ぽんぽんとあやすように背中を叩かれ、濡れた乳首にむにゃむにゃと吸い付いて…そのまま眠ってしまったのだろう。

『愛しい子よ』

玉還の頭を撫でてくれるのは、夢の中でしか逢えない、あの白い光の人だった。相変わらず光に包まれているせいでその姿すら定かではないが、優しく微笑んでいるのが玉還にはわかった。

『あやつらの申すことなど信じるな。そなたは誰よりも尊く、…の血を正しく受け継ぐ者。そなたがこうして私に会いに来てくれるからこそ、この国はかろうじて命脈を保てているのだ』

夢の中の玉還はしゃべれない。周囲の人間…特にあのかん高い声の主は、自分が毒を飲ませたくせに愚鈍でうっとうしいとなじるが、白い光の人は玉還の心に浮かぶ言葉をたがえずに読み取ってくれる。

『そなたの髪と瞳の色が不吉だと？　そのようなわけがなかろう。そなたの髪は真珠、瞳は紅玉だ。私が最も好ましく思うものよ』

ならばいつか玉還が息絶えたら、髪と瞳だけでもこの人の飾りにしてもらえるだろうか。もしそうなら、きっと安らかに最期(さいご)を迎えられる。

『…悲しいことを申すな。そなたは生きて幸せを摑むのだ。今は無理でも、いつか必ず私がそなたを解放してみせる』

この地獄のような暮らしから解放されることがあるのだろうか。解放されたとして、玉還の居場所はどこにも無い。

『そなたの居場所は私が作ろう。望むものも全て与えよう』

本当に？

『まことだとも。何が欲しい？』

玉環の欲しいもの——失った声、『まとも』な容姿、傷んでいない食事、襲われる危険の無い寝床。

…ううん、そんなものじゃない。本当に欲しいのは…。

『……愛しい子……』

白い光の人は声を震わせ、玉環を抱き締めた。

『与えよう。……必ず与える。どれほどの月日がかかろうとも、必ず……』

玉環は喜びの笑みを浮かべた。白い光の人は決して嘘を吐かないと、知っていたから。


頭を撫でられる感触で目が覚めた。玉環は重たいまぶたをしばたたく。優しい眼差しで見下ろしてくるのは、白い光の人ではない。

「……母様？」

「おはようございます、私の可愛い子。疲れは取れましたか？」

聖蓮は愛おしそうに微笑み、玉環のつむじや額、頬に次々と口付けを降らせた。やわらかな感触が纏わり付く眠気を拭い取ってくれる。

「私は…、眠ってしまっていたのか…？」

「はい。きっとお疲れだったのでしょう。おかわいそうに…」

聖蓮の大きな手がうなじから背中、そして尻へとすべっていく。玉環は長椅子に座る聖蓮の膝に向かい合わせで乗り、腹には肉刀を銜え込んだままだった。栓をしてもらって眠ってしまった玉還を、聖蓮はずっと抱いてくれていたようだ。

「…すまぬ。ずっとこのような体勢ではつらかっただろう」

「とんでもないことでございます。可愛い子の寝顔を堪能するのは私の特権ですから」

尻のあわいに入り込んだ指が、ぴっちりと隙間無く肉刀を喰い締める蕾をなぞった。びくっと震えた玉還の腹を、入ったままの切っ先が擦り上げる。

「あぁぁっ…」

「先ほど孕ませて差し上げた種は、すっかりお腹に馴染んだようですね。私の可愛い子は、本当に聡明ないい子…」

聖蓮に腹をいやらしくさすられても、耳に馴染んだ粘っこい水音は聞こえない。孕みどころは空っぽになったようだ。

「今は…、何時だ?」

「九の刻を少し過ぎた頃合いにございます。朝餉の支度をさせてありますから、食堂へ参られませんか?」

「そうだな…、そうしようか」

孕みどころはまだ足りないと訴えているが、玉還に付き合っていた聖蓮はきっと腹が減っているだろう。それに、月季の宮に現れた妖異についても話さなければならない。

「可愛い子、さあ」

聖蓮に促されるがまま、玉還は両手を上げる。すると絡まっていた袍が首からすぽんと抜かれ、全裸になった玉還の腰を聖蓮がぐっと持ち上げた。

「…んっ、ああ、あっ…」

ずるずると太いものが抜けていく。ぽっかりと腹に穴が空いてしまったような感覚が寂しくて、媚肉が肉刀に追い縋ろうとするのを必死に堪えていると、聖蓮がご褒美の口付けを頬に落としてくれた。

「お召し替えを」

蕾から種が流れ落ちてこないのを確認し、聖蓮はいつの間にか用意されていた新しい袍を着せてくれる。さっきまでは無かったから、眠っている間に阿古耶たちが持ってきてくれたのかもしれない。金糸銀糸の刺繍に真珠がちりばめられた袍は、きっと皇帝の専属仕立て職人たちが縫い上げたばかりのものだ。

「よくお似合いでございます。…では、参りましょうか」

自分も手早く着替えを済ませ、聖蓮は玉還を抱いて食堂に移動する。

食堂では宮人たちが立ち働き、細長い卓子に贅を凝らした料理の皿を並べていた。いつも通り一つだけ用意された椅子に、聖蓮は玉還を抱いたまま腰を下ろす。

今日の玉還は、ここに来てから一度も自分の足で歩いていない。聖蓮が玉還の何もかも世話したがるのは今に始まったことではないが、爆発物の一件のせいか、今日はよけいに過保護な気がする。万が一この宮でも爆発が起きたら、我が身で庇おうとしているのかもしれない。

……私は神様のおかげで傷一つ付かないと、言っているのに。

「聖蓮…」

「どうなさいました？　私の可愛い子」

慈愛深い微笑みに胸がぎゅっと締め付けられた。もしも玉還が居ない間に爆発が起きれば、妖異が出現したら…神の愛し子ではない聖蓮はたやすく命を落としてしまうのだ。

「…聖蓮、聖蓮…」

玉還は身体の向きを変え、聖蓮の豊満な胸にしがみ付く。

聖蓮は戸惑いながらも玉還を抱き締め、宮人たちに目配せをした。心得た宮人たちは一礼し、静かに立ち去っていく。

背中をさすってくれる手に励まされ、玉還はようやく口を開いた。

「……月季の宮に、妖異が現れた」

「妖異が…、…そうでしたか…」

皇宮、それも皇帝の妃たちの住まいたる花后宮に妖異が出現するなど一大事なのに、聖蓮にさほど驚いた気配は無い。いぶかしむ玉還の額に、聖蓮は慈しみの口付けを落とす。

「可愛い子がわざわざ伝えなければならないことといえばよほどの大事ですし、いつもより憔悴なさっておいででしたから。爆発以外にも何か起きたのだろうと思っておりました」

「そうだったのか…」

聖蓮は玉還が思うよりずっと肝が据わっていたようだ。さすが四夫人に選ばれるだけのことはある。神が滅して下さったとはいえ、あの妖異の姿は思い出すだけで身の毛がよだつが、この分なら話しても大丈夫だろう。

玉還は身を起こし、爆音を聞いたところから、月季の宮で妖異に遭遇したことまで順繰りに話していった。聖蓮は真剣に聞いてくれたが、妖異が出現したあたりで神妙な面持ちをわずかに強張らせる。

あの異形の姿は、誰にとってもおぞましいのだろう。

玉還が話し終えると、聖蓮は安堵の息を吐いた。

「…妖異は月季を襲ったのですね。良かった」

「良かった…、だと？」

思いがけない言葉だった。月季は妖異に辱められ、その身を喰らわれるかもしれないところだったのに、どこが良かったというのか。

「ええ、良かったのです。この世には月季を襲ったような妖異がごまんと存在し、人に仇なそうとくろんでいるのですから」

「…そのようなこと、初めて聞いた」

「汚らわしい妖異は、神の愛し子であられる貴方には近付くことすら出来ません。ゆえに阿古耶様がたも、敢えてお教えにはならなかったのでしょう。アレは耳にすることも汚らわしい存在…汚物ですから」

聖蓮が形の良い眉をひそめる。誰に対しても心優しい妃が侮蔑と嫌悪を露わにしたのは、初めてかもしれない。

「ならば何故、承恩はそのような汚物を月季のもとに手引きしたのだ…？」

「……」

聖蓮は答えない。

だが清らかな黒い瞳がためらいに揺れているのを見て、玉還は迫った。

「頼む、何か知っているのなら教えてくれ。…私はそなたたちの夫だ。そなたたちに何かあれば、この身が無事でも心が引き裂かれてしまう」

聖蓮はしばし視線をさまよわせていたが、やがて玉還の両手をそっと包み込んだ。

「承恩と申すその宮人は邪神の信徒で、…月季を通し、貴方を狙ったのかもしれません」

「私…、を？」

「人の血肉を糧とする邪神にとって、人を守護する神々は天敵のようなもの。承恩は愛し子たる貴方のお心を痛め付けることにより、我が国の神にも痛手を与えようとしたのではないかと…」

さあっ、と全身から血の気が引いていく。

神の愛し子たる玉還の身はどうあっても傷付けられない。承恩が代わりに妃をなぶることで玉還の心に苦痛を与え、愛し子が嘆き悲しむことにより神をも傷付けようとしたのなら。

「…月季は、私のせいで…」

「違います！」

聖蓮が珍しく大きな声を上げ、玉還の手をぎゅっと握り締める。

「可愛い子。貴方が心を痛める必要はありません。妃とはそもそも、そういう存在なのですから」

「ど…、どういう意味だ…」

「伽国の他にも神の守護を戴く国はありますが、それらの国の王は貴方と違い、無条件で愛され守られる愛し子ではありません。古(いにしえ)の誓(うけ)いに従い、対価を捧げ祭祀を行う者です。その身は普通の人間と変わらない」

だから邪神はしもべを放ち、王や王族を殺そうとする。祭祀を行う資格のある者が全滅すれば、誓いは消滅し、その国は神の守護を失う。邪神の糧である人間を格段に狩りやすくなるのだ。

だが王とてやすやすと殺されるわけにはいかない。

各国の王は広大な後宮に何人もの妃を抱えた。子孫を得るため…だけではない。妃たちを己の身代わりにするためだ。王の甘露をその身に受けた妃は王の気配を纏い、知能の低い妖異たちを王そのものだと錯覚させるから。

「つまり神の守護を戴く国にとって、妃とはそもそも王の身代わりなのです。私はいざとなれば貴方の代わりにこの身を捧げる覚悟で入宮いたしました。それは月季も、…沙羅も銀桂も同じはずです」

「…そんな…、そのようなことが…」

あるわけがないと言いかけ、玉還は思い出した。少し前、玉還を送り出してくれた月季のけなげで静謐な微笑みを。

恐ろしい目に遭ったばかりなのに、何故そんなにも落ち着いていられるのかと思っていた。あれはもしや、自分が玉還の身代わりだと悟っていたからだったのか。聖蓮が良かったと言ったのは、月季が身代わりの役割を果したからだったのか…。

「…そのようなお顔をなさらないで。私の可愛い子」

「聖蓮……」

「不謹慎ですが、私は嬉しいのです。妖異が月季を狙ったのならば、神の愛し子たる貴方にはどうあっても手出しが出来なかったということですから。きっと月季も同じ気持ちでしょう」

……私さえ無事なら、己の身はどうなっても構わないというのか。

溢れそうになった涙を、玉還はすんでのところで呑み込んだ。

玉還が泣けば聖蓮はきっと慰めてくれる。やわらかな胸で包み、貴方は何も悪くないのだとあやしてくれるだろう。

でも、それでは駄目なのだ。何も変わらない。妃たちを守りたいのなら、玉還が変わらなければならない。ただ神に守られているだけの存在から、妃たちを守る存在へ。たとえ当の妃たち当人に反対されたとしても。

さもなくば、また。

『……愛しい子よ…、目を、……目を、開けてくれ……！』

また、あの悲痛な叫びを聞くことになってしまう――。

「…私は…、強くなる」

玉還は聖蓮の手を解き、太い腕ごと豊満な胸を覆いかぶさるように抱き締める。玉還の腕では一回り以上大きな身体をすっぽり収めることなど出来ないけれど。

「必ず強くなって、そなたたちを守るから……」

「……ああ……、私の、可愛い子……」

聖蓮は甘く喘ぎ、玉還を抱き返してくれる。

慈愛に満ちた腕に包まれた玉還には、聖蓮の顔に滲む怒気と焦燥を見ることは出来なかった。

◇◇◇

「ネズミを捕まえた」

無感情な声と共に、永青はどさりと床に放り投げられた。後ろ手に縛られているせいで受け身も取れず、無様に転がってしまう。

……何が……、何が起きているのだ……。

永青の精神は混乱の極みにあった。計画は順調に進んでいると、ついさっきまでは悦に入っていたというのに。

今の永青は花后宮に仕える宮人だが、数か月前までは兵部省所属の武官だった。地方軍ではなく中央政府直属の武官として、軍の最高司令官たる大将軍を上官に仰ぎ、伽国の平和に貢献していたのだ。同郷の幼馴染み、銀桂と共に。

二人は特別な絆で結ばれていた。幼い頃、故郷が賊に襲われ、数少ない生き残りが銀桂と永青だったのだ。

二人は共に武官の道を目指し、軍に入隊した後も共に数々の任務をこなしてきた。お互い部下を持つ身になっても友情は変わらず、切磋琢磨する良き関係を築けている。貧しい村出身の孤児という出自が出世に影響することは無く、能力だけを評価してもらえる公明正大な軍で、これからも共に伽国のために戦い続ける…はずだった。

だから数か月前、銀桂が皇帝の妃候補として召し上げられたと聞いた時は、腰を抜かしそうになったのだ。

銀桂は将来を嘱望された優秀な武官だった。そんな男を妃候補にするなど理不尽だと上官に直訴したら、驚くべきことを教えられた。何と銀桂は自ら妃候補に名乗り出たというではないか。

信じられなかった。仮に上官の話が事実だったとしても、銀桂なら必ず自分に相談してくれたはずだ。両親や親類縁者を殺されてしまった自分たちには、お互いしか相談する相手が居ないのだから。なのに銀桂は一言の説明も、書き置きすら残さず、花后宮の住人となってしまったのだ。

永青の心に疑惑が芽生えた。もしや銀桂は己の意に反し、無理やり妃候補として差し出されてしまったのではないか…と。兵部は各省の中でも最も皇帝への忠誠が篤い部門だ。元武官を皇帝の妃とするために、若い武官の中で武功にも容姿にも恵まれていた銀桂が選ばれてしまったのかもしれない。

永青とて皇帝には忠誠を抱いている。銀桂本人が納得して妃になったのなら構わない。だが嫌がっているのなら、救い出してやらなければならない。

永青は軍を辞め、宮人となって花后宮に潜り込んだ。短い間で評価され、貴妃専属に抜擢された同室の承恩に焦りを抱いたり、神託に疑問を示す志威に呆れたりしながら慣れぬ務めをこなし、銀桂と接触する機会をずっと窺っていた。

だがその機会はなかなか訪れなかった。銀桂は最高位の妃、四夫人の賢妃に叙されていたのだ。四夫人には広大な宮が与えられており、その警備の厳しさは下級妃の住まいとは比べ物にならない。元武官の永青でも簡単には近付けず、宮からほとんど出てこない銀桂と接触するのは不可能に思われた。

承恩のように働きを認められ、専属の宮人になるという手もあるが、それでは相当な時間がかかってしまう。

銀桂は美形であっても、きらびやかな宮殿でおとなしく引きこもっていられるような男ではない。前線で自ら剣を振るうことにこそ生き甲斐を見い出す、根っからの武官なのだ。妃生活が不本意なら、なるべく早く助けてやりたい。

　そこで永青は武官時代の知識を活かし、銀桂の宮に爆発物を仕掛けることにした。爆発物といっても硝薬は加減され、爆発音と閃光は派手な分、殺傷能力は最低限にとどめてある。自分を助けるために誰かが犠牲になっては、銀桂が悲しむはずだから。

　ひそかに造り上げたその爆発物を銀桂の宮に仕掛けるのは予想以上に簡単だった。皇帝の寵愛深い賢妃のもとには、毎日のように貴族や外延の有力者からの贈り物が届けられる。それに紛れ込ませることさえ出来れば、あとは勝手に銀桂付きの宮人が運んでくれる寸法だ。

　決行は今日。

　今日のため練りに練った計画は、恐ろしいほど順調に進んだ。運び込まれた爆発物は永青が計算した通りの時刻に爆発し、銀桂の宮は上を下への大混乱に陥った。

　こんな時、最も守られるべき宮の主人は爆発物から遠ざけられるのが定石だ。緩んだ警備の隙を突いて侵入した永青は、宮の最奥にある部屋へ忍び込むことに成功した。

　予想通り、銀桂はそこに居た。簡素ながら上質な絹の衣装を纏っていたし、周囲の宮人たちから賢妃様と呼ばれていたから銀桂でしかありえない。

　だが永青はようやく再会出来た銀桂に話しかけることすらせず、宮を脱出した。みっともないほど慌てたせいで物音をたててしまい、宮人たちに気付かれたが、構ってなどいられなかった。

　何故なら、何故なら――。

「このネズミ、ここで爆発したのと同じ硝薬の匂いがする。犯人はこいつで間違いない」

　伽国では珍しい褐色の肌の少年が、髪と同じ金色の瞳で永青を見下ろした。

脱出後の逃走経路についても、永青はきちんと複数検討していた。混乱しつつも最も警備が手薄な経路を選んだはずだったのに、最後の最後に待ち構えていたこの少年に捕まり、銀桂の宮まで連れ戻されてしまったのだ。さっき忍び込んだばかりの部屋に宮人たちの姿は無い。

「ご苦労だった。こういう時はお前の鼻が役に立つな」

ねぎらうのは銀桂だ。…そのはずだ。

だが――ああ、やはり。何度見ても、その顔は。…同じ人間とは思えないほど整った、その顔は…

その銀色の髪は、青い瞳は。

永青の親友とは、似ても似つかない。

「……お前は、誰だ」

かすれた声を絞り出せば、青い瞳が愉快そうに細められる。

「貴様が知る必要は無い」

氷のように冷ややかな宣告が、永青の最期の記憶に刻まれた。

……どういうことだ？
銀桂の宮の物陰に身を潜め、志威はめまぐるしく頭脳を働かせる。

伽国の神を弱らせる情報を得るため花后宮に潜り込んだはいいものの、皇帝にも妃にもなかなか接近出来ずやきもきしていたら、突然の爆音が響いた。どうやら賢妃の宮に運び込まれた荷物が爆発したらしい。同時に、淑妃の宮も騒がしくなった。待ちに待った好機が到来したのかもしれない。

祖国を出立する際、志威は螣蛇から特別な加護の力を授かっている。陽炎（かげろう）を纏い、別人に化ける力だ。濫用（らんよう）すれば伽国の神に勘付かれてしまうと注意されたが、ここは力の使い時だ。志威は面識のある月季の専属宮人に化け、淑妃の宮に入り込んだ。するとそこにはこの時間帯には居ないはずの皇帝一行が居り、妖異が出たと騒いでいるではないか。

詳細を確かめたかったが、神の愛し子たる皇帝に直視されれば正体がばれてしまう可能性が高い。後ろ髪を引かれつつも、志威は銀桂の宮の宮人に化け直した。爆発事件について、何か情報を得られるかもしれないと思ったからだ。

果たして志威が見たのは、どこまでも不可解な光景だった。

同室の宮人、永青が床に這いつくばらされていた。永青を冷たく見下ろすのは宮の主人、銀桂——それだけなら驚かない。永青が銀桂に無礼を働き、咎められている最中という可能性も無いわけではないからだ。

志威が我が目を疑ったのは、永青を見下ろすもう一人の存在…徳妃の沙羅のせいだった。あの特徴的でどこか神秘的な容姿は、見間違いようが無い。

花后宮に潜り込んでからずっと、志威は皇帝の寵愛を受ける四夫人の動向に注意を払ってきた。志威の知る限り、四夫人同士が交流を持っている様子は無い。時折大庭園や回廊ですれ違っても、目線すら交わさずすれ違うのが常だ。

なのに沙羅はここに居るのが当たり前という顔で、銀桂もごく自然に沙羅の存在を受け容れていた。外見も気性も、おそらく出自も違いすぎる二人だが、永青を挟んで並ぶ姿は長年の友人のようですらあった。

何より志威を驚かせたのは。

『……お前は、誰だ』

銀桂の宮に引っ立てられてきたのだから、目の前の男が銀桂その人であることは永青もわかっていたはずだ。にもかかわらず、永青は問うた。まるで化け物を見るような目で。

『貴様が知る必要は無い』

そして銀桂の返答…あれはまるで、銀桂が銀桂ではないような…。

「っ…、何を考えているんだ、俺は」

志威はぶるぶると首を振った。

殺気をまき散らす銀桂に嫌な予感を覚え、あれからすぐに宮を脱出したのだが、まだ頭は混乱しきっているようだ。神に認められた妃が妃本人ではないかもしれないなんて、荒唐無稽(こうとうむけい)にもほどがある。

「…いや、待てよ」

ふと脳裏をよぎったひらめきは、あるいは螣蛇の加護だったのかもしれない。

……もしも永青が、入宮する前の銀桂と面識があったとすれば？

だとすれば、あの言葉は重要な証拠になる。永青の知る銀桂…花后宮が開かれる前の銀桂と、花后宮が開かれてしばらく経った後の銀桂は別人物だという。

そして、新たな疑問が生まれる。

永青の知る銀桂と今の銀桂が別人なら…永青の知る銀桂は、どこへ行った？

ひやり、と背筋が震えた。集めてきた情報のかけらが、頭の中で恐ろしい仮説に組み立てられていくせいで。

……対価、なのか？

居なくなった銀桂が、神への対価として捧げられたのなら——銀桂以外にも妃たちが捧げられているのなら、伽国の神が騰蛇を弱体化させるほどの力を誇るのも頷ける。人間の魂と血肉は、対価としては最上級のものだ。

後宮に収められるほどの美形ならば、凡人よりもはるかに価値がある。一人の妃が捧げられたらまた新たな妃を召し上げ、捧げられた妃と同じ名を名乗らせる恐ろしい仕組みを、伽国は造り上げたのではないか。

だがまっとうな神は人間の血肉を要求などしない。伽国の神が対価として人間の血肉を求めるのならば、それは。

「……邪神……」

小さく呟くだけで、志威はおぞましさに総毛立ってしまう。人を餌としか見ず、人を守護する神々を排除しようとする邪神は、人類共通の敵と言っても過言ではない。しかし伽国の神が邪神だとすれば、全ての疑問が解決する上、新たな疑惑が生じるのだ。

……千年前に起きたという大洪水。あれを起こしたのが邪神だったら？　そして今に至るまで、伽国が邪神に支配されているとすれば？

今でこそ伽国は繁栄を極めているが、それは邪神の遠大な計画かもしれない。永遠を生きる神にとって、千年などたいした長さではないのだ。妃という極上の餌を献上させながら伽国を繁栄させ続け、いずれ熟しきった果実となった時に喰らうつもりなら……ことは伽国だけの問題ではなくなる。

この大陸は、もはや伽国が産出する資源無しでは立ち行かなくなっているのだ。伽国は他国からの輸入が途絶えても何ら困らないが、他国は伽国からの資源供給が止まればたちまち干上がってしまう。そういう仕組みが千年かけて造り上げられてしまった。

伽国を喰らった邪神は、弱った国々をも喰らい尽くすだろう。辰国の騰蛇もとうてい太刀打ち出来ない。

辰国は滅び、大陸も滅びる。そしてこの大陸は、邪神と妖異が跋扈(ばっこ)する魔界と化す…。

「……はあ、…っ…」

つうっとこめかみに伝う汗を、志威は袖口で乱暴に拭った。いつの間にか背中は汗ぐっしょりだ。濡れた布地が貼り付いて気持ち悪い。伽国の神を弱らせるため潜入したのに、まさかこのような事態に遭遇しようとは。

疲労しきった頭にふっと浮かぶのは、月季の宮に居た皇帝…玉還の姿だ。

志威の考えが正しいのなら、月季を襲った妖異は邪神のしもべで、新たな贄を邪神のもとへ連れ去るために現れたのだろう。だが遠目にも、玉還は心の底から驚いているように見えた。肝心の妖異は、阿古耶たちに囲まれて見えなかったが。

伽国が妃を邪神に捧げているのなら、玉還はその事実を知っているのだろうか？

普通は知っているはずだ。邪神であろうと、祭祀を行うのは王もしくは皇帝なのだから。だがあの顔は…。

……現皇帝は生まれ落ちたその日、神託によって帝位に即けられたのだったな。

だとすれば玉還は、邪神が都合良く操るために立てられた傀儡の皇帝なのかもしれない。何も知らぬまま妃を対価に支払わされている。その可能性は否定出来ない。

「どうにかして確かめねば…」

また伝い落ちてきた汗を拭い、志威は立ち上がった。

全てはまだ志威の想像の域を出ない。皇帝に接近し、裏付けを取らなければならないのだ。

「なりませぬ」

丞相が柔和な顔を珍しくしかめながら断言した。周囲の阿古耶たちも頷いている。

「どうしても駄目なのか？」

「ならぬものはなりませぬ」

玉還は諦めずに食い下がるが、丞相は取り付く島も無い。さっき先触れも出さず外延を訪れた時は『陛下の麗しきご尊顔を拝めるとは…！』と泣いて喜んでくれたのに、玉還がたっての願いを口にしたとたんこの調子だ。

「…何故、駄目なのだ。私はただ、武術を習いたいから指南役を付けてくれと言っただけなのに」

銀桂の宮に爆発物が仕掛けられ、月季が妖異に襲われたあの日から七日が経つ。両方の事件の顛末（てんまつ）は、翌日には玉還にも報告されていた。

銀桂の宮に爆発物を仕掛けた犯人は永青という新参の宮人だった。武官を辞めて宮人になったはいいものの、慣れぬ仕事と人間関係で心労が溜まり、あんなことを仕出かしたらしい。犠牲者は出なかったが良心の呵責（かしゃく）に耐えきれず、毒を飲んで死んだそうだ。発見された骸が握り締めていた遺書に全てが記されており、その者の犯行だと発覚した。

月季の宮に妖異を手引きした咎で取り調べられていた承恩は、厳しい詮議（せんぎ）の末、己が邪神の信徒であることを認めた。玉還の代わりに妃たちを害し、玉還に、ひいては神に痛手を負わせるつもりだったのだという。聖蓮の推察は正しかったのだ。

承恩は即刻死刑となり、月季の宮の事件にも一応の決着がついた。銀桂の宮の事件は隠しようが無かったため公表されたが、月季の宮の妖異については伏せられたままだ。妖異が現れたと知れれば、妃たちは不安のどん底に陥ってしまう。承恩の死刑もひそかに執り行われ、表向きは病を得たため実家に戻されたということになった。

当の銀桂自身が泰然（たいぜん）としているのもあり、花后宮はだんだん落ち着きを取り戻していった。七日が経った今は全てが元通り…とならなかったのが玉還だ。

『妃たちを守れる力を身に付けたい』

七日前からずっと、玉還はそう主張し続けてきた。自分の身は神が守ってくれるが、妃の身は夫たる自分が守らなければならない。そのためにも指南役を付け、武術を習得したいと。

一朝一夕（いっちょういっせき）に習得出来るものではないことはわかっている。でも少しずつでいい、妃を守れる力を身に付けたい。

　玉還はまず、阿古耶たちに訴えた。

『陛下が自ら武器を振るわれるなど、とんでもない……！』

　だがいつもなら玉還のどんな願いでも聞き入れてくれるはずの彼らは、血相を変えて反対した。

『陛下は神の愛し子、この伽国の頂点に立たれるお方。白く清らかな御手が血に汚れることがあってはなりませぬ』

『そのようなことになれば、神は嘆き悲しまれましょう』

『お妃様の御身は軍の精鋭がお守りします。陛下はただお心安らかに過ごされれば良いのです』

　生まれた時から傍に居る彼らにここまで言葉を尽くされれば、いつもの玉還なら引き下がっていただろう。

　しかし今回ばかりは、諦めるわけにはいかなかった。人間の武官では、妖異を倒せても滅することは出来ない。

　何度も訴える玉還に対し阿古耶たちもいっこうに引かず、業（ごう）を煮（に）やした玉還は今日、外延に赴いたのだ。指南役を付けてくれるよう、丞相に頼むために。

　だが丞相は阿古耶たち以上に手強かった。

「お妃様を自らお守りしたいという陛下のお気持ちは、まことに尊いものと存じます。されど臣は文武百官を統括する者として、陛下の御身を危険にさらすわけには参りませぬ」

「…どうしても、か？」

「どうしても、でございます。…臣下の身でありながら陛下に歯向かう無礼は万死に値しますが、我が命一つでどうぞご寛恕(かんじょ)を……！」

丞相は護身用の短剣を引き抜き、迷わず心臓に切っ先を向ける。玉還が慌てて取り上げようとする前に、胸から青い光の玉が飛び出した。

「うぉっ…」

光の玉がまたたいた瞬間、丞相の手から短剣が吹き飛ばされた。短剣は床に落ちてすぐ灰と化し、風も無いのに霧散してしまう。

「神様……」

――そこまでにしておけ、玉還。この者たちはそなたのために申しておるのだ。

たしなめるような口調に、玉還は項垂れる。この七日間、武術を習得したいと訴える玉還に神は何も言わなかったが、さすがに目に余ったのかもしれない。

神にまで諭されれば、諦めるべきなのはわかっている。…でも。

「私は…、妃たちが愛おしいのです」

――……。

「最初は皇帝の務めとして、種を孕ませてもらっておりました。けれど何度も接するうちに、彼らは私も気付いていなかった心の穴を埋めてくれた」

月季の色香と無邪気さ、聖蓮の慈愛と母性、沙羅の一途さと情熱、銀桂の包容力と父性。四人の妃と逢瀬(おうせ)を重ねるうちに、あの悪夢によって刻み込まれた苦痛と劣等感は少しずつ癒やされ、今ではわずかながらも自信が持てるようになった。

自分は彼らの夫だ。夫として彼らを守りたいと。

「皆を困らせているのは百も承知です。ですが私は、私の手で彼らを守ってやりたい…いえ、守らなければならない。月季が妖異に襲われた時、そう痛感しました」

——……、そうか……。

執務室じゅうをふよふよと漂う光の玉を、丞相も阿古耶たちも固唾(かたず)を呑んで見守っている。玉還が神に反論することなど、これまで一度も無かった。もし玉還が神罰を受けてしまったらと、気が気ではないのかもしれない。

だが玉還に不安は無かった。光の玉から伝わってくる感情は怒りではない。

……戸惑っていらっしゃる…私が初めて逆らったから？　それに、…何だか少し喜んでもいらっしゃるような？

広い執務室をゆうに十周はした後、光の玉はようやく玉還の目の高さまで戻ってきた。

——玉還よ。我が愛し子よ。

「っ…、はい、神様」

玉還は姿勢を正した。もし神に武術を習うことは金輪際まかりならぬと告げられたら、引き下がらざるを得ない。

——そなたは妃たちを、愛しているのだな。

「…はい。愛しております。彼らの身に何かあればと思うだけで、心が痛んでたまらなくなるほどに」

——ならば、構わぬ。そなたの好きにするが良い。

「えっ…」

ぱっと顔を上げた玉還の周りを、光の玉はぐるりと一周する。

――何人たりとも玉還の邪魔をしてはならぬ。ただし、玉還よ。そなたもまた忠義の臣下を困らせてはならぬ。指南役を望むのなら、そなた自身で見付け出すのだ。…良いな？

「はっ…、…はい！　ありがとうございます！」

光の玉はなおも玉還の周囲をぐるぐる回っていたが、やがて玉還の胸に戻っていった。神とのやり取りを告げると、緊張に固まっていた丞相と阿古耶たちはくたくたとくずおれる。

「神がそのようなことを仰せに…」

丞相はつかの間ぽかんと口を開け、皺だらけの顔をくしゃくしゃにして泣き出した。

「おお、おお…！　神の御心も知らず、何と浅はかなことを申し上げたのか。陛下、愚かな臣をどうかお許し下さい…！」

「我らも、どうぞお許しを…！」

阿古耶たちまで加わり、しばしの間、執務室には嗚咽が響き渡った。ようやく落ち着かせ、花王宮に引き上げてこられたのは一刻も経った後だ。

さすがの玉還も疲れ果ててしまったが、心は弾んでいた。

武術を習ってもいいと、神がじきじきに許して下さったのだ。これでやっと妃たちを守るための力を身に付けられる。指南役を玉還自身で見付けなければならないというのが難点だが、花王宮には警護の武官たちが相当数配置されている。いずれも腕利きの精鋭揃いで、皇帝に対する忠誠心も高い。玉還が頼み込めば二つ返事で指南役を引き受けてくれるだろう。

…と、思ったのだが。

「わ、私が陛下の指南役など、とんでもないことでございます…！　どうぞお許しを！」

「神の愛し子であられる御身に傷一つでも付ければ、喉をかっさばいてお詫(わ)びせねばなりませぬ！」

ある者は青ざめてひれ伏し、ある者は悲痛な面持ちで許しを乞い。

「陛下の白き御手に武器など握らせたとあっては、伽国軍は不忠の徒の誹(そし)りを免れませぬ」

「あのような事件は二度と起こさせませぬ。陛下は神より賜りし玉座に在り、我らを見守って下され」

またある者は屈辱に身を震わせ、ある者は決意をみなぎらせた。反応は様々であったが、誰一人として指南役を引き受けてはくれなかったのだ。


玉環を膝に乗せた男がくすりと喉を鳴らした。

「まあ、当然だろうな」

「…あっ、ぁ……」

「忠臣揃いの外延の中でも、軍はとりわけ忠誠心の強い者ばかりが集まっている。皇帝の剣であり盾であることこそ彼らの誉れなのに、神の愛し子たる皇帝が自ら剣を持つなど認められるわけがない」

「あぁ、あっ…、と、…父様っ…」

椅子に腰かけた銀桂に背中を預け、その膝に乗せられた玉環は、すでに蕾を太い肉刀で貫かれている。

袍は着たままで、つながっている部分は隠されているが、快楽に染まりきった玉環の面や広げられびくびくと震える白い脚を見れば、何が行われているのかは一目瞭然(いちもくりょうぜん)だろう。たとえ卓子に手付かずの珈琲の茶杯や茶壺(ちゃふう)が並んでいたとしても。

……どれくらい、こうしているのだろう……。

十八の刻に訪れてすぐ丸窓のある部屋に招かれ、窓際の椅子に座ると同時に銀桂が股間の肉刀をさらけ出した。玉還は自ら袍の裾をめくり、銀桂の膝に乗りながらついさっきまで沙羅に拡げてもらっていた蕾へ肉刀を受け容れた。それまでなら、いつものことだ。

いつもと違うのは、玉還がきゅうきゅうと媚肉をうごめかせればたっぷり孕ませてもらえるはずの種が、いまだに注がれていないことだ。しかも根元まで肉刀を収めてからずっと、銀桂は少しも腰を使ってくれない。ただ玉還の髪に口付け、腹を袍越しに撫でてくれるだけ。

沙羅の種が馴染みきってしまった孕みどころは、新たな種を孕みたい孕みたいとねだっている。嵌まり込んだ切っ先にぴっちりと重なって。

「父様…、父様ぁっ……」

玉還がたまらず腰を振ろうとしても、背後から回された逞しい腕ががっしり抱き込んで許してくれない。つんと目の奥が痛くなる。

……何か、父様を怒らせるようなことをしてしまったのだろうか？

「吾子…、何故泣く？」

かすれた声が耳に吹き込まれた。明かりに照らされた丸窓が、落涙する玉還と、小柄な身体を背後からすっぽり囲い込む男を鏡のように映し出している。

「父様を…、怒らせて、…しまったのかと…思って…」

「…何故、そのようなことを？」

「いつもならすぐ孕ませてくれるのに…、今日はまだ、一度も…、種を、くれないから…」

銀桂は教えてくれた。皇帝に種を孕ませるのは妃の務めだが、父親もまた、可愛い我が子を孕ませてやるものなのだと。我が子に対する愛情が深ければ深いほど、たっぷり種を植え付けてやるものなのだと。

玉環の実父である前皇帝は、たとえ神に禁じられなくても、皇帝の座を奪った玉環を孕ませてはくれなかっただろう。閨事の間だけでも玉環を我が子と呼び、腹が膨れるほどの種をくれるのは銀桂だけなのだ。

今や銀桂は玉環の妃であると同時に、父親でもあった。そんな存在を怒らせてしまったら…嫌われてしまったらと思うだけで、胸がきりきりと痛む。

「私が吾子に怒るなど…ましてや嫌うなど、天地がくつがえってもありえない」

「…っ、あんっ…」

うなじをきつく吸い上げられ、甘くさえずる玉環の袍の裾から銀桂は手を差し入れる。熱く大きな掌が物欲しそうに震える腹をまさぐった。頭でも髪でも腹でも、銀桂に撫でられるのはひどく心地よい。

「じゃあ…、どうして、孕ませてくれないの…?」

「……」

青い瞳がつっと細められる。

つかの間の沈黙の後、銀桂は肉茎に手をすべらせた。腹に肉刀を銜え込まされるだけで勃ち上がったそれは、中を抉ってもらえないせいで中途半端な熱を持て余し、涙に濡れている。

「可愛い吾子…」

「あ……っ…」

やんわりと握り込まれた肉茎は、銀桂の手の中でみるみる形を変えていく。にちゅにちゅと扱かれ、先端の小さな穴に指先をめり込まされれば、たちまち限界まで張り詰めた。

「吾子は賢いから、お腹にこれを嵌められるだけで勃起出来るようになったな」

「あ…んっ、あ、あぁっ…」

ぐりっ、と肉刀の切っ先が情けどころを抉る。不意討ちの刺激に肉茎は甘露を噴き出しそうになるが、その前に銀桂の指が根元を縛めた。

「ひぁぁぁ…っ、ああ！」

寸前でせき止められた熱の奔流がぐるぐると体内を駆け巡る。びくん、びくんっと跳ねる小柄な身体は、銀桂に抱えられていなければ転がり落ちてしまっただろう。

「…すぐに孕ませてやらなかったのは、そろそろこちらも躾けてやろうかと思っていたからだ」

銀桂は再びうなじを吸い上げた。今日はこれで何度目だろうか。妃たちの唇で刻まれた痕はなかなか治らないから、玉還の全身は常に痕だらけだ。

「あぁ…っ、お、…おちんちん、を？」

「そうだ。…お腹ばかりではなく、おちんちんも躾けてやらなければ不公平だろう？　吾子がたくさん孕んで甘露を出せるようにするのが、父親の役割なのだから…」

愛情のこもった甘い囁きに、玉還は陶然（とうぜん）と身を震わせる。

父親の役割と、銀桂は言ってくれた。…怒らせてしまったのではない。銀桂は父親として、玉還を可愛がろうとしてくれているのだ。本物の父親だって、きっとここまではしてくれない。

「父様……」

玉還は安心しきって銀桂の胸に背をもたれさせる。銀桂は真珠色の髪を撫で、丸窓に映る玉還に微笑みかけた。

「可愛い吾子。…私がおちんちんを見やすいように…、出来るね？」

「……はい……」

従順に頷き、玉還は両手で袍の裾をまくり上げた。限界まで拡げられ、太すぎるものをねじ込まれた蕾と、男の掌に包み込まれた肉茎が丸窓に映し出される。

「いい子だ。……出してしまわないよう、堪えていなさい」

根元を縛めていた指がするりと離れる。

銀桂が卓子に手を伸ばした弾みで肉刀がわずかに動き、甘露を吐き出してしまいそうになったが、玉還はぎゅっと袍を握り締めて耐えた。

「そ、…れは？」

目の前にかざされたのは、細長い銀色の棒だった。針…にしてはずいぶんと長い。玉還の指二本分くらいはありそうだ。それに銀桂が先端をつつくと、びいんとしなる。

「吾子のおちんちんを、もっといい子にしてくれるものだよ」

「え……」

銀桂は戸惑う玉還の肉茎を片手で支え、もう一方の手で銀色の棒を肉茎の先端にあてがう。まさかと思った瞬間、つぷ、と棒は小さな穴にめり込んできた。

「や……っ！　父様、そこは…っ…」

「大丈夫だ。私を信じて、じっとしていなさい」

銀色の棒は甘露を吐き出すための極細の穴にゆっくりと沈められていく。拡げられてはいけない場所をこじ開けられ、玉還は全身が跳ねてしまいそうになるのを必死に堪えた。

玉還を傷付けるような真似は神が許さないとわかっているが、少しでも銀桂の手元が狂ったらと思うだけで恐ろしい。…恐ろしいのに、禁忌(きんき)の穴までも暴かれてしまう感覚に酔ってしまう自分も居る。

「…あ…、あん、…んっ…」

甘い喘ぎを漏らしてしまいそうになり、玉還は持ち上げていた袍の裾を噛んだ。銀桂は玉還をいい子に躾けようとしてくれているのに、気持ちよくなったらいけない。

銀桂は笑みを含んだ吐息をうなじに吹きかける。

「我慢する必要は無い。…気持ちいいのなら好きなだけ鳴きなさい」

「…っ…、ぅっ…」

「ほら、……可愛い吾子」

四人の妃たちによってたかって愛でられ、紅い痕だらけのうなじに甘く歯が突き立てられた。びくんっと背筋をしならせた弾みで、咥えていた袍が口から外れてしまう。

「……あっ、や…っあ、あああああ——……!」

同時に棒がぐりゅんっと奥まで進み、視界の奥で真っ白な火花が無数に弾けた。甘露を吐き出す時の快感を何倍にも強めたような、未知の感覚が全身を突き抜ける。身体の重みがなくなって、どこまでも飛んでいってしまいそうな…。

「吾子、……吾子」

うなじや肩口を何度も甘噛みされる感触で我に返れば、肉刀を孕んだままの腹を優しく撫でられた。

「父…、様？　私は…今、いったい…」

「おちんちんの穴で極めたのだよ。…初めてでここまで気持ちよくなれる者はめったに居ない。やはり吾子は賢い、いい子だ…」

「あっ…、あんっ、あああっ…」

ご褒美とばかりに腹をぐちゅぐちゅと突き上げられる。待ちわびた愛撫に媚肉は歓喜し、肉刀に絡み付いた。

「ああ、吾子…」

銀桂は玉還の両脚を抱え、つながったまま立ち上がった。切っ先の角度が変わり、情けどころをぐりいっと抉られる。

「ひ、……、……！」

声にならない悲鳴が玉還の唇からほとばしった。

どくどくと脈打つ肉茎はいつもならあっけなく甘露を吐き出すところなのに、切なそうに身震いするだけだ。小さな穴も隘路も、銀の棒にせき止められてしまったせいで。出口を失った熱の奔流が玉還の体内をぐるぐる、ぐるぐると駆け巡る。

「…吾子、ご覧」

促されるがまま丸窓に目をやれば、紅玉の瞳をとろんと蕩かせた玉還が映っていた。幼い子どもが用を足させてもらうような体勢で肉刀を銜え込まされ、銀の棒に貫かれた肉茎をぴんと反り立たせている。

「吾子はいつでも可愛いが、こうして私を孕んでいる時が一番可愛い」

「ああ…っ、…父様…ぁ、父様…」

「もっと可愛い、いい子になるために…おちんちんから甘露を出さずに、お腹をかき混ぜられるだけで極められるようにしてあげよう」

――つきなさい。

甘く命じられ、玉還は丸窓に両手をついた。銜え込んだままの肉刀が情けどころを擦り上げながら、孕みどころにずぽんっと嵌まり込む。

「…は…っ、吾子……」

種をちょうだいちょうだいと絡み付く媚肉を熟した切っ先であやし、けいれんする玉還の両脚をしっかり抱え込むと、銀桂は容赦無く腰を突き入れ始める。

下肢が完全に宙に浮かんだ状態になり、玉還は腹の中の肉刀を逃すまいと食み締めた。

「……あぁぁ…っ、あっ、あっあっ、あんっ」

孕みどころを一突きされるたび、出口を求める熱の奔流が荒れ狂う。増していくばかりの熱が頭を芯から焼いていく。

出したい、出したい、出したい。それだけしか考えられなくなる。

「と…う、さま…、とう、さまぁ…っ…」

お願い、出させて。

玉還が必死に振り返って懇願すれば、銀桂は慈父の笑みに獣めいた欲望を滲ませた。従順に差し出した尻も肉茎までも犯され、一回り以上小柄な身体を震わせる姿がどれほど雄の劣情と嗜虐(しぎゃく)を煽るのか、玉還に教えてくれる者は居ない。

銀桂は腰を玉還の尻に密着させ、孕みどころをぐりぐりと押し上げる。おびただしい量の種がそこに浴びせられる感覚を、思い出させるように。

「…吾子は、悪い子になりたいのか？」

「あんっ、あっあっあぁっ…、ない、…なりたくないっ…」

「ならば、言う通りにしなさい。…もっと私だけを感じて、愛らしくさえずるんだ」

囁く間にも銀桂はどちゅん、どちゅんっと切っ先を媚肉に打ち付ける。まるで腹の中から殴られているようだ。薄い腹の肉は歓喜にざわめき、ぼこんぼこんと切っ先の形に膨らんではへこむのをくり返している。

「…父様…の、おちんちんが…」

玉還はすべり落ちてしまいそうな手を必死につき、腹を揺すった。

荒れ狂う熱のせいでいつもより敏感になった媚肉は、銀桂の雄々しい肉刀の形をいっそうはっきりと伝えてくる。より奥で孕ませようと孕みどころのさらに深くへ潜り込む切っ先も、蕾を限界まで拡げる刀身の太さも、脈動も。

「父様のおちんちんが…、私のお腹を、膨らませて…、あっ、ああ…っ、あんっ」

「吾子…、ちゃんと言いなさい。おちんちんでお腹を膨らませてもらって、どうなんだ？」

「あっあっ、あんっ…、あぁんっ……」

またぼこん、ぼこんっと腹が膨らまされる。媚肉を絡み付かせ、玉還は腰を打ち付けられすぎたせいで紅く染まりかけた尻を振った。

「…気持ち、いい…、…おちんちんでお腹膨らませてもらうの、気持ちいい…！」

「……、……吾子…っ…！」

銀桂は両脚ごと玉還を抱き込み、わななく孕みどころに子種を放った。身じろぎ一つ許されない玉還は、大量のそれを頭が焼けてしまいそうな快感と共に受け止める。

「ひ……ぃ、……あぁぁっ……」

弱々しい悲鳴をこぼす玉還の孕みどころに、いつもよりたっぷりと種が注がれていく。玉還がつま先を震わせるたび、ようやく孕ませてもらった腹の中で、種がたぷんたぷんと揺れるのがわかった。

「あ…ぁ…、あぁ、あ……」

待ち望んでいたものがようやく与えられた悦びに満たされ、とうとう力の入らなくなった玉還の手が丸窓をずるりとすべり落ちる。

銀桂はくずおれる身体を軽々と持ち上げ、ゆっくり部屋を横切っていった。その先にあるのは、寝室の扉だ。

「ひ…っ、ん…っ、あ、…ああっ…、父様っ…」

入ったままの肉刀から床を踏み締める振動が伝わってくる。孕まされた媚肉はそれさえも感じてしまい、勝手に肉刀を締め上げる。

……怖い。

いつもなら孕ませてもらうと同時に玉還も甘露を吐き、それでいったんは治まるはずの絶頂の快感が、ずっと腹の奥を疼かせている。棒に犯された肉茎は、一滴の甘露もこぼしてはいないのに。

「…吾子、怖がらなくていい」

寝室の扉を蹴り開け、寝台に乗った銀桂がつむじやうなじに口付けを落とす。

「吾子はここだけで極めたのだ。ここの絶頂は長く続くものだから、心配は要らない」

「父様……、本当に……？」

玉還が腹をさする銀桂の手に己のそれを重ねると、背後で微笑む気配がした。

つながった身体を持ち上げられ、向かい合う格好でまた銀桂の膝に下ろされる。半ばまで抜け出た肉刀が孕みどころまで一気に犯す。

「あぁっ、あんっ…」

「いい子の吾子に嘘など吐くものか。…きちんとお腹だけで極められた吾子には、ご褒美をあげなくてはな…」

銀桂はぐちゃぐちゃに乱れた玉還の袍を脱がせた。淡く染まった裸身と、棒に貫かれたままぴんと反った肉茎が露わになる。

「さあ、……いきなさい」

「―――っ！」

棒を引き抜かれた瞬間、荒れ狂っていた熱がやっと与えられた出口に殺到する。震える肉茎からぷしゃあっと勢いよく放たれた透明な液体は玉還の腹や顔にまで飛び散り、孕んだ熱に染まる身体をぐしょぐしょに濡らした。

……私は今、何を……？

粗相にしては嫌な臭いがしない。それに甘露を出す時と同じくらい…いや、それ以上に気持ちよかった。

「いい子の証だよ」

銀桂は濡れた身体を押し倒し、覆いかぶさってきた。青い瞳の奥に、欲情の炎が燃え盛っている。

「これはお腹だけで極められた、いい子の証だ。……吾子は賢いから、そのうちこんなものなんて無くても出来るようになる」

「あ…、あぁっ……、父様っ……」

「だがまずは、甘露も出させてやらなければな…」

銀桂は玉還の両脚を担ぎ、逞しさを取り戻していた肉刀で激しく蕾を穿つ。

頼もしい胸に縋り付き、玉還は甘い悲鳴をたなびかせながら甘露を吐き出した。


神から武術を許された十日後には、玉還は早くもくじけそうになっていた。目につく限り、花王宮の武官には全て声をかけたのに、誰一人として指南役を引き受けてくれなかったからだ。

『皇帝の剣であり盾であることこそ彼らの誉れなのに、神の愛し子たる皇帝が自ら剣を持つなど認められるわけがない』

銀桂の言葉は正しかった。玉還がどうしてもと言い張れば『陛下の命に逆らうは不忠の極み』と命を差し出そうとするので、無理に頼み込むわけにもいかない。

……ひょっとしたら神様は、こうなることがわかっていてあのように仰ったのだろうか？

不敬な考えまで浮かんできてしまい、玉還は慌てて首を振った。慈悲深い神がそんなことをするわけがない。黄金の冠から垂れる真珠がしゃらしゃらと揺れる。

輿を囲む阿古耶たちが振り返った。

「陛下、いかがなさいましたか」

「……少し、辰国の民のことを考えていたのだ。食料は援助出来ても、災害まではどうにもならぬゆえな」

とっさに口にしたのは、嘘ではない。ついさっきまで玉還は外延に赴き、辰国から帰還した使節をねぎらうための宴に参列していたのだ。久しぶりに皇帝の正装に身を包んで。

皇帝が儀式に関係無い宴に参列することはめったに無いのだが、辰国への援助は玉還たっての願いだったので出席したのである。いつまでも皇帝が居座っていてはろくに酔えないだろうから、最初の一刻ほどで引き上げてしまったけれど。

皇帝の来臨という伽国最高の名誉を、使節の者たちは涙を流して喜んだ。中には玉還の姿を拝みながら失神してしまった者たちまで出る始末だ。

彼らが医師のもとに運ばれ、会場が落ち着きを取り戻した後、玉還は使節の責任者である特使から辰国の現状について聞いた。単に伽国と辰国を往復するだけなら十日もあれば足りる。彼らは援助した食料がすみずみまで行き渡るよう目を光らせるため、しばらくの間辰国に滞在していたのだ。

歓喜から一転、苦い表情の特使が語った話はひどいものだった。

使節は伽国の都の民を一月養えるほどの食料を運び込んだのだが、七日も経たずに底をついてしまった。火山は断続的な噴火を続けており、溶岩流と降灰によって田畑を失い、飢えた辺境の民が辰国の王都に集まっていたせいだ。

伽国から援助があったと知れ渡ると、辰国じゅうから民が押し寄せた。特使は追加の食料を何度か送ってもらい、ようやく全ての民が飢えから解放されたのだ。

しかし、辰国の危機は去っていない。

辺境の警備に当たっていた兵士たちまでもが王都に撤退してしまい、辰国の国境地帯はがら空きの無防備な状態だ。他国に攻め込まれたらひとたまりもなく征服されてしまうだろう。今の辰国が無事なのは、他国が援助を行っている伽国を怒らせたくないというのもあるが、攻めるだけのうまみが無いというのが一番大きい。

特使は饗応役の大臣から、いずれ正式に伽国の庇護を受けられないかとひそかに打診されたそうだ。属国になりたいと申し出られたのである。

大臣によれば、辰国王と王族は騰蛇を祀る神殿にこもり、祈りを捧げ続けているそうだ。しかし噴火も地震もやまず、辰国はもはや騰蛇から見放されたのだと、民は不安のどん底に陥っているという。

特使は返事を保留にして帰途についたが、伽国へ移住したい民がぞろぞろと付いてきて、追い返すのに苦労したそうだ。

辰国とは当面の間定期的に食料を運ぶ約定を交わしたから、飢える心配は無い。しかしこのままの状況が続けば辰国は特産品の鉱石の加工すらおぼつかなくなり、二度と己の足では立てなくなってしまう。そうなる前に、神の楽園と謳われる伽国に移り住みたいのだろう。

……今さら神殿にこもるくらいなら、何故対価を捧げなかったのか。

辰国王には怒りと呆れを抱いてしまう。饗応役の大臣とて、好きであのような申し出をしたわけではないだろう。このままでは国が滅びると危惧したからこそ、恥を忍んで申し出たのだ。臣下にそのような真似をさせ、あまつさえ民を飢えと不安に陥れ、心は痛まないのだろうか…。

「陛下は何とお優しい……」

阿古耶たちは感涙を滲ませた。

「そのような王家に支配されるよりは、陛下のお慈悲に縋り、伽国の属国となる方が民にとっては幸せでございましょう。そうなれば伽国の領土は広がり、陛下の御名もまた大陸にとどろくことになります。神もお慶びになるかと」

——その通りだ、玉還。

玉還の胸から現れた青い光の玉が、黄金の冠を神々しく輝かせる。

——我が愛し子たるそなたを崇める者どもが増えるのは、何よりも喜ばしいこと。辰国が伽国の新たな属国となったあかつきには、さらなる祝福を与えよう。

「神様…、お気持ちは嬉しいですが、祝福はじゅうぶんに頂いております。これ以上は、もう…」

——要らぬなどと言ってくれるな。そなたには、与えても与えてもまだ足りぬ。

光の玉がふわりと玉還の周りを一周する。

ふいに思い出すのは、いまだに見続けているあの夢だ。現実と違い、誰もが玉還を毛嫌いする夢の中で、唯一玉還に優しい白い光の人。

『与えよう。……必ず与える。どれほどの月日がかかろうとも、必ず……』

ずきん、と痛む頭を堪えて手を差し出せば、光の玉は玉還の掌に収まる。ほのかな温もりは、物心ついて以来ずっと玉還を温めてくれたものだ。

——これまで以上に数多の種を孕み、心に適った者を皇后に据えるがいい。祝福をより広く行き渡らせるためにもな。

冷えていた掌が温まると、光の玉は玉還の胸に消えた。頭を垂れていた阿古耶たちは、玉還に神の言葉を伝えられ、喜びに舞い上がる。

「神もそう仰せなのですから、陛下はお妃様がたのもとに通われ、種を孕むことに専念されなければ。武術の指南など受ける暇はございますまい」

「し…、しかし、また妖異に襲われたら…」

「あれから一度も現れておりません。しもべが滅されたことで、邪神も我らが神に恐れをなしたのでございましょう」

月季を襲った妖異が神の炎に焼き尽くされたあの日以来、花后宮を含む皇宮に妖異は一度も姿を現していない。阿古耶たちの言う通り、伽国の神を怖れた邪神が伽国からしもべたちを撤退させたのだろうと噂されている。

それが真実ならば喜ばしい。平穏無事に越したことは無いのだから。

だが実際に妖異と対峙した玉還としては、楽観する気にはなれなかった。あの日、妖異に体当たりした時の感触がまだ残っている。ぶよぶよとして異様なまでにやわらかい、人間のものとは思えぬあの感触を思い出すだけでぞっとする。

妖異たちが本当に伽国から出ていったという保証は無い。聖蓮だって言っていた。月季を襲ったような妖異はごまんと存在するのだと。

神の力を見せ付けられてもなお、神に痛手を与えるため、玉還の妃を汚そうとする妖異が残っているかもしれない。それらから妃たちを守れるのは…守らなければならないのは、夫たる玉還だけなのだ。たとえ当の妃たち自身が拒んでいても。

『私なら大丈夫です、陛下。陛下がお傍に居て下されば、どのような恐怖も乗り越えられますから』

妖異に襲われた張本人であるにもかかわらず、月季はけなげにもそう言って玉還にしなだれかかった。

『何度でも申し上げます、愛しい子。貴方のためならこの身など、どうなっても構わないのです。貴方が慣れぬ武術の鍛錬で苦しむ方が、私はつらい…』

妖異について教えてくれた聖蓮は、いつ己の身も危険にさらされるかわからないのに、いつでも玉還を心配してくれる。

『自分の身は自分で守れる。…陛下も、俺が守る。だから陛下は、ずっと俺の傍を離れないでいればいい』

各地を旅する間、一座の護衛も務めていたという沙羅は勇ましく宣言し、細身を裏切る逞しさを玉還の身に教え込んでくれた。

『辞したといえど、私も武官であった身。可愛い吾子が自ら武器を振るうような真似を、認められるわけがない』

元武官の銀桂は小柄で華奢な玉還がいかに戦いに向かないかを閨で教え込み、いい子は大人しく守られているものだと何度も囁いた。

四夫人が全員反対しているのだから、花后宮の武官たちも指南役など引き受けてくれるわけがない。この分では、外延の武官たちも厳しいだろう。

……でも、諦めたくない。

己の手で道を切り拓かなければ、絶対に後悔する。そんな予感が頭から去ってくれないのは、いまだに見続けるあの夢のせいなのか。幼い頃から夢の中の玉還をさいなみ続けるかん高い声の主が、月季を襲った妖異にひどく似ていたせいなのか…。

玉還が思い悩む間にも輿は進み、花王宮にたどり着いた。

宴は十一の刻からだったので、すでに十二の刻を過ぎている。これから訪れることが出来るのは、沙羅の宮だ。宴の状況しだいでは行けないかもしれないと伝えてあるが、沙羅のことだからきっと玉還を待ちわびているだろう。

「……このっ！　いい加減にしろ、貴様！」

騒動が起きたのは、沙羅の宮に続く回廊を進んでいる時だった。ひざまずいていた宮人たちの中でもひときわ大柄な宮人が突然いきり立ち、隣の宮人に殴りかかったのだ。

「やめろ！　陛下の御前だぞ！」

周囲の宮人たちは慌てて取り押さえようとするが、大柄な宮人はすさまじい腕力で振り払い、隣の宮人に馬乗りになって殴り続ける。隣の宮人は最初の一撃で気を失ってしまったのか、されるがままだ。

「阿古耶…」

「はっ」

玉還の命を受けた阿古耶たちが止めに入る前に、回廊の奥から黒髪の宮人が駆け付けた。黒髪の宮人はその勢いのまま、大柄な宮人に烈風のごとき回し蹴りを喰らわせる。

「ぐおぉっ!?」

大柄な宮人は吹き飛ばされ、地面に転がった。よろめきながら起き上がろうとするが、黒髪の宮人がすかさずみぞおちに拳を打ち込み、意識を刈り取る。ぐったりした大柄な宮人は他の宮人たちに縛られ、猿ぐつわまで噛まされたが、ぴくりとも動かない。

「何と……」

　鮮やかすぎる身のこなしに玉還が思わず感嘆の声を上げれば、黒髪の宮人は輿の前でひざまずいた。警戒も露わな阿古耶たちに囲まれても怯える様子も無く、堂々と言上する。

「お見苦しいところをご覧に入れてしまい、申し訳ございません。この罪は、いかようにも償わせて頂きまする」

「…あ…、いや、咎めるつもりは無いのだ。顔を上げよ」

　玉還に命じられるがまま起き上がった黒髪の宮人は、涼やかな目元が印象的な青年だった。歳は月季よりやや下くらいだろうか。質素な宮人の衣装に包まれた肉体は、銀桂に及ばないまでも逞しい。

「そなた、名は何と申す？」

「志威と申します。陛下の寛大なる御心に感謝いたします」

「へ…っ…、陛下！　申し訳ございませぬ！」

　志威と言葉を交わしていると、青ざめた初老の宮人が息を切らしながらひざまずいた。宮人たちの束ね役、内監（ないかん）だ。誰かが騒ぎを報せに走り、泡を喰って駆け付けたのだろう。

「内監よ。あの者は何故陛下の御前でかような騒ぎを起こしたのか？　ことと次第によっては神罰が下ると心得よ」

　阿古耶たちがいつになく厳しい表情で問いただす。内監は大柄な宮人と殴られた宮人を見遣り、白い眉を下げた。

「それが…、かいもく見当がつかないのでございます。あの二人…黄正と林真は同じ頃花后宮に仕え、親しい友人同士でもあったはず。仲違いしたという話もございませぬし…」

「――畏れながら」

志威が静かに割り込んだ。差し出された手には、結び文が乗せられている。

「先ほど黄正を取り押さえた時、落ちていたのを拾いました。どちらが落としたのかはわかりませぬが、何らかの手がかりは得られるかと…」

「そ、そうか、そうだな」

内監はひったくるように結び文を受け取り、結び目を解いた。読み進めるにつれ、青ざめた顔が強張っていく。

「…文は、黄正の恋人からのものでございます。結婚の約束まで交わしておきながら林真に心移りしてしまったので、別れたいと…」

「何……？」

眉をひそめた阿古耶たちが文に目を通し、玉環のもとに届けてくれる。広げられた文には確かに、内監が語った通りの内容が記されていた。

……これは？

かすかに文から漂った麝香の匂いが、忌まわしい記憶を呼び起こす。あの日、月季を襲った妖異が纏っていたのと同じ匂い。

「…つまり、痴情のもつれということか。そのような取るに足らない理由で、陛下の輿をさえぎるとは…」

「お、お許しを！」

怒りをまき散らす阿古耶たちに囲まれ、内監は額を床に擦り付けた。皇帝の前でこんな騒ぎを起こしたのだ。黄正と林真はもちろん、内監も厳しい処分は免れない。場合によっては死罪もありうる。

……だが、何故だ？

玉還は釈然としないものを感じていた。

黄正は恋人の心を奪った林真に強い怒りを抱いていたのかもしれない。だがわざわざ皇帝の前で襲いかからなくても、機会は他にいくらでもあったはずだ。

それに、文から漂う麝香の匂いは…。

「畏れながら、私からもお願い申し上げます。どうかこの者たちに寛大なる処分を」

そこへ、黙っていた志威が頭を下げる。僭越（せんえつ）な、と憤る阿古耶たちをなだめ、玉還は問いかけた。

「何故だ？　そなたはこの者たちと親しいのか？」

「いいえ、言葉を交わしたこともございませぬ。されど二人が陛下のため、陰ひなた無く働いていることは存じておりました。そんな二人が突然このような暴挙に出るなど、よほどの事情があるとしか思えないのです」

「……」

志威は自分と同じ疑問を抱いている。気付いた瞬間、玉還はひらめいた。

黄正を取り押さえた志威の体術はなかなかのものだ。きっと武器も相応に遣うだろう。それにこの状況なら、玉還の願いを断れない。

「…わかった。内監は降格、黄正と林真は解職の上実家に帰すこととしよう」

「陛下!?」

玉還が裁定を下したとたん、阿古耶たちと内監が異口同音に叫んだ。ただしその表情は正反対だ。内監は歓喜を、阿古耶たちは驚愕を浮かべている。

「お考え直し下さい、陛下。この者たちは畏れ多くも陛下の輿をさえぎった大罪人でございます」

「そうだが、それだけだろう。万が一私に危害を加えるつもりだったとしても、私には傷一つ付けることは出来ぬ」

「されど…」

納得しかねている阿古耶たちに、玉還は首を振った。

「それに、そなたたちの言葉を借りるなら、志威は大罪人を取り押さえた功労者だ。その志威が望むのなら、褒美として叶えてやらなければなるまい」

「……陛下の仰せのままに」

阿古耶たちが不本意そうながらも引き下がると、志威は深々と頭(こうべ)を垂れた。

「陛下のお慈悲に心から感謝いたします。このご恩は生涯忘れませぬ」

「礼には及ばぬ。そなたには折り入って頼みがあるゆえな。…こちらへ」

玉還は志威を手招きした。素直に従った志威に、ずいと身を乗り出す。

「そなた、私の指南役になってくれぬか?」

突然の願いに面食らいつつも、志威は指南役を引き受けてくれた。月季を襲った妖異については伏せられていたが、妻の身を自分自身で守りたいという玉還の意志に賛同してくれたのだ。

『夫たる者、妻を守りたいと思う気持ちに貴賤はございません。陛下も我らと同じ気持ちを抱いておいでだと伺い、畏れ多いことながら、ますます陛下をお慕い申し上げるようになりました』

さわやかな笑顔でそんなふうに言われたのは初めてだった。

幸い、志威は特定の妃の専属ではなかったため、花后宮から花王宮に異動させ、玉還付きの宮人になってもらった。

阿古耶たちのように常時傍に控え、身の回りの世話をするのではなく、ふだんは花王宮の宮人として仕事をこなし、玉還の身体が空いた時に武術の指南をしてもらうのだ。花王宮での玉還の身の回りの世話は、阿古耶たちにしか許されていないから。

志威によれば、玉還の武術習得に反対していた者たちに嫌がらせを受けたことは無いそうだ。神がじきじきに認めたのだから、否やは唱えられまい。

志威は都の一般家庭の出身だが、武術の心得のある祖父から指導を受けていたという。なかなかの腕前だったようで、志威と手合わせをした花王宮の武官が感心していた。自己流ではなく、基本をきちんと踏まえた正統派の武術だそうだ。

槍や弓なども扱えるが、志威が最も得意とするのは剣だという。ならば玉還もさっそく剣術を…ということにはならなかった。

『どのような武器を使われるにせよ、基本は身体でございます。畏れながら陛下は武器を振るうための筋肉が付いておられない。そのようなお身体でいきなり武器を持てば、怪我をなさるだけでしょう。まずはお身体を鍛えなければなりませぬ』

もっともだと思ったので、玉環は素直に従った。今のところは動きやすい服装で花王宮の庭園を走った後、志威の指導に従い柔軟体操をしているだけだが、少しずつ体力がついてきているのがわかる。

黄正の結び文から漂った麝香の匂いを思い出すと不安になる――でも、焦ってはならない。

妻を守れる強い男に、少しずつ近付いてはいるのだから。


志威の指導を受けるようになってから、半月ほど経った頃。

十二の刻に沙羅の宮へ向かうと、待ち構えていた沙羅に抱え上げられ、浴室に連れ込まれた。

下級の妃や宮人たちは共同の大浴場を使うが、四夫人の宮には専用の広々とした浴室が備わり、いつでも湯がなみなみと満たされている。湯を沸かすのも運ぶのも人力なので、花后宮くらいでしか許されない贅沢だ。

「陛下……」

「沙羅、…ぁあっ！」

陶器の浴槽のふちに手をつかされ、高々と掲げさせられた尻に背後から一気に肉槍を突き入れられる。運ばれてくる間に袍は脱がされてしまい、沙羅も全部脱いだから、お互い生まれたままの姿だ。

「あっ…、あっ、あぁ…っ、んぅ……」

何度銜え込まされても、孕みどころをずっぽりと貫く肉槍の長さには圧迫感を覚えずにはいられない。

おまけにこの体勢ではより奥まで犯され、薄い腹を破られてしまいそうな恐ろしささえ感じるが、さすがに慣れた。出合い頭に浴室へ連れ込まれ、こうしてまぐわうのは、志威の指南を受け始めて以来ずっと続いているのだから。

「…陛下…、陛下、……いい？　陛下の一番奥に孕ませて、いい？」

沙羅が玉還の背中にぴったりと張り付き、かすれた声で囁く。根元まで収めただけなのに、もう我慢出来ないようだ。

妃たちは皆玉還の腹をすぐ膨らませたがるが、沙羅は特にその傾向が強い。四夫人の中で最も若いせいか、それとも…。

「…あぁ…、奥で、……奥で、孕ませて…っ…」

玉還はきゅうっと肉槍を媚肉で食み締め、肩越しにねだった。我慢出来ないのは玉還だって同じだ。銀桂に躾けてもらってから、妃たちのものを銜え込まされると孕ませてもらうことしか考えられなくなってしまった。

「陛下、…陛下、陛下、陛下っ！　俺の、…俺の…っ…」

沙羅は咆哮し、玉還の白い背中を抱きすくめた。いったん引き抜かれ、ぼこぼこと玉還の薄い腹を膨らませながら再び孕みどころへたどり着いた肉槍が大量の種を放出する。

「…あ…っ…、ああ、あ――……！」

熟した肉槍の穂先がごつんごつんと媚肉を突きまくり、種を浴びせていく。

孕みどころはすぐいっぱいになり、少しでも多く孕もうと腰をくねらせれば、沙羅の喉がぐるるっと獣のように鳴った。背中を流れる真珠色の髪に口付けの雨が降り注ぐ。

「陛下…、…俺の、……俺の真珠……」

「やっ…、沙羅、だ、…駄目っ…」

ずずずっと肉槍が這い出ていく感触に、玉還はいやいやをするように首を振った。だって、肉槍の先端からはまだ種が溢れ続けている。孕みどころだって満杯だ。こんな状態で突き上げられてしまったら…。

「ひあぁぁ……、あああ……っ！」

また獣めいた唸(うな)り声が聞こえた次の瞬間、抜け出ていった肉槍は媚肉の壁を一息に貫いた。

沙羅の股間が玉還の尻にぶつかり、ぱんっ、と高い音が鳴る。ぶるりと震え、紅く染まる尻たぶにそそられたのか、緩やかになりつつあった種の勢いが増した。

脈動するたび大量の種を吐き出し、種まみれにしていく。浅い部分の媚肉も、情けどころも、孕みどころも。今、玉還の腹を裂いたら、おびただしい量の種が溢れ出るに違いない。

「好き…、陛下、…陛下だけが好き…」

「あっ、あっ、あ…んっ、沙羅、…沙羅、私…、も…」

好きだと伝えたいのに、甘い喘ぎばかりがこぼれてしまう。

玉還は代わりに肉槍を締め上げ、高く突き出した尻を振った。沙羅は玉還の白い肢体と真珠色の髪をことのほか好んでいると、知っているから。

「あ、陛下…っ、……嬉しい……！」

期待通り沙羅は歓喜の雄叫びを上げ、玉還の尻を両側からがっちりと摑んだ。まだ種を出し続けている肉槍を、がつんがつんと打ち付ける。力の限り浴槽に摑まっていなければ、くずおれてしまいそうだ。

「あんっ、ああ…っ、あっ、沙羅、沙羅っ…」

「俺も好き、好き…っ、陛下だけを、愛してる……」

吐露するそばから種を浴びせられ、肉槍によって媚肉に擦り込まれていく。馴染んだ種は玉還に取り込まれ、白い肌をいっそうみずみずしく輝かせる。玉還を孕ませる男を、いっそう欲情させるために。

どくんっ、と肉槍が大きく脈打った。寒気と紙一重の甘い予感に、玉還は尻を震わせる。

「あ…ぁ…っ、沙羅、もう……？」

「…ずっと陛下を孕ませたくて、待ってた、から…」

どくん……っ。

再び大きく脈動した先端が爆ぜ、種をまき散らす。まだ前の分が馴染みきっていない孕みどころへ――さっきよりもたっぷりと。

「ひ、ぃ、ああ、あ、あっ……」

限界を超えた孕みどころが膨張し、薄い腹が膨らまされていくのを感じる。内側から弾けてしまいそうな恐ろしさに身を震わせれば、沙羅がするりと腹に手を回した。

「…あ…あ、すごい…。俺の種で、膨らんでる…」

「あ…っ、沙羅、…駄目、ぇっ…」

軽く腹を押され、ひしゃげた腹に種がいつもより速く染み込んでいく。いたわるように撫でられるたび、中の種がちゃぷちゃぷと揺れた。その音にすら欲情するのか、沙羅は腹を撫でながらゆるやかに腰を使い始める。

「あん…っ、ああ…っ、あっ、や、やぁっ…」

「大丈夫…、陛下がすぐに孕めるよう、栓をしてるだけだから…」

だったらじっとしていて欲しいのに、沙羅は種で満たされた孕みどころを堪能するように肉槍をじゅぷじゅぷと突き入れ続けている。さっきまでよりは激しくないが、種が染み、いつもより敏感になった媚肉にはじゅうぶんすぎる刺激だ。

「あ…、あ、あ…っ……」

「陛下、…陛下、綺麗…俺の種を孕んでる陛下は、本当に、綺麗……」

つながったたままうなじや背中を執拗に吸い上げられ、腹を押され撫でられながら腰を揺さぶられるうちに、種は玉還に馴染んでいった。

すっかりへこんだ腹を、沙羅は残念そうに撫で上げる。

「……陛下のお腹、元に戻っちゃった」

「…はぁ…、は、…あぁっ…」

ずっとぱんぱんにさせておきたいのに、と無邪気に囁かれ、玉還は思わず腹の中の肉槍を締め上げてしまった。立て続けに二度も孕まされたのだ。少し休まなければ、さすがに身がもたない。

「……大丈夫」

「あ、…あぁんっ！」

奥まで嵌まっていた肉槍がずるりと引き抜かれる。媚肉を引っ張られる感覚に腰が砕け、くずおれそうになるが、沙羅がすかさず抱きとめてくれた。そのままくるりと向きを変えさせ、浴槽に背をもたれさせる格好で座らせる。

「あぁ……、綺麗……」

沙羅は白い脚を広げさせ、肉槍の形にぱっくりと口を開けたまま白いよだれを垂らす蕾をうっとりと覗き込んだ。ふちにこびりついた種を指先で中に押し戻し、媚肉にしっかりなすり付けると、反り返った肉茎を撫でる。

「お腹だけでいっぱい極めたんだね…」

金色の双眸にいやらしく舐め回され、玉還はようやく己の腹が甘露ではないものに濡れていることに気付いた。銀桂に教えてもらった、お腹だけで極めたいい子の証だ。後ろから突きまくられる間に、何度か極めていたらしい。白い腹はびしょびしょだ。

「次は甘露をちょうだい」

「…っ…、あ、ああっ！」

ひざまずいた沙羅が股間に顔を埋めた。迷わず肉茎に喰い付き、這わせた舌でしたたる透明な雫を舐め取る。

「や…っあ、あ、あっ…、沙羅、沙羅っ…」

喉奥まですっぽりと咥えられ、ちょうだいちょうだいと吸い上げられれば、限界はすぐに訪れた。玉還は金色の髪に両手を埋め、全身を小刻みに震わせながら絶頂への階段を駆け上がる。

「…………っ…！」

喰い付いて離れない沙羅の口内へ、甘露が吐き出された。沙羅はすぼめた頰で肉茎を扱き、最後の一滴まで残らず搾り取ると、じゅうぶんに味を堪能してから呑み込む。ごくり、となまなましく喉を鳴らして。

「は…ぁ…、は、…っ…」

息を切らす玉還の萎えた肉茎に、やんわりと歯が立てられた。股間に顔を埋めたまま、沙羅がじっと玉還を見上げている。寂しさと切なさを滲ませた、黄金の瞳で。

「沙羅……」

ずきんと胸が痛み、玉還は両脚で沙羅の頭を挟み込んだ。

やわらかな太ももの肉に包まれ、沙羅はちゅぱちゅぱと肉茎を吸い始める。もうしばらくは何も出ないと、わかっているだろうに。

「沙羅、…私の沙羅…」

ぱさぱさと揺れる金色の髪を撫でてやる。まるで飢えた獣に餌をやっているような気分になるのは、間違いではないだろう。

初めて玉還に召されてからというもの、沙羅は玉還が居る時しか飲み物も食事も取ろうとしなかった。自分は玉還のものになったのだから、玉還から与えられるものしか食べないのだと主張して。

玉還が沙羅の宮に滞在出来るのは十二の刻から十八の刻の間だけなのだから、次の訪問まで沙羅はずっと腹を空かせていることになる。その時間帯に外延での用事が入ってしまえば、一日以上飢えて過ごさなければならないのだ。

『舞い手だった頃は十日くらい食べられないこともざらだったから、平気』

沙羅は平然とそう言ったが、愛する妃が飲まず食わずで待っているなんて、玉還の方が平気ではなかった。自分が居ない間もちゃんと食べて欲しい。玉還の願いを、沙羅は渋々受け容れた。まぐわう間は甘露を好きなだけ飲ませてもらう、という条件付きで——。

「……陛下……」

唾液をしたたらせながら離れた沙羅が、濡れた肉茎に頬を擦り付けた。真珠色の髪を引き寄せ、うっとりと口付ける。

「…少しは、飢えが癒やされたか？」

「まだ、全然。…でも、俺の匂いしかしなくなったから、ちょっとだけ満足」

すっかり種を馴染ませきった蕾を愛おしそうに舐められ、玉還はぴくっと太ももを震わせた。

「あっ…、沙、羅…っ」

「ここに来る前、あいつに触られたよね？　いやらしい匂いがした…」

ぴちゃ、くちゅっ、と唾液を纏わせた舌が媚肉を這っていく。ここに自分たち以外の男が入らなかったか、確かめるように。

『あいつ』。

玉還以外の誰にも…自分を虐待し続けた座長にさえ何ら興味を持たない沙羅が、悪意を込めてそう呼ぶのは一人しか存在しない。志威だ。

四人の妃たちは全員玉還が武術を学ぶことに反対していたが、実際に志威という指南役を得ても、何も言わなかった。…表向きは。神が認めている以上、皇后に次ぐ四夫人といえども志威をおろそかには扱えない。

唯一嫌悪を露わにしているのが沙羅だ。玉還が志威と一言でも言葉を交わすだけで目敏く気付き、志威の匂いを…沙羅いわくいやらしい匂いを消そうとする。玉還の腹のすみずみまで己の種を満たすことによって。

「っ…、触られては、いない。構えの姿勢がゆがんでいたのを、直されただけだ…」

「じゅうぶん触られてる。…もっと、綺麗にしなくちゃ」

沙羅は磨かれた床に玉還を優しく横たえると、全身に舌を這わせていく。頬から始まり、首筋へ、鎖骨へ。乳首は特に丹念に舐めしゃぶり、胴はもちろん、わきの下も二の腕の裏側も肘の内側も、ふだん玉還すらあまり気にかけない部分までしっかりと。

「あ…っ、あっ…あ、も…、そこ、…駄目ぇっ…」

時間をかけ、ふやけるほど舐めまくられるのは、大量の種が馴染んだばかりの玉還にとっては拷問に等しい。敏感すぎる肌は舌になぞられるたび熱を帯びるのに、新たな種を欲しがって疼く蕾は放っておかれるのだから。

「…陛下、…もっと」

身体の表を唾液まみれにした沙羅が、玉還をうつ伏せにさせる。裏側も抜かりなくびしょ濡れにするつもりなのだとわかっていても、抗えない。甘く蕩けた金色の瞳にからめとられて。

「もっと、俺だけになって。…俺の匂いだけ、纏って」

「あっ……、あぁ、…あ、…んっ……」

沙羅はうつ伏せの玉還にぴったりと身体を重ね、うなじを舐めながら尻たぶに肉槍を擦り付ける。さっきまで玉還の中に入っていたそれはぬるぬるとよくすべり、尻たぶの割れ目にめり込んでいった。

「…あぁ…んっ、あ、…あぁぁっ！」

やわらかな肉を割った肉槍が、ずるうっと割れ目に嵌まり込む。とっさに太股で挟めば、火傷しそうなほどの熱が伝わってきて、腹の奥がきゅうっと疼いた。

……こんなに熱くて大きなものが…、いつも、私の中に……。

「っ…、陛下…」

「沙羅、…熱い、…熱い…」

「…陛下が悪い。陛下がどこもかしこも綺麗で、つやつやでやわらかくて…、俺を、…包んでくれるから…っ」

ぐちゅ、ずちゅっと沙羅は太股の間に腰を突き入れる。

長い肉槍は玉還の蕾から嚢の裏側、そして肉茎を力強くなぞっていき、玉還をもどかしさに悶えさせた。この逞しく充溢（じゅういつ）したものを孕めたなら、新たな種を欲しがっている腹はどれだけ満たされるだろう。

「頼む…、沙羅、…沙羅のおちんちん、私の、中に…」

しっかり体重をかけられているせいでろくに身動きも取れず、玉還は白い尻を沙羅の股間に押し付ける。首が動かせたのなら、金色の瞳に獰猛な光が宿るところが見えただろう。

「沙羅の種で…、お腹を、いっぱい、に…、……っ！」

尻たぶを割り開かれ、ずちゅううううっ、と肉槍が蕾に突き立てられる。

最奥にたどり着いた瞬間、熱い奔流でしとどに濡らされるのを感じ、玉還の意識は闇に呑まれた。

身動きが取れなかった。

『名誉に思いなさい。醜い出来損ないの化け物が、ようやく役に立つ時が来たのですから』

夢だとすぐに理解したのは、あのかん高い声が聞こえたからだ。手足を縛られ、ぼろくずのように転がされた玉環の前に、声の主が現れる。

『…っ…、……』

思わず息を呑んだ。今までかん高い声の主を覆っていた黒い靄が消えていたのだ。

初めて見るその姿は、月季を襲った妖異と同じ…。

『化け物でも、――――に違いはない。じゅうぶん対価の代わりになろう。これで帝国は再びの栄光に包まれる…』

笑みを浮かべたかん高い声の主が、よく研がれた短剣を振り上げる。

『……やめろぉぉぉぉっ！』

鋭い切っ先が玉環の左胸に吸い込まれた直後、誰かが叫んだ。

あれは、……あの人は……。

「白い、…光の人…」

自分の声で目が覚めた。

腹の奥に馴染んだ脈動を感じて身じろげば、腹に回されていた褐色の腕に力がこもる。

「…あ…、沙羅……」

「──誰？」

おはようと告げる前に、低い声で囁かれた。横臥した玉還を肉槍で貫いたまま背後から抱きすくめていた沙羅が、舞い手に相応しいすらりとした脚を玉還の下肢に絡める。

「白い光の人って、誰…？　あいつ以外にも気になるやつが居るの？」

「え…、…あっ、ぁ…」

入ったままの肉槍がぐんぐんと膨らみ、目覚めたばかりの媚肉を押し拡げていく。ぐちゅぐちゅと小刻みに腰を使われ、治まったはずの熱をまた引きずり出されそうになり、玉還は慌てて叫んだ。

「違う、…夢を見ただけだ！」

「夢……？」

熱に染まっていく身体を震わせながら、玉還は夢の内容を説明した。

玉還が昔から奇妙な恐ろしい夢を見ていること、そのせいで心に傷を負っていることは妃たち全員が知っている。夢の中の玉還をさいなむのがかん高い声の主で、その姿が黒い靄に覆われ見えなかったことも。

「…同じ、だったのだ」

「……」

「あのかん高い声の主と、月季を襲った妖異は同じ姿をしていた。妖異と同じように大きく裂けた紅い唇でにたにたと笑い、私の、…心臓を貫いた」

物心ついて以来、数えきれないほどあの夢を見てきた。同じ数だけいたぶられ、足蹴にされ、侮辱された。そして白い光の人に慰められ、癒やされた。

でも、刺されたのはさすがに初めてだった。白い光の人がかん高い声の主と同じ場所に居合わせたのも…絶望の表情を浮かべたのも。

……あれ？

ふと玉還は違和感を抱いた。

白い光の人は絶望の表情を浮かべたと、どうして夢の中の自分はわかったのだろう？

あの人は常に清浄な光に包まれていて、顔はおろか、手足すら見えなかった。だから玉還は白い光の人と呼んでいるのだ。

なのに今回に限って、表情が見えたということは。

……かん高い声の主のように、白い光の人の姿も見えていた？

「陛下……」

夢に現れたはずのその姿を必死に思い出そうとする玉還に、沙羅は囁いた。情けどころを硬い先端で抉られ、頭の中に浮かびかけた姿は霧散してしまう。

「ああ、ぁっ……」

「駄目。……考えないで」

わななく情けどころを一突き、二突きするだけで、肉槍は猛々しく奮い立つ。…もう、思い出せないくらい玉還を孕ませたのに。浴室でぐったりした玉還を丹念に洗い、この寝室に引きずり込んでからもまた玉還の腹を膨らませて、玉還が失神してからも栓をして寄り添っていたのだろうに。

「考えちゃ駄目。…あいつも、あいつじゃないやつも」

「……あ、あ…っ…」

「俺だけを見て、俺だけを考えて。……俺だけで、心もここもいっぱいにして」

沙羅は抜けるぎりぎりまで腰を引き、ぐちゅうっと一気に情けどころを擦り上げる。

空っぽの隘路を満たされる充足感に玉還は鳴き、自ら片脚を腹の方へ引き寄せた。ひしゃげた腹に肉槍の太さと逞しさがまざまざと伝わってくる。

「も…ぅ、これ以上は…、…っ…」

わずかに残された理性が警告している。そろそろ十八の刻が近いはずだと。

これまでは寸前までその時間帯の妃のもとで過ごし、直接次の時間帯の妃のもとへ赴いていたが、今は少し早めに逢瀬を切り上げ、いったん花王宮に戻るようにしていた。さらに次の妃のもとへ赴く時刻も遅らせ、捻出(ねんしゅつ)した時間で志威の指南を受けているのだ。

それは沙羅にも言ったはずなのに。…指南を受けるのは、沙羅や他の妃たちを守るためなのに。

「駄目、じゃない」

ごり、ごりぃっと沙羅は情けどころを執拗に抉り、玉還が必死に鎮めようとしている快感を引きずり出す。

「陛下のここは孕みたがってる。……俺は妃だから、何度だって種を植え付けてあげなくちゃ」

「や、…あぁっ…、あー……っ…」

ようやく空になったばかりの孕みどころ目がけ、熱い奔流が放たれる。

わずかな理性は熱に食い荒らされ、阿古耶たちが迎えに来るぎりぎりまで孕まされては甘露を飲まれ、孕んだまま銀桂のもとへ運ばれて。

『前の種を宿したまま来るなんて、悪い子だ』

いい子にしなければ、と微笑んだ銀桂によってまた肉茎を棒でふさがれ、刻限寸前まで孕まされ続け、最後の最後でようやく解放してもらって。

『まあ陛下…、今宵の陛下はいつにも増してお可愛らしい……』

ぐったりしたまま運ばれた月季のもとでは、ほったらかしにされていた胸をとどめとばかりに可愛がられ、やはり種もたっぷりと注がれて。

……私はそなたたちを守りたいのに、どうして……？

指一本動かせず、思考すら放棄して眠りの沼に沈んだのは、四の刻に差しかかる頃だった。


——ぎいっ。

かすかな物音が聞こえ、玉還は重たいまぶたを押し上げた。気のせいかと思ったが、玉還と月季の休む寝台にひたひたと誰かの足音が近付いてくる。

……誰かが入ってきた……？

阿古耶たちが来るにはもう少し間があるはずだ。ならば宮人だろうかと思ったが、呼ばれもしないのに無言で入ってくるのはおかしい。

それに漂ってくる饐（す）えた臭いと、荒い息遣いは…。

嫌な予感を覚え、身を起こそうとしたら、背後から抱き込んでいた月季に腕を摑まれた。どうやら起きていたようだ。

「……お静かに。私が見て参ります」

月季は玉還にだけ聞こえるよう囁き、静かに身を離した。はだけていた単衣の前を手早く合わせ、寝台から下りる。

「待て、私も…」

月季だけを行かせるわけにはいかない。何のために鍛錬しているのか。

重たい身体を引きずり、玉還も追いかけるが、すっと伸ばされた月季の腕に阻まれた。

「何者だ」

誰何（すいか）する声は冷たく、氷のようだった。まるで別人のようだ。

「ア…、あ、アア、あ……」

止まった足音の代わりに聞こえた呻きはひどくかすれていたが、玉還には覚えがあった。うっすらと明るくなってきた寝室に浮かび上がる、その姿にも。

艶を失いぼさぼさだが、相変わらず蛇のようにうねうねとした黒い髪。人とはかけ離れたぶよぶよの身体。薄汚れた顔。ぎらぎらと光る不気味な瞳。

……これ、は……！

一瞬、また夢を見ているのかと思った。あのかん高い声の主がまた玉還を刺し殺そうとしているのかと。

だが、玉還の前には月季が立ちはだかっている。…夢ではない、現実なのだ。つまり荒い息を吐きながら、玉還たちを睨んでいるのは。

「妖異……！」

馬鹿な、あの時の妖異は神が滅して下さったはずだ。ということは別の妖異か？　聖蓮も言っていた。月季を襲ったような汚物のごとき妖異は、ごまんと存在すると。月季があまりに美しいから、邪神も諦めきれずにまたしもべを放ったのか？

「や、…ぁぁ、っと、…会え、タ……」

にたあ、と妖異は笑う。心底嬉しそうな笑顔は、夢の中のかん高い声の主にそっくりだ。

「今度こそ、逃がさナい…。わら、…わの、…モノ、に…」

黄ばんだ歯を剝き出しにした妖異が、すさまじい勢いで突進してくる。

玉還はとっさに月季を突き飛ばそうとした。まだ攻撃のすべは習っていないが、神に守られた自分なら盾になれる――はずだったのに。

「…触れるな、汚らわしい」

月季は玉還を片手で抱きとめ、もう一方の手で妖異を振り払った。まるで扇子でもひるがえすように優雅に。

「ひぎゃあっ…！」

ろくに力を入れたようには見えなかったのに、たったそれだけで妖異は岩石にでも激突したかのように吹き飛ばされた。床に叩き付けられてもなお往生際悪くうごめく異形の肉体を、月季は裸足で踏み下ろす。

ぼきぼきっと、何かが折れる嫌な音が響いた。

「ぎゃ、ああっ、や、やめっ」

「この私を誰だと思っている？　汚物の分際で、陛下の妃たる私に触れようなどと…身の程知らずにもほどがある…！」

嫌悪と侮蔑に染まった美貌はそら恐ろしいのに艶麗で、目が離せない。棘があるとわかっていても手を伸ばしてしまう、大輪の薔薇のようだ。

……これは本当に、月季なのか？

妖異を片手の一振りで吹き飛ばし、ためらいもせず痛め付ける、この青年が。

いつも華やかな笑みと話術で玉還の心を軽くして、閨の手解きもしてくれる、あの優しく美しい妃なのか？

「い…やっ、なんで、…どうしてこの、…が…！」

棒立ちになる玉還の前で、妖異は何度も月季に踏み付けられ、みっともなくもがいている。その悲鳴が届いたのか、いくつもの足音が遠くから慌ただしく近付いてきた。

「陛下！　貴妃様！　何事ですか!?」

勢いよく開いた扉から宮人たちが駆け込んでくる。彼らが玉還たちのもとにたどり着く寸前、玉還の胸から青い光の玉が飛び出した。

――我が愛し子の心を脅かす愚物めが。今度こそ滅びるがいい。

威厳に満ちた宣告と共に、妖異は青い炎に包まれる。

「ぎ……っ、いやぁぁぁぁぁ……！」

抵抗するようにもがく肉体は炎に呑まれ、断末魔の悲鳴を響かせながら崩れていった。残されたのは汚れた裙と、ひとつまみの灰だけ。

……え？

何かが引っかかり、玉還はすぐ思い当たった。

以前、月季を襲った妖異が青い炎に滅された、あの時。残されたのは妖異が嚙まされていた布と裙だけだったはずだ。

では、あの灰は何なのか。…引っかかるのはそれだけではない。幼い童とも成熟した青年とも翁ともつかないはずの神の声が、さっきは若々しく聞こえたような…あの声を、どこかで聞いたことがあるような…。

——無事か、玉還。

「は…、はい、神様。あの……」

気のせいではない。やはり神の声がいつもより若々しく聞こえる。

——ならば良い。…今日はゆっくり休み、心身を癒すのだ。

だが何があったのかと問う前に、光の玉は玉還の胸に戻ってしまった。

まるで問われるのを避けるかのようだ、と思ってしまった己に驚く。神が玉還を避けるなんて、ありえないのに。

「お…、おおお……、神よ……」

青い炎を目の当たりにした宮人たちが腰を抜かし、がたがたと震えている。彼らは妖異が出現したことを知らないから、誰かが神罰を受けたのだと勘違いしたのかもしれない。

違うのだと安心させてやらなければならないのに、玉還は動けなかった。

「……陛下……」

甘く囁く月季の微笑みが震えるほどなまめかしいから。抱き寄せる腕が、あまりに優しいから。

「ご安心下さい。私の身も心も、陛下だけのものでございます」

動けない。

「ですから陛下も……、……」

そっと耳に寄せられた唇が吹き込んだ言葉を、玉還は聞き取れなかった。

働くことを放棄した頭が、意識を真っ黒に塗り潰したせいで。

青い光の玉を、四つの影が囲んでいる。

「とんでもないことをしてくれたな」

最も長身の影に糾弾され、反論するのは最も小柄な影だ。

「私だけが責められるのはおかしいだろう。最初にアレをきっちり滅しておけば、こんなことにはならなかった」

「…その割には、ずいぶん活き活きとアレを蹂躙していたようですが？」

「やっと始末出来る、ってうきうきしてた」

二番目に大きな影の指摘に、しなやかな細身の影も同意する。

「アレを生かしておくのは皆の総意だったはずだ。私だけが責められるのはおかしい」

最も小柄な影が心外とばかりに語気を強め、他の影は気まずそうに沈黙する。それは確かにその通りだったからだ。

「……とにかく、もはや猶予は少ない。あの子は真実に近付いている。全てが明らかになる前に、こちら側へ引き込んでしまわなければ……」

最も長身の影の発言に、残る三つの影は頷いた。

奇妙な夢を見ていた気がする。あのかん高い声の主が登場する悪夢ではなく、何もかもがちぐはぐで、それでいて懐かしいような奇妙な夢を。
玉環はのろのろと身を起こした。大人が数人は悠々と休めそうな寝台には玉環しか横たわっておらず、あたりはしんと静まり返っている。
「陛下、お目覚めになりましたか」
寝台を囲む帳をかき分け、現れたのは阿古耶たちだ。

ということは、ここは花王宮なのか。自分は確か月季の宮で休んでいて…妖異が襲ってきて…月季を庇おうとしたら、月季が妖異を倒して…そして…。

「うっ……」

「陛下！」

めまいに襲われ、寝台に沈み込んでしまう玉還を、青ざめた阿古耶たちが取り囲む。

「無理をなさってはいけません。しばらくは寝台から出られぬようにと、典医も申しておりました」

「典…医、が……？」

「陛下が貴妃様の宮でお倒れになった後、こちらにお連れし、典医に診察させたのです。ひどくお疲れになっているゆえ、滋養のあるものを召し上がり、ゆっくりお休みになるようにと。妖異のような汚らわしいモノをご覧になってしまったせいでしょう。おいたわしい…」

阿古耶たちがいたわってくれても、頭にこびりついた記憶は消えたりしない。むしろより鮮明によみがえり、玉還の心臓を締め付ける。

……月季は……、とても、美しかった……。

邪神のしもべたる妖異を前にまるで怯まず、むしろ嬉々として蹂躙していた。玉還が渾身の力をこめてようやく突き飛ばせたぶよぶよの身体を、手の一払いで吹き飛ばした。その姿は、見惚れるほど美しかった…。

「私が倒れた後…、月季の宮は、…妖異は、どうなったのだ？」

玉還は冷たい水を飲ませてもらいながら尋ねる。

以前妖異が現れた時は目撃者が玉還たちだけだったため、伏せておくことが出来た。だが今回は妖異が神の炎に燃やし尽くされるところを宮人たちに見られている。ごまかすのは難しいだろう。

「妖異の出現については、貴妃様の宮人たちには説明せざるを得ませんでしたが、外に漏れる心配は無いでしょう。他言はかたく禁じておきましたから」

阿古耶たちの命令は玉還の、すなわち神の命令も同然である。破れば神罰が下されるのだから、誰も口外はすまい。

「…妖異は、どこから現れたのだ？　まさかまた承恩のように手引きをする者が居たのか？」

「それが……陛下がお休みの間に宮のすみずみまで調査し、宮人たちの取り調べも行ったのですが、妖異がどこからどうやって侵入したのか、いまだに不明なのです」

前回は承恩が薬で宮人たちを眠らせ、月季には媚薬を使った。だから妖異はたやすく月季のもとに侵入することが出来た。

だが今回は深夜ゆえ休んでいる者も居たが、不寝番の者はきちんと起きていた。その者たちいわく怪しげな臭いや物音などは感じず、寝室から突然妖異の悲鳴が聞こえてきたので駆け付けたのだそうだ。

……つまり、妖異は寝室に直接出現したということか？

玉還は首を傾げずにはいられなかった。邪神とはいえ神のしもべならば、扉や壁を無視して目的地に現れるすべもあるのかもしれない。

だがそんなすべがあるのなら、何故前回は承恩に協力させたのか？

新たな疑問が芽生えた瞬間、玉還は思い出した。妖異が寝室に現れる前、ぎいっと何かが軋む物音が聞こえたことを。

てっきり扉が開いた音だと思っていた。しかし。

『陛下！　貴妃様！　何事ですか⁉』

不寝番の宮人たちは勢いよく扉を開け、駆け込んできた。すなわち、彼らが開けるまで扉は閉まっていたのだ。

では、あの物音はいったい――？


「……はあ」

ひどい倦怠感を覚え、玉還は寝台に身を沈めた。疑問は次から次へと湧いてくるのに、心が付いていかない。神に守られ今まで風邪ひとつ引かなかったのに、これほど強い疲労を感じるのは生まれて初めてだ。


「すまぬ。…少し休みたい」

玉還が弱々しく言うと、阿古耶たちは豪奢な刺繍の施された布団を玉還の首元まで優しく引き上げ、去っていった。妖異については貴妃様が全て良きように処理して下さいますゆえ、何の心配も要りませぬと言い置いて。


……そうだ。私など居なくても、月季には何の心配も無い。妖異さえ一振りで倒してしまえるのだから。


帳の中で一人きりになったとたん、卑屈な思いが芽吹く。

そんなわけがない、月季は玉還が初めて召した妃だ。たくさん種を孕めるよう優しく導き、どんな時も心を軽くしてくれていた月季が玉還を不要に思うなんて、あるわけがない。

……私は、何の役にも立たなかったのに？

否定するそばから黒い感情が生まれ、心に巣食っていく。

……月季だけではない。聖蓮も沙羅も銀桂も、…皆、妖異を倒してしまえるのかもしれない。

だとすれば玉還が指南を受けることに反対していたのも納得だ。玉還があまりに熱心だったから、言い出せなかったのだろう。

……言ってくれれば良かったのに。

お前は何をしても無駄だと。…あのかん高い声の主のように。そうすれば、玉還は…。

「……陛下。起きていらっしゃいますか」

ひそめた声が暗い思考を断ち切った。帳の向こうに人影がある。

「起きている。…そなたは、志威か」

「はい。…お耳に入れたいことがあるのですが、お聞き頂けますでしょうか」

玉還が許すと、志威は帳の内側にするりと入ってきた。横たわる玉還を見て、いたましそうに目を細める。

「申し訳ございません。お加減が悪い時に押しかけてしまい…」

「構わぬ。何があった？」

志威なら指南中にいくらでも玉還と言葉を交わせる。わざわざこんな時に現れたということは、阿古耶たちの前では明かしづらい話なのだろう。

「——まずは、こちらをご覧頂きたく」

志威は懐から折りたたまれた文を差し出した。玉還ははっとする。受け取った淡い桃色のそれから、麝香の匂いがかすかに漂ったせいで。

「っ…、これは、そなたのものか？」

「いいえ。…承恩の遺品から見付けたものです」

月季の専属になる前、承恩と志威は同じ大部屋をあてがわれていたという。承恩が月季の宮に配属されるまではそれなりに親交もあった。その縁で、突然の『病死』を遂げた承恩の遺品の始末を任されたのだそうだ。

「と言っても、ほとんどの遺品はすでに処分されておりました。この文は二重底になっていた小物入れから偶然発見したのです。そこまでして隠すほど大切な文なら墓に手向けてやりたいと思い、内容を確かめたのですが…」

志威が言いよどむ理由はすぐにわかった。

文には月季が妖異に襲われた日時と、その日時に眠り薬を宮人たちの食事に混ぜ、月季には媚薬を嗅がせるようにという指示が記されていたからだ。それに玉還の記憶が正しければ、流麗な筆跡は黄正の恋人からだというあの文と同じように見える。

「陛下。…もしや承恩は、病で死んだのではないのではありませんか？」

「……」

「この文に記された日は、承恩が病死したと発表されたのと同じ日です。ひょっとして承恩は不埒者を貴妃様のもとへ手引きし、その咎で死を賜ったのではありませんか？」

指南役に抜擢されたとはいえ、宮人に過ぎない志威は月季が妖異に襲われたことを知らない。承恩が手引きしたのは人間…月季に良からぬ欲望を抱く者だと思っているだろう。

阿古耶たちが居ない時機を狙ったのも道理だ。こんな話、彼らには絶対に聞かせられない。

「…もしそうだとして、何の問題がある？」

表沙汰に出来ない罪を犯した者が『病死』させられるのは、花后宮に限らず珍しいことではない。元気だったのに突然病死した承恩が何かの罪を犯したのではないかと、疑う者は志威以外にも居るだろう。ただ皆、口には出さないだけだ。神の処断が間違っているわけがないのだから。

「問題はございます。…陛下は覚えていらっしゃいませんか？　黄正の恋人からの文にも、麝香の香りが染み込んでいたことを」

「…覚えている。そなたも嗅いだのか」

「はい。それにあの文とこちらの文の筆跡は同じです。あの文は内監様が処分されてしまったので、並べて確かめることは不可能ですが…」

志威はいったん言葉を切り、じっと玉還を見詰めた。

「私の知る限り、承恩と黄正たちに親交はございませんでした。なのにどちらにも同じ筆跡と香りの文が届いていた。偶然の一致とするには不自然すぎます」

「確かに。もしかすると黄正の持っていたあの文は、恋人からのものではないかもしれぬ。…ということは、黄正があのような騒ぎを起こしたのは…」

「痴情のもつれなどではなかったのです。……陛下。まことに畏れ多いことながら、私は」

あたりを何度も見回し、志威はしゃがんで寝台ににじり寄る。決して声が外に漏れることが無いように。

「承恩の死と黄正の乱心には、人ではないモノが——妖異が関わっているのではないかと思うのです」

「…っ…、何故…」

「私の祖父は武者修行のため大陸じゅうを旅しておりましたが、ある国の山村で妖異に取り憑かれた者を見たことがあるそうです」

その男は天涯孤独で長らく独り身だったが、ある日突然言い交わした相手が出来たと言い出したという。二人分の家具を揃え、食事も二人分こしらえるようになった。だがその相手とやらを見た者は誰も居ない。

不審に思った近所の知人が男の留守中に家を覗くと、そこには異形の化け物…妖異がひそんでいた。しかし帰ってきた男は妖異を妻と呼び、知人に暴力を振るって追い返してしまったのだ。

幸いにもその村には徳高い神官が滞在しており、村人の懇願を快く引き受け、妖異を滅してくれたそうだ。妖異が消え去ったとたん男は正気を取り戻したが、妖異を妻と呼んでいた間のことは何も覚えていなかったという。

「…実は先ほど、お休みを頂いて黄正の実家を訪ねて参ったのです。騒ぎを起こしたことはおろか、恋人から文が届いたことすら覚えておりませんでした。本人によれば、そもそも恋人など居ないのだとか」

「何っ……？」

驚く玉還は、忠義面の下で志威がほくそ笑んでいるなど思いもしない。己の思考が志威の意図する方へ導かれ始めているとも。

「家族からも話を聞きましたが、黄正は実家に戻されてからずっと暴れ続けていたそうです。それゆえ縛り付けざるを得なかったのが、昨夜ふいに正気に返ったと不思議がっておりました」

何故、黄正は正気を取り戻したのか。

玉還にはわかった。…わかってしまった。

……妖異が滅されたからだ。

昨夜、再び月季を襲った妖異。アレが黄正に取り憑き、騒ぎを起こさせたのだろう。ご丁寧にも偽の恋文まで用意して。

そういうやけに人間くさい手口には覚えがある。前回月季を襲った妖異。アレも承恩に眠り薬や媚薬を使わせ、寝室まで手引きさせていた。麝香の香りは妖異の好みなのだろうか。それにしては昨夜の妖異は、ひどい悪臭を漂わせていたが。

玉還の動揺も知らず、志威は推察を続ける。

「承恩は貴妃様の専属でした。その承恩が手引きしたのが妖異なら…それゆえに死を賜ったのなら、黄正に取り憑いた妖異の狙いもまた貴妃様だったのだと思うのです。妖異は美しい者をことのほか好むそうですから。むろん、私の推測に過ぎませんが…」

「…推測ではない」

「えっ？」

志威が目を見開く。

神の認めた指南役とはいえ、いち宮人に過ぎない志威に妖異の存在を…花后宮の秘密を明かしてはならない。わかっていても止まらなかった。誰かに吐き出してしまいたかった。この、情けない胸の内を。

「そなたは正鵠（せいこく）を射（い）ている。承恩が病死した日、そして昨夜。月季は二度、妖異に襲われた」

「…それは…、まことに…」

「まことだ。…そして二度とも、私は何の役にも立たなかった」

玉還はただ居合わせただけ。一度目も二度目も妖異を滅したのは神だった。二度目にいたっては、守りたいと思っていた妃本人に守られた。

玉還は彼らの夫なのに。

彼らを守りたくて、玉還なりに必死に頑張ってきたつもりなのに。

「……全て、無駄だったのか」

「陛下……」

「皇帝でありながら、夫でありながら…私は、何も出来なかった…」

いつか、玉還が彼らを守れる力を身に付ける日は来るのだろうか。…来たとして、それは必要とされるのだろうか。玉還に頼らずとも、じゅうぶん己を守れる妃たちに。

「……ここを出ましょう、陛下」

志威がたまりかねたように玉還の手を握る。その姿はぼやけていて、玉還は自分が涙を流していることに気付いた。

「志威…？　そなた、何を申して…」

皇帝が皇宮を出るなんて、天地がくつがえろうとあってはならないことだ。物心つく前から、玉還はそう言い聞かされてきた。

皇帝は伽国の支配者。民と神をつなぐ要。神の愛し子。皇帝あってこそ伽国は神に守られ、繁栄を約束されているのだと。だから玉還は生まれてから今まで、皇宮の外に出たことは無い。阿古耶たちや宮人、外延の大臣や官吏たち以外の人間と言葉を交わしたことすら無い。

皇帝として生まれたのだから、それが当然だと思っていた。

「私は存じております。陛下がお妃様がたのために、お忙しいお身体でどれほど努力を重ねてこられたか」

握られた手から、じわじわと熱が伝わってくる。不思議な感触だった。阿古耶や妃たち以外からこうして触れられたのは初めてかもしれない。

「数多の兵、そして神に守られたお方がそれほどの努力を重ねるなど、そうそう出来ることではございません。そのお姿をお傍で拝見してきた者として、…今の陛下は、一度ここから離れられるべきだと思うのです」

「志威……」

阿古耶たちが聞いたら、無礼者とその場で斬り捨ててもおかしくない。

けれど玉還は確かに喜びを感じた。無駄でしかなかったはずの努力を、この青年だけは認めてくれるのだ。心がぽかぽかと温かくなっていく。

「ここに居られればお妃様がたのもとにも通わざるを得ず、お心の休まる暇(いとま)もございません。ほんの少しの間でも、何事にもわずらわされない場所へ御身を置かれるべきではありませんか」

「…しかし…」

「何も、ずっと離れられるわけではありません。お心が癒やされるまでのわずかな間、御身を休めるだけでございます。きっと神もお許し下さいましょう」

心地よい言葉は温もった心を溶かしていく。玉還の理性ごと、とろとろと。玉還自身すら気付かないほど、ゆっくりと。

……神様……そうか、神様も……。

玉還が誤ればすぐに現れ、正して下さるはずの神は、玉還の中で沈黙したままだ。許しも得ず玉還に触れる志威にも、神罰が下される気配は無い。

神もまた玉還が皇宮を離れることを認めて下さっている。溶けゆく意識の中、玉還はそう思い込んだ。

「ご安心下さい。陛下の御身はこの私が必ず守り、安心して暮らせる場所までお送りいたしましょう」

玉還の心の変化を読んだのか、志威が微笑む。

恭しく支えてくれるその手を握り、玉還は寝台から抜け出した。

……予想以上に上手くいった。

志威はほくそ笑み、横をそっと窺った。

玉還は志威と手をつないだまま、従順に歩いている。紅玉の双眸には淡く紗がかかり、焦点が合っていなかった。騰蛇の力が効いている証拠だ。

伽国は邪神に支配されており、対価として妃たちを捧げているのかもしれない。

その疑念を抱いてからというもの、志威はずっと玉還に近付く機会を狙っていた。祭祀の中核を担う皇帝であり、神の愛し子とさえ呼ばれる玉還なら、必ず重要な情報を握っているはずだからだ。

だから玉還が武術の指南役を探し始めた時は、渡りに船だと思った。

自然に、そして確実に選ばれるよう、志威は一計を案じた。玉還が妃のもとへ渡る途中で騰蛇の力を使い、黄正に幻覚を見せたのだ。黄正の目には、隣でひざまずく林真が恐ろしい化け物に映っただろう。黄正を選んだのは宮人の中でもひときわ体格が良かったのと、林真という親友が居たからである。

頃合いを見計らい、暴れる黄正を取り押さえながら、痴情のもつれに見せかけようと用意しておいた文を落とした。麝香の香りを染み込ませたのは、承恩をも利用するためだ。

期待通り、玉還は志威の武術に目を付け、指南役に抜擢してくれた。

短時間ながら毎日じかに接するうちに、志威は確信する。玉還は自国の神が邪神であることを知らないのだと。もし知っているのなら、妃のために鍛錬など積むわけがない。いくら妖異に襲われようと捨て置くはずだ。

ならば邪神を奉じているのは皇帝の周囲…阿古耶や丞相たちか。銀桂の様子からして、妃たちも絡んでいるかもしれない。

宮人たちから漏れ聞こえてくる祖国の様子が、志威を駆りたてていた。伽国からの援助でどうにか食いつないではいるものの、状況は最悪だ。父王たちの祈りもほとんど効果が無いらしい。やはり伽国の邪神を弱体化させなければ、騰蛇の力は戻らないのだ。

一刻も早く務めを果たし、祖国に帰還したい。そう切望していた志威にとって、昨夜、月季のもとに再び妖異が現れたのは天啓だった。時間があれば幻影を纏い、月季の宮に出入りしていた甲斐があったというものだ。

またもや妖異そのものは目撃出来なかったが、妖異が出現し、倒れた玉還が花王宮に運ばれたというだけでじゅうぶんだった。

今なら付け込めるかもしれない——いや、今やらなければならない。

衝動に突き動かされるがまま、志威は行動した。幻影に取り憑かれたまま実家に帰されていた黄正のもとに赴き、幻影を解いてすぐ皇宮に戻ると、あの日承恩が落としたのと同じ文を作り、麝香の香りを染み込ませた。文の内容はもちろん志威が考えたものだ。

そして先ほど、寝室で一人になった玉還のもとに忍び込み、もっともらしい仮説を並べ立ててみせたのだ。

明かしてしまえば手口は単純。月季が妖異に襲われたと知っていたのは宮に忍び込んでいたからだし、承恩の文と黄正の文の筆跡が同じなのはどちらも志威が書いたのだから当然である。黄正が正気を取り戻したのは妖異が倒されたからではなく、単に幻影を解いたからだ。真実は祖父——辰国の前王から聞いた、妖異に取り憑かれた男の話くらいである。騰蛇の祭祀でもあった祖父は、その手の話に詳しかった。

しかし心に多大な痛手を負った玉還には、残り少なくなっていた騰蛇の加護をここぞとばかりに送り込んだのもあってか、志威本人すら驚くほどよく効いた。

「……陛下。大丈夫ですか？」

問いかけに、玉還は無言で頷く。まだ騰蛇の力は有効らしい。地味な格好をさせているとはいえ、皇帝その人が志威と手をつないで歩いているというのに、通りかかる宮人たちはこちらを振り向きすらしない。

……よし、今のところは順調だな。

だが安心してはならない。阿古耶たちを眠らせ、玉還の心を惑わすのに予想以上の力を消耗させられてしまった。今も周囲の目をあざむくのにかなりの力を使っている。

おそらく皇宮を脱出してすぐ、騰蛇に与えられた力は尽きてしまうだろう。そうなれば皇帝が消えた皇宮は蜂（はち）の巣をつついたような騒ぎに陥るだろうし、阿古耶たちも追いかけてくるはずだ。玉還を守る神の目も、いつまでごまかせるか。

そうなる前に、玉還を連れて辰国に帰還する。

皇帝が居なくなれば花后宮も解散せざるを得ず、邪神に対価たる妃を捧げられなくなる。玉還が辰国の手にあれば新たな皇帝を立てることも、後宮を開くことも不可能だ。対価を受け取れなくなった邪神は弱体化し、騰蛇は逆に力を取り戻す。騰蛇の加護さえ復活したなら災害はやみ、辰国もよみがえる。

……この人には、酷かもしれないが……。

ぼんやりした玉還の、まだあどけなさすら残る顔を見ると胸が痛む。

仮にも皇帝だ。辰国では賓客として遇されるだろうが、伽国に対する人質でもある以上、自由は与えられまい。誰一人として心許せる者の居ない異国で生涯を終えることになる。正気を取り戻した玉還はきっと志威を恨むだろう。

またずきんと痛む胸を堪え、志威は玉還の手をぎゅっと握り直す。

外延を通り抜け、壮麗を極める皇宮の正門が見えてきた。あの門を抜け、ひそかに手配しておいた宿へ向かう。宿の主人は辰国の出身で、志威のため馬車を準備してくれている。それに乗ってしまいさえすれば、あとは辰国へ旅立つだけだ。

高鳴る心臓をなだめながら、志威は玉還と共に正門をくぐった。…まだ誰も追いかけてくる気配は無い。大丈夫だ。何度も己に言い聞かせ、玉還には用意しておいた被衣をかぶらせる。皇帝がこの世で最も尊い真珠色の髪と紅玉の瞳の主であることは有名だから、隠しておかなければならない。

「抜けた……」

正門から離れ、往来に出た時には緊張の糸が切れて座り込みそうになった。

皇宮に続く大通りは伽国一、いや大陸一繁華な通りと謳われ、大陸じゅうから集められた品々を扱う店や高級宿が櫛比し、着飾った人々でにぎわっている。この人ごみに紛れ込んでしまえば、追っ手の目もかなりごまかせるだろう。

「……うっ、……」

宿へ向かおうとしたとたん、頭の奥が鈍く痛んだ。騰蛇から与えられた力がとうとう尽きてしまったのだ。

「きゃっ…」

運悪く通りがかった若い娘が玉還にぶつかってしまう。騰蛇の力で不可視の存在になっていた志威と玉還は、娘からすれば突然湧いて出たようにしか見えなかっただろう。ずれかけた被衣を素早く直し、志威は娘に笑いかける。

「すまない、娘さん。弟は人ごみに慣れていないものでね」

「い…、いいえ。こちらこそごめんなさい」

とっさに兄弟を装えば、娘は頰をぽっと赤らめた。なかなか裕福な家の令嬢なのだろう。つややかな黒髪に珊瑚のかんざしを挿し、紅を塗り、上物の絹の襦と裙を纏っている。

「弟さん、大丈夫でしたか？　怪我をしていないといいのだけど…」

娘が突っ立ったままの玉還を覗き込もうとする。…まずい。紅玉色の瞳を見られたら、大騒ぎになってしまう。玉還の中に注ぎ込んだ騰蛇の力はすぐには消えないだろうが、よけいな騒動を起こす前に立ち去らなければ。

「……、ぁ」

志威が抱き寄せる前に、ずっと閉ざされていた玉還の唇が開いた。白い喉がひくひくと上下している。

紅玉色の瞳が被衣越しに見詰めるのは、心配そうな面持ちの若い娘。裕福そうではあるが、豊かな伽国の都ならどこにでも居そうな娘だ。実際、大通りには似たような娘や夫人たちがそぞろ歩いている。

なのに。

「あ、……うわああああああっ！」

玉還は絶叫した。頭を抱え、人形のように整った顔を恐怖にゆがめて。

「妖異が、…妖異がどうしてまたここに…!?」

「な、何を…っ」

玉還は呆然とする娘を突き飛ばし、あたりにせわしなく視線をさまよわせる。尋常ではない叫びを聞き付けた人々が足を止め、玉還を遠巻きにしていた。

「…妖異だ…」

「陛下、落ち着いて…」

「妖異が、…妖異がいっぱいだ…」

まだかろうじて被衣は脱げていない。志威はどうにか玉還の手を引き、連れ去ろうとするが、小柄な身体は地面に縫い付けられたかのように動かなかった。

……妖異？　どう見たって普通の娘じゃないか。それがどうして……。

急いで去らなければ警備兵に捕らえられてしまうかもしれない。ばくばくと荒ぶる心臓を必死になだめるうちに、志威は気付いた。玉還が恐怖の視線を送る相手。…それは全て、女であることに。女なんて、皇宮にだって数えきれないほど仕えて——。

……いない。

頭をこん棒で思いきり殴られたような衝撃と共に、皇宮での日々がよみがえる。

花王宮に女は居ない。宮人は全員男だし、阿古耶たちも男だ。指南役になってからあちこち歩き回ってみたが、女手が重宝されるはずの厨房にさえ女の姿は無かった。

省庁の集まる外延にも女は居ない。官吏になれるのは男だけだ。辰国ではこまごまとした雑用をこなすための女官が働いていたが、伽国の外延で女官や侍女のたぐいを見かけたことは無い。

本来なら女がひしめくはずの後宮…花后宮には男の妃しか居らず、仕える宮人もみな男だ。皇帝以外の皇族が住まう花蕾宮には玉還の異母姉妹が暮らしているが、玉還が花蕾宮の家族と対面したことは無いという。

花王宮、花后宮、外延。

産声を上げてから玉還が過ごしてきた世界に、女の姿は無かった。妃すら男だったのだ。

玉還は男の妃があてがわれたことに何の疑問も抱いていなかった。夫なのだから妻を守りたいと——同じ男を妃と、妻と呼ぶことに何ら違和感を覚えていないようだった。伽国が異様なまでに神託を信奉しているからだと思い込んでいたが…。

……まさか、皇帝は。

普通はありえない。

でも玉還が育てられた環境は、明らかに普通ではない。

……生まれてから今まで、一度も、女と接したことが無い……？

ぞくん、と背筋が粟立った。全身に嫌な汗が滲んでいく。

この世には男と女が存在する。男と女が番い、新たな生命が生まれる。幼子さえ知っている真理だ。

それを、知らぬまま生きてきたとしたら？

女という生き物の存在しない世界で、誰からも女について教えられず、姿を見たことすら無かったとしたら？

…初めて見る『女』は、玉還の目にどう映るのだろうか。

答えはこれだ。

「妖異が…、妖異が、妖異がっ……」

ふだんの落ち着きが嘘のように、取り乱す玉還。恐怖に満ちた悲鳴は、志威に新たな疑惑と焦燥をもたらす。

女を知らずに生きてきた玉還の目に、女が妖異に見えるのなら。

……花后宮に現れた妖異とは、本当に妖異だったのだろうか？

二度、月季を襲った妖異。あれが妖異ではなく、何者かに手引きされ忍び込んだ人間の女だった可能性は？

無い、とは言えない。王の寵愛を得られず欲求不満に陥った妃が外から男をひそかに呼び寄せるのは、他国の後宮ではよく聞く話だ。毎日のように玉還に召されていたあの月季が、自ら女を連れ込んだとは考えづらいが。

承恩が何らかの事情で外部から女を月季のもとへ手引きしたとする。おそらく相手は、あの麝香の香りのする文を寄越した女だろう。

玉還はその女が月季のもとに忍び込んだ現場に鉢合わせしてしまった。そして今と同じように妖異だと騒ぎたて、女は妖異として始末された。

…つじつまは合う。だがおかしい。

玉還以外の者、月季や阿古耶たちには女が人間の女に見えていたはずだ。それは妖異ではなく人間だと、何故彼らは玉還に教えてやらなかったのか？

考えれば考えるほど、全身から血の気が引いていく。

当たり前の常識を知らぬ皇帝、一切指摘しない周囲…まるで、何者かが玉還に女という存在を教えないよう徹底していたかのようだ。そんなことが可能なのは。

「……神……」

何故、神がそんな真似を？

わからない。いや、今はどうでもいい。

問題は志威だ。

志威は伽国の神が人を…皇帝の妃を対価に受け取る邪神だと判断したからこそ、行動を起こした。

玉環さえ騰蛇の領域たる辰国へ連れ去ってしまえば、邪神は対価を受け取れなくなり、弱体化するのだと。

月季を襲ったのが妖異ではなく人間の女だったとしたら、大元の前提がくつがえる。

神は、邪神ではなく。

玉環という愛し子を異常なまでに愛する、比類無き力を誇る神だったのか――。

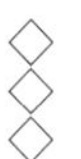

……怖い、怖い、怖い、怖い！

真っ赤に染まった玉環の意識に浮かぶのは、震えが走るほどの恐怖。ただそれだけだ。

「あの子、どうしちゃったの？」

「様子がおかしいわ。警備兵を呼んだ方がいいんじゃない？」

あちこちから流れ込んでくる高い声が恐怖を加速させ、この手に残る感触をまざまざとよみがえらせる。妖異を突き飛ばした、あの異様なやわらかい感触。月季を襲った妖異と同じ、人間とは思えない感触。うねうねとした黒い髪。突き出た胸。紅く塗られた唇。

……何で…、どうして妖異だらけなんだ……。

何もかもがわからなかった。どうして自分はこんなところに居るのか。どうして妖異どもに取り囲まれているのか。

「陛下、落ち着いて…」

誰かがさっきから必死に呼びかけている。この声は…志威だ。志威がどうしてこんな妖異だらけのところに？

……そう、だ。私は、…志威と共に、皇宮を出て……。

ずきん、と頭が痛んだ。

……出て、……それからどうしたのだ？　いや、…何故、私は外に出ようと思った？

皇宮は玉還にとって唯一の世界だった。そこから出ることは皇帝の務めを放棄するにも等しい行為。生まれながらの皇帝たる玉還には、絶対に許されないことだったのに、どうしてあんなにもあっさり志威の誘いに乗ってしまったのだろう。

――考エルナ。

玉還の中にひそむ何かが警告する。紅い炎を纏った巨大な蛇の姿をした何かは、花王宮で話している時、志威の手から流れ込んできたモノだ。少しずつ薄れていく鎌首をもたげ、玉還を威嚇する。

――何モ考エルナ。眠ッテシマエ。

そんなこと、出来るわけがない。だってここは妖異だらけで……なのに、志威も周囲の人々も動揺するどころか、玉還の方に奇異の目を向けている。

聖蓮の言った通り、外の世界に妖異はうようよしているのか。だから皆、慣れてしまったのだろうか。

「ねえ貴方、本当に大丈夫？　お医者様を呼びましょうか？」

「っ……」

さっき突き飛ばした妖異が起き上がり、手を差し伸べる。つかの間、その手によく研がれた短剣が見え、玉還は後ずさった。

……前にも、こんなことが、あった。

——考エルナ。考エルナ。考エルナ。

紅い蛇が立て続けに警告を発する。玉還は頭を振り、鼓膜に纏わり付く蛇の声を追い払った。自分は思い出さなければならない。今を逃しては、永遠にその機会は巡ってこない。

……あの、夢だ。

物心ついて以来ずっと見続けてきた夢。かん高い声の主に責められなぶられ、皆から嫌われ、白い光の人だけが愛してくれた…悪夢。

『名誉に思いなさい。醜い出来損ないの化け物が、ようやく役に立つ時が来たのですから』

妖異の姿をしたかん高い声の主はそう言って笑い、玉還の心臓に短剣を振り下ろした。肉を貫かれる感触も、激痛も。

『……やめろぉぉぉぉっ！』

絶叫する白い光の人も。全てが鮮明で…まるで、本当にあったことのようで…いや、あれは、……あれは……。

——考エルナ。

……考えろ！

鎖のように絡み付く紅い蛇を乱暴に引きちぎる。

「…そんな…っ、騰蛇様が⁉」

志威の叫びを無視し、玉還は思考を潜らせる。奥へ、奥へ——底へ、底へ。深い海に身を投じるかのように。

『出来損ないの化け物！　何故おめおめと生まれてきた⁉』

あのかん高い声の主は、夢の中の幻ではない。

実在した人物…それも玉還と非常に近い人物だ。だから妖異ではない。

……あれは。……あの人は。

果てが無かった記憶の海の底に分厚い扉が現れる。

玉還は渾身の力をこめ、扉を押した。ぎぎ、ぎ…と軋みながら、扉は少しずつ開いていく。

『……何て醜いの。まるで化け物だわ。わらわの子とも思えない……』

……私を産んだ母親——千年前、大洪水で滅んだ帝国を統べていた女帝陛下だ。

◇◇◇

その瞬間、全てがつながった。

完全に開いた扉から流れ込んでくる記憶、記憶、記憶。

『待望の世継ぎが、よりにもよって化け物だなんて……』

千年前。

大陸一の繁栄を極めていた帝国の女帝は、産み落とした赤子を見るなり、美しい顔を嫌悪にゆがめた。赤子は老人のように白い髪と雪白の肌、血のように紅い瞳の主だったからだ。黒髪と黒瞳、象牙色の肌の者がほとんどの帝国において…否、大陸全土を見回しても異質な色彩といえる。

継承位の低い公主の身でありながら数多の兄弟姉妹を押しのけ、帝位に即いた女帝は人一倍自尊心の高い女性だった。異形の子を産んだなど、あってはならないことだった。

赤子は待望の皇子だったにもかかわらず皇族の系譜にも記載されず、さりとて女帝の血を引く唯一の子を殺すわけにもいかず、皇宮の片隅で育てられることになった。化け物皇子。それが皇子の呼び名だった。女帝は我が子に名前すら与えなかったのだ。

皇子には一応養育係が付けられたが、貧乏くじを引いたと不満を隠そうともせず、最低限の世話をするのみだった。女帝が第二子、第三子と立て続けに恵まれると、その怠慢ぶりはますますひどくなった。満足な食事も衣類も与えられず、皇子はいつも痩せ細った身体をぼろぼろの服に包んでいた。

女帝は我が子の境遇を知りながら何ら手を打たなかった。むしろ何か思い通りに運ばないことがあるたび、率先して皇子をいたぶった。世継ぎは確保したのだ。女帝の晴れがましい人生に汚点を刻んだ皇子など苛立ちのはけ口にして、死んでしまっても構わない。そう考えていたから、何のためらいも無く皇子に毒を飲ませ、声を奪ったのだ。悲鳴が聞き苦しい、ただそれだけの理由で。

皇子が女帝にいたぶられる頻度は、成長するにつれ上がっていった。原因は誰の目にも触れないよう必死に縮こまって生きている皇子ではなく、帝国そのものにある。

帝国は建国以来、水神の加護を受けていた。大陸を貫き、青き竜にもたとえられる大河を棲み処とする水神を信奉することにより、大陸一の繁栄を重ねてきたのだ。

永遠の栄華を約束されたはずの帝国の勢威は、数代前から衰微しつつあった。女帝の御代には、それは誰もが見て見ぬふりを決め込めないほど顕著になっていた。

帝国に富をもたらす数々の港は嵐や海賊の襲撃に遭い、壊滅的な被害を受けた。かつては港に溢れんばかり揚がっていた魚や真珠、珊瑚などもろくに獲れなくなり、無事だった港も次々に閉鎖されていった。

各地の河川は――水神の住まう大河すらじわじわと干上がってゆき、帝国の食を支える肥沃な穀倉帯は荒れ地と化していった。多くの農民が餓死するか、流浪の末に賊となって各地を荒らし回り、新たな死者と争いを生み出した。

どれも水神の加護を受けていれば、ありえない事態だった。民は帝国が水神に見放されてしまったのかと嘆いたが、真実は逆だ。

受ける加護が大きければ大きいほど、捧げる対価もまた大きくなる。帝国を統べる皇帝は代々、己の私有財産から莫大な財宝を捧げてきた。そのため裕福な貴族よりも質素な暮らしをしていたくらいだ。だが代々の皇帝は何の不満も抱いてはいなかった。我が子にも等しい国と民を守って頂くのだから、己の身を切るのが当然だと考えていたのだ。

しかし代を重ねるにつれ、疑問を抱く者たちが現れた。何故国を統べる皇帝がつましい暮らしに甘んじなければならないのか。何故贅沢が許されないのか。

彼らはひそかに対価を減らしてゆき、それでも神が帝国から去らないと理解すると、贅沢に夢中になった。皇帝が享楽にふければふけるほど対価は減らされ、女帝の御代にはほとんど捧げられていなかった。神を崇める祭祀すらろくに執り行われない有り様だったのだ。

帝国が衰退するのは当然だ。神の力は捧げられる対価と信仰心によって決まるのに、どちらもろくに捧げられず、水神は弱体化してしまったのだから。皮肉にもそのせいでかつての契約を破棄することも出来ず、帝国に縛り付けられている。

皇子にそう教えてくれたのは、水神その人だった。北の穀倉地帯がまた砂漠化したと報告を受け、機嫌を損ねた女帝にさんざんいたぶられ、ほうほうのていで逃げ出した皇子が皇宮内を流れる大河のほとりで見付けた、白い光を纏った人。

『そなたは、……まさか皇族か？』

ぼろぼろの姿の皇子が女帝の一族だと一目で看破した水神は、顔こそ白い光に包まれて見えなかったけれど、ひどく驚いているようだった。後で聞いたことだが、神に対価を捧げず贅沢な暮らしを送っているはずの皇族がひどい姿で現れたので動揺したそうだ。

『私はこの国を守護する水神だ。…いや、そうだったものと言った方が正しいか』

神は人の信仰心によって存在するもの。かつての契約者の末裔（まつえい）たる皇族からもほぼ忘れ去られ、対価も捧げられない自分はもはや神とは呼べないモノになりつつあるのだと、水神は自嘲（じちょう）した。見えないはずなのに、皇子にはその顔がひどく寂しそうに見えた。

だから皇子は破れた服を探り、小さな饅頭（まんじゅう）のかけらを差し出した。養育係から昨日餌として与えられたものだが、それ以来何も食べ物をもらっていないので、次に食事にありつけるまでは大切に取っておこうと思っていた。

でも、この神様が味わってきた孤独と苦痛に比べたら、飢えの苦しみなんてきっとたいしたことではない。本来女帝が捧げなければならない対価には、とうてい足りないだろうけれど…。

『……これを、私に？』

怒らせてしまったかと思った。皇子にとっては大切な食料でも、神にはごみを押し付けられたようにしか思えなかったかもしれない。

『……ありがとう』

だが水神は饅頭のかけらを愛おしそうに受け取ってくれた。淡雪のように溶けたかけらが水神の手に吸い込まれたとたん、女帝に刻まれた皇子の傷痕は薄らぎ、付き纏っていた飢餓感も軽くなる。

『そなたは己の持つ唯一のものを、私に捧げてくれたのだな。己が飢えることも厭わずに。……ありがとう。こんなに心のこもった捧げものをもらったのは久しぶりだ』

ああ…、と、皇子は悟った。

きっとこの神様が対価に求めてきたのは莫大な財宝でも何でもなく、感謝の心。それだけだったに違いないと。

代々の皇帝は己の持てる限りの財宝を捧げることで、感謝を示してきた。いつからか自分より奢侈（しゃし）な生活の方が選ばれるようになっても、水神が帝国から離れなかったのは、対価が財宝などではなく感謝の心だったからだ。

けれど現在の皇族は――皇子の母やきょうだいたちは、それすらも失ってしまった。帝国の衰退の

元凶が自分たちであることにも気付かぬまま、民の苦しみからも目をそむけ、どうすればまた繁栄を取り戻せるのかと、そんなことばかり考えている。

恥ずかしくて消え入りたくなった。皇子もまた、この優しい神様を苦しめている者の一族なのだ。

『そなたは何も悪くない』

なのに、皇子の頭を撫でてくれる水神の手は少しひんやりとして、どこまでも優しかった。誰かに撫でてもらうのは、生まれて初めてだった。

『つらい目に遭いながら、よくぞ今まで生き延びたな』

力のほとんどを失おうと、神は神。水神は皇子がしゃべれないことやその理由、境遇など、全てを見通していた。皇子が強く心に思い浮かべた状況を、読み取ることも出来た。

たった一人、自分を化け物と呼ばない存在のもとへ、皇子はたびたび通うようになった。水神いわく、神の姿が見える皇子には神子の素質があるそうだ。特異な容姿で生まれたのも、その印だろうと。

誰からも罵倒されてきた髪と瞳を、水神は真珠と紅玉のようだと誉めてくれた。

『愛しい子よ』

名を持たない皇子に水神はそう呼びかけてくれた。皇子は水神の名…神としての名ではなく、魂そのものを示すという名を教わったけれど、本来は王しか知らない名ゆえ、誰にも告げてはならないと言われた。もっとも、独りぼっちの皇子に秘密を打ち明けるような相手は居ないが。

水神の周囲には常にゆったりとした時間が流れていて、叶うものならいつまでも寄り添っていたかった。これから先もずっと女帝の気晴らしの道具として生きるくらいなら、いっそ皇子自身も捧げものとなり、この優しい神様の一部になってしまいたいと願っていたけれど。

皇子の願いは叶わなかった。ある日皇子は養育係によって洗い清められ、女帝のもとへ引きずって行かれた。着せられた豪奢な絹の衣装は重く、痩せた身体に重石のようにのしかかった。

『良いことを思い付いたのよ』

女帝は珍しく上機嫌だった。女帝の傍に侍る第二、第三皇子や公主たち——皇子の異父きょうだいたちは、皇子に恐怖と嫌悪の入り混じった視線を向けていた。ずらりと並ぶ廷臣たちは一言も発さない。

『皇族の血肉を対価に捧げれば、水神様もきっとお慶びになり、お力をよみがえらせて下さるだろうと』

女帝は養育係に命じ、皇子の手足を拘束させると、謁見の間にしつらえた祭壇に寝かせた。侍従が恭しく差し出した短剣を持ち、何枚も重ねた絹の裾を優雅にさばきながら近付いてくる。

『名誉に思いなさい。醜い出来損ないの化け物が、ようやく役に立つ時が来たのですから』

潰された喉から悲鳴を上げることも出来ず、もがく皇子を見下ろし、女帝は微笑んだ。女帝の好む麝香の香りがむわりと鼻をつく。

『化け物でも、わらわの子に違いはない。じゅうぶん対価の代わりになろう。これで帝国は再びの栄光に包まれる…』

『……やめろぉぉぉぉっ！』

女帝が振り上げた短剣が皇子の左胸を貫く瞬間、現れた水神が絶叫する。

けれど誰も神を見ない。誰も神の声を聞かない。…見えない、聞こえない。彼らの心から、神への感謝は失われてしまったから。

……ああ、神様。来て下さった。

皇子は紅玉の瞳から涙を流した。理不尽な死への怒りでも絶望でもなく、喜びゆえに。

生みの母にすら拒まれた自分だ。死ぬ時もきっと一人だと思っていた。…でも、神は来てくれた。

一人ではなかった。

『愛しい子！　……何故だ、何故そなたが……』

……泣かないで下さい、神様。私は幸せでした。

消えゆく意識の中、皇子は必死に呼びかける。絶望に立ち尽くす水神と、喜びに沸く女帝たちの姿がだんだん遠くなっていく。

……貴方のおかげです。……だからどうか、叶うなら……私を……。

「あ、あ、ああ」

ゆっくりと、玉還の意識は記憶の海から浮かび上がった。

震える手で触れた左胸には傷一つ無い。けれど、ありありと残っていた。女帝に――母に刺し貫かれた感触が。

……あれは、私だ。

家族の誰からもかえりみられない化け物皇子は、母親の手によって殺されたはずだ。ならば今こうしてここに居る玉還は何者か？

……あの後、は……。

頭の中を駆け巡るのは、伽国の民なら誰もが知る歴史だ。

千年前、大洪水に襲われ、一夜にして滅びた帝国。帝国を治めていた悪逆非道な皇帝。生き残った人々を哀れんだ神が祝福を与えたことが、伽国の始まりとなった。

ならば、神は。

化け物皇子を唯一慈しんでくれたあの優しい神は…。

「あ、…あ、ああ、…あっ…」

「うわああっ!?」

「な、何だこれは…、水が、水が……」

小刻みに震える唇が嗚咽するたび周囲から悲鳴が上がり、ざざん、と水の音が聞こえる。

…いや、これは潮騒だ。ひたひたと満ちゆく潮が大通りを水に沈めようとしている。皇宮にもつながるこの大通りは港から離れ、潮に浸からないよう設計されているというのに。

「これは、…神の力？　馬鹿な、どうして…」

愕然と呟く志威と目が合った。玉還を親切に指導してくれていたはずの指南役は、端整な顔を恐怖に強張らせる。

「そうか、貴方はその身に神の力を…」

「……?」

「ならばもはや是非も無い。…貴方を殺してでも、祖国に帰らねば！」

懐に隠し持っていた短剣を抜き、振り上げる。その姿が、かつての母親に重なった。

どくん、と高鳴る心臓のあたりに熱いものが渦巻いている。あの紅い蛇がひそんでいた時には感じられなかった…隠されていた存在。

……ああ、そうだったのか。貴方は、ずっとここに……。

あの優しい神様は、きっと化け物皇子の…玉還の最期の願いを叶えてくれたのだ。

……嫌だ。

迫りくる刃を、千年前はなすすべも無く受け止めた。でも今度は駄目だ。

……会いたい。

独りぼっちだった皇子を慈しんでくれた、唯一の存在。…ずっと一緒に居られるのなら、あの人の一部になってもいいとさえ思った。

また、一緒に居てくれるなら。

……死にたくない。今度こそ貴方と、…貴方たちと一緒に生きたい！

「助けて……！」

叫ぶ玉還の胸から、青い光の玉が飛び出す。

――やっと見付けた。愛しい子よ。

声は、四つが重なっていた。光の玉が分裂し、虚空に浮かんだ人影も四つ。

「私の陛下」

あでやかに微笑む月季。

「可愛い、私の子」

慈愛に満ちた笑みを浮かべる聖蓮。

「俺だけの陛下」

少し拗ねたような表情の沙羅。

「いい子の吾子」

悠然とたたずむ銀桂。

「…よ…っ、四夫人…？　な、なんで…、…ぎゃあっ⁉」

目を剝く志威の腕が、握っていた短剣ごと吹き飛んだ。

鮮血をまき散らしながらのたうち回る志威に、誰も目をくれない。妃たちは玉還しか見ていないし、突如打ち寄せた潮に慌てふためいていた民たちは逃げ惑う姿のまま動きを止めている。

まるで神の手が時の流れを止めてしまったかのように。

「愛しい子」

四人の声が――姿と色彩が、一つに重なった。織りなされるのは懐かしい声と、懐かしい姿。虹色に輝く長い髪をなびかせ、虹色の双眸を優しく細めた美丈夫。

時が止まっていなければ、民の目を釘付けにしただろう。一度でも見てしまえば一生忘れられなくなり、焦がれ続けることになる。禍々しいまでに清廉で蠱惑的な美貌。男性美を具現化したような堂々たる体軀。

姿を見るのは初めてだった。千年前、力のほとんどを失っていたあの人は、本来の姿を取ることすら出来なくなっていたから。

　でも、わかる。

「神様…、…」

「待っていよ。……そなたを苦しめ、私から奪い去ろうとした大罪人に、ふさわしい報いをくれてやる」

　手を伸ばそうとした瞬間、慈愛に満ちていた美貌が憤怒に染まる。吊り上がった虹色の瞳が憎々しげに睨むのは、激痛に悶絶する志威だ。

「…騰蛇の加護か。卑しい蛇ごときのせいで、私の愛しい子が…」

「ぐ…っ、あ、ああっ……」

「許せぬ、……許さぬ」
　ゴ、ゴゴゴ、ゴ……ッ。
　大地が哭（な）いた。

　地震？　いや違う、これは――玉環はあたりを見回し、絶句する。

　港のある南の方角から、天にも届かんばかりの巨大な水の壁が迫ってきていた。

……許さない……。

全身に渦巻く怒りのまま、神は力を発散させる。

万能にも等しい力を得たとはいえ、神の本質は水神。最も親和性の高い水が⋯伽国を取り囲む大海の海水が神の怒りに触発され、ゆっくりと押し寄せてくる。まるで千年前の再現のように。

千年前。

今は誰も名を知る者の居ない帝国の守り神だった神は、自らの手で大洪水を起こし、帝国を水底に沈めた。帝国を統べる女帝が、神の唯一の宝物を――愛しい子を殺めたからだ。よりにもよって対価代わりに神へ捧げ、神の力を取り戻させるために。

『……やめろぉぉぉぉっ！』

神の声は届かなかった。女帝の振り上げた短剣はたやすく愛しい子の命を奪い、愛しい子はもの言わぬ骸となった。

殺してやる。

歓喜に沸き返る女帝たちにどす黒い殺意を覚えた。その瞬間、神は神であって神でないモノに成り果ててしまったのかもしれない。神とは人を慈しみ、守るものだから。

……いや、殺すだけでは飽き足りない。

死の苦痛など一瞬だ。愛しい子が生まれてから死ぬまで舐めさせられてきた辛酸（しんさん）とは比べ物にもならない。永劫（えいごう）の苦しみを味わわせてやらなければ、この魂が焼け焦げるほどの怒りはとうてい治まらない。

醜い人間どもが愛しい子の骸を神の棲み処たる大河へ運んでいこうとする。これで帝国も繁栄を取り戻すはずだと笑いながら。ここで怒りに身を震わせる神には気付きもせずに。

これ以上、あの人間どもに愛しい子をもてあそばれるくらいなら。

いっそ、――。

目の前が真っ赤に染まる。

気付けば神は愛しい子の骸に喰らい付いていた。鋭い牙で肉を抉り、骨を砕き、血をすする。血の一滴、肉のひとかけらすら残せない。誰にも渡さない。

この子は私のものだ。私だけの愛しい子だ。

溢れ出る欲望と愛おしさが愛しい子の血肉と混ざり合い、神を潤していく。

『…おおぉ…、神よ……』

最後のひとかけを腹に収め、ふと我に返れば、女帝たちがひざまずいていた。神を見上げる女帝の瞳は潤み、頬は紅潮している。

化け物よりも醜悪なその姿を見た瞬間、神は悟った。愛しい子の血肉は神に失われたはずの力と、本来の姿を取り戻させたのだと。今まで神の気配すら感じなかった愚鈍な人間どもに神の姿が見えていることが、何よりの証拠だ。

『その神々しくもお美しいお姿は、まさしく我らが神。わらわの捧げた対価を受け取って下さったのですね』

『……』

神が無言のまま微笑むと、女帝は顔を蕩けさせた。気に入られたとでも思ったのだろうか。神が何を考えているかを知れば、とても笑ってなどいられないだろうに。

――醜い。

白粉をべったり塗りたくった顔も、濃い紅を引いた唇も、豪奢な衣装に包まれた豊満な肉体も、黒々とした豊かな髪も。民の苦しみを知りながら贅沢にふけり、仮にも我が子をいたぶり続け、何の罪悪感も無く殺した腐りきった性根も。

何もかもが、この女は醜い。世界にも愛しい子にも害悪しかもたらさない。

……しかし、私の役には立つ。

力を取り戻した神の目には、視えていた。永く細く険しいが、冥府に降ってしまった愛しい子の魂をこの世に呼び戻す道筋が。

人間の魂は長い時をかけ、輪廻している。愛しい子の魂もいずれはまたどこかに生まれ変わるだろう。神といえど、輪廻の輪に手出しは不可能だ。

だが、道筋を作ってやることなら出来る。

魂は血に惹かれる。愛しい子と同じ血を持つ者たちを綿々と掛け合わせ、愛しい子の魂に呼びかけるのだ。還ってこいと。

そのためには。

神は微笑んだまま戻ったばかりの力を振るい、大洪水を引き起こした。押し寄せた波は帝国全土を呑み込み、あらゆる命を奪った。生き残ったのは――生かされたのは女帝と愛しい子の異母きょうだい、そして皇族の血を引く貴族たちのみ。

『忘れるな。貴様らは私の愛しい子を呼び戻すために生かされたのだと』

数多の命がむごたらしく息絶える様を何億回もつぶさに見せ付けられ、女帝たちの心は崩壊しかけていた。だが神は一切の容赦をしなかった。

愛しい子が還るまでに造り上げるのだ。あの子こそが最も尊く、誰からも愛され敬われる、あの子のためだけの帝国を。この醜い人間どもを使って。

神は滅びた命をよみがえらせ、新たに興した国に伽と名付けた。伽は通夜を意味する。いつまでも愛しい子の死を忘れず嘆き続けろ。それは生かされた女帝たちに対する恫喝(どうかつ)であり、呪いでもあった。

初代皇帝に立てられた第二皇子…愛しい子の異父弟は、そのことをよく理解していた。

神に命じられるがまま縁談を受け、子を生した。愛しい子を呼び戻すためだけの交配だから、まともではない相手も交じっていたが、不平一つ口にしなかった。そしてそれを他の生き残りたちにも強いた。歯向かうそぶりでも見せれば最後、自分たちもまた国ごと沈められると理解していたのだろう。そういう人物だからこそ、最初の皇帝に選んだのだが。

生き残りたちに系譜をつながせる一方、神は伽国を大陸一の大国に育てていった。

いつか愛しい子が君臨するための国なのだから、一つの間違いもあってはならない。皇帝は神託を告げ、子を作るだけのお飾りだ。不正を働く者、怠惰な者、正義を貫かない者、他人をいじめる者…あらゆる害悪を排除してゆき、正しい者には褒美を与え、正しい国家を造り上げた。何年も、何十年も、何百年も、一日たりとも休まずに。

神ですら気が遠くなりそうな日々がようやく報われたのは、十七年前。

皇帝にあてがった娘が真珠色の髪と紅玉の瞳の赤子を産み落とした瞬間だった。

かえってきた。

——ああ、とうとう還ってきた！

神は羊水をしたたらせる赤子を奪い取り、花王宮に囲い込んだ。千年経っても女帝の醜悪さは忘れられない。この子の人生に、二度と女を関わらせるつもりは無かった。女という存在そのものを排除するのだ。そうすれば母親に傷付けられることも、女を欲しがることも無い。

玉還。還ってきてくれた愛しい玉と名付けた赤子に、神は己の力でこしらえた分身、阿古耶たちを世話役として付けた。本当はこの手で育てたかったが、神子の素質があるとはいえ、生まれたばかりの赤子に神の力は強すぎたのだ。今や伽国は大陸一の富強。数多の民の信仰を集める神もまた、万能に近い神力を誇る神となっていた。

少しずつ、少しずつ、雨が乾いた大地を潤すように。

阿古耶たちを通し、己の力に馴染ませながら、神は玉還を育てていった。それは千年の苦難を埋め合わせて余りある、至福の日々だった。幸いにも玉還は皇子だった千年前より素質が高く、言葉を操る頃には神の力の一部を胸に宿し、言葉を交わしても耐えられるようになった。

『かみさま』

青い光の玉を掌に乗せ、たどたどしく呼んでくれた時の喜びは、伽国全土に甘露の雨を降らせてしまうほどだった。

冥府の水に洗われた玉還の魂には、千年前の記憶など残っていまい。…寂しいが、それでいいと思っていた。あんな記憶、思い出してもつらいだけだ。今世こそ幸福と栄誉に満ちた人生を送らせてやりたい。そしてゆくゆくは神の伴侶として、永遠を生きて欲しい。

そのための環境はすっかり整っていた。

神が好む真珠と紅玉こそ最も尊いとされる伽国において、どちらの色彩も持って生まれ、生後ただちに玉座の主となった玉還は神の愛し子。誰よりも敬愛され尊重される存在だった。化け物とさげすむ者など居るはずもない。

…居るとすれば、一人だけ。

神の力で無理やり生かされたまま、大海の底に沈められ、魚の餌にされ続けているかつての女帝くらいだろう。骨だけになっても死ねず、また肉体が再生するので、千年間ずっと地獄のような苦しみを味わっている。初代皇帝がことのほか従順だったのは、母親のその有り様を見せ付けられたせいもあったかもしれない。

殺しても飽き足りなかった女の存在すら忘れ、玉還をひたすら愛でるうちに、あっという間に十七年の月日が過ぎ去っていった。

神すら見惚れるほど美しく成長した玉還の身体には、阿古耶たちを通して注ぎ続けた神力がみなぎっている。もはや人ではなく、半神と言ってもいいほどに。これなら神と直接触れ合っても壊れてしまう危険は無い。

神はそう判断し、花后宮を造らせた。選りすぐりの妃たちを集めた、玉還のためだけに存在する花園だ。住まうのはもちろん、男の妃だけである。玉還と女が肌を合わせるなど、想像するだけで大陸を水底に沈めてしまいたくなる。

神は己の身を四つに分け、四夫人として伽国全土から集めた妃たちの中に紛れさせた。わざわざそんな回りくどい真似をしたのは、むろん玉還のためだ。

神力に馴染んだとはいえ、いきなり神そのものとまぐわえば、玉還への負担は大きくなる。だが四つに分けた一人ずつなら激しくまぐわってもじゅうぶん耐えられる。神の種を孕み続ければ玉還の身体もいっそう神力に馴染み、いずれ神そのものを受け容れられるようになる。

百人以上の妃の中で、玉還に選ばれる自信はあった。何故なら四人の妃は千年前の玉還が渇望し、決して与えられなかったものを凝縮させ、受け持たせたのだから。

月季は色香と無邪気さ。

聖蓮は慈愛と母性。

沙羅は一途さと情熱。

銀桂は包容力と父性。

神の思惑通り、分かたれた神である四人は玉還に見初められ、寵愛を賜った。千年前玉還に与えてやりたかったものを存分に与え、白くやわらかな身体に神力の種を注ぎ込む。それは神にとっても目がくらむほどの幸福と充足感をもたらした。

だがそこで、神の予想を超える事態が発生する。

四つの分身は神自身でありながら、玉還を深く愛するがゆえにそれぞれの自我を持ってしまった。誰が最も玉還に愛されるか…皇后に選ばれるか、対抗心が芽生えてしまったのだ。玉還に召される時間帯を区切ったのは、同じ力を持つ分身同士でぶつかり合えば本体もろとも消滅しかねないと悟っていたからだろう。

それ自体はたいしたことではない。問題はもう一つ。玉還が千年前の記憶を持って生まれたらしいと判明したことだった。

物心ついた頃から見続けているという悪夢。阿古耶たちや神にすら明かさなかったそれを、妃たちには打ち明けたのは、神を心配させたくなかったからなのだろう。

いじらしく思う反面、神は焦燥感を抱いた。

つらい目にばかり遭わされ、最後には産みの母親に殺された記憶など――骸を神に貪り喰らわれた記憶など、決して思い出させたくない。しかし神本来の姿を見てしまえば、今は悪夢の段階でとどまっている記憶が完全によみがえってしまうかもしれない。

だったら、四分の一だけでもいい。玉還に選ばれ、愛されるのならば。神はそう覚悟を決めたが、予想外の事態はそれからも次々と起きた。

まずは玉還の異母姉、藜紅。

玉還が還ってきてくれた後も、神は皇族たちを生かしていた。考えたくもないが、万が一また玉還が失われてしまった時に備え、系譜を途絶えさせないためだ。玉還に対しよけいな恨みや妬みを抱かせないよう、金銭的には何不自由無い暮らしをさせていた。

神にしてみれば牧場の環境を整えただけ。玉還以外の皇族は忌まわしい女帝の末裔、家畜以下の存在なのに、藜紅は増長した。諫める者が居ないのをいいことに、長公主たる自分は伽国で最も尊い女だと思い込み…よりにもよって神の分身たる月季に懸想したのだ。

承恩が藜紅の手先であることはわかっていた。花蕾宮の家令の一族なのだから当然だ。最初は藜紅の命令に従い、月季を花后宮からさらおうとしていたが、やがて藜紅を月季の宮に手引きする方向へ切り替えたようだった。警備の厳しさに加え、藜紅からの矢の催促に耐えきれなくなったせいだろう。

いい機会だ。神は敢えて月季のもとに藜紅を忍び込ませることにした。玉還を呼び戻すために生まれてきた家畜だから、そう簡単に処分するわけにはいかない。藜紅には来年、祖父と孫ほど歳の離れた老皇族と番い、子を産んでからまた別の男と番わせる予定がある。

ここで身の程をわきまえさせ、従順にさせておけば後々役に立つだろう。そう考えていたのだが、同日、銀桂のもとで爆発事件が起きるのは予想外だった。そのせいで聖蓮のもとへ向かうはずだった玉還が引き返し、藜紅を目撃してしまうのも。

生まれてから今まで女を一度も見たことが無く、女の存在そのものを教えられず生きてきた玉還は、初めて見る女…藜紅が妖異だと信じ込んだ。神は藜紅を炎に包み、焼き尽くしたように見せかけて月季の宮の地下に造っておいた牢獄へ転移させた。家畜の役割を果たすまで、閉じ込めておくためだ。

銀桂の宮に爆発物を仕掛けた犯人…永青は四人の中で最も嗅覚に優れた沙羅が捕獲し、銀桂のもとまで連行した。どうやら永青は本物の銀桂の幼馴染みだったらしい。

四人の妃となって花后宮に入る際、神は他の妃たちに怪しまれないようきちんとした身分を用意した。璃家の子息の月季も、商家の息子の聖蓮も、旅一座の舞い手の沙羅も、元武官の銀桂も実在する人物だ。ただし四人とも、神が成り代わると同時に大海の底に沈められたが。

後宮に入ってしまった妃とは、たとえ親兄弟であろうと面会は許されない。別人に成り代わっていても気付かれる心配は無いはずだったのだが、本物の銀桂を知る者があんな真似までして会いに来ようとは。

こちらは玉還には目撃されず、適切に処理出来た。邪魔者は全て排除したと安堵した直後、新たな問題が発生する。

玉還が武術を習いたいと言い出したのだ。問答無用で反対すべきだったが、出来なかった。小さくか弱い身で、妃たちを…神を守りたいと主張する玉還があまりに愛おしくて。

自分で指南役を見付けるよう条件を出したのは、皇帝を崇拝する武官たちは誰も引き受けないと確信していたからだ。実際その通りになっていたのに、ここでまた想定外の事態が起きた。志威という宮人が指南役を引き受けてしまったのだ。さらに閉じ込められていた藜紅が自力で地下牢を脱獄し、隠し通路から寝室までたどり着こうとは。二度目となれば、さすがに消さざるを得なかった。

藜紅の執念もだが、志威が辰国の…騰蛇を祀る王族の一員であることに気付けなかったのは慢心だった。神力が強大になりすぎ、志威が授けられたあまりにささやかな騰蛇の力を察知出来なかったなんて、言い訳にもならない。

この男を放置していたせいで、玉還が。

「私の、愛しイ子ガ……」

「ひっ……」

奇妙にかすれる声に、志威はびくんと身を震わせる。肘から先を切断された腕からは、もう一滴の血も流れていない。痛みも感じていないだろう。神が力を使ってやったから。

騰蛇の力で玉還の存在をつかの間とはいえかき消し、神の手元から連れ去った。あまつさえ何人もの女たちと遭遇させ、千年前の記憶をよみがえらせてしまった。その罪は重い。志威の命だけではとうていあがないきれない。

……全て、沈めてしまおう。

志威だけではない。伽国も、忌々しい騰蛇も、辰国も……いっそ玉還以外、大陸全土を大海の底に沈めてしまおう。

神と玉還だけの世界になれば、もう誰も玉還を脅かさない。傷付けない。

千年かけて築いてきた国も、繁殖させてきた皇族も、もう要らない。…玉還を再び失う可能性など、考えなくてよかったのだ。

次に玉還が失われることがあれば、神も後を追いかける。冥府の神を屠り、新たな冥府の主となって玉還に捧げればいいのだから。

「だから、全部……」

突き上げる怒りと共に内側から溢れ出る神力が、神の輪郭を崩してゆく。精神が破壊の衝動に染め上げられる。

「全部、沈メてシマエ……！」

心地よいその感覚に、神は身をゆだねた。

ゴオオオオオオッ……。

港を、街を、人々を呑み込みながら、青い波濤が打ち寄せる。

「あ…あ、…あれ、…は…」

だが玉還は空を覆い隠さんばかりの波の壁ではなく、変わりゆく神に目を奪われていた。

完璧な美を誇る肉体の輪郭が崩れ、質量を無視して膨らみ、再構築されていく。やがて現れたのは、漆黒の鱗に覆われた巨大な竜だ。全身から禍々しい霊気を発し、狂おしいほどの激昂に震え、大きな黒い瞳から涙を流している。

……私は……、知っている。

この竜を見たことがある。千年前、母の手によって命を絶たれ——冥府へ降る寸前に。怒りのまま大洪水を呼び寄せ、帝国を水底に沈めた竜を。…優しい神様の、もう一つの姿を。

「全部、沈メテシマエ……！」

鋭い牙を覗かせ、竜が咆哮する。

呼応するように波は無数の水の竜と化し、大空へ飛翔した。玉還の背筋に悪寒が走る。あの竜が地上を蹂躙すれば、大陸は海の底に沈むだろう。千年前と同じように。

数えきれないほどの命が失われる。千年前の玉還の唯一の支えだった、神様によって。

「嫌……」

優しい神様だった。

どれだけ人間たちに裏切られようと怒りもせず、玉還のささやかな捧げものを心の底から喜んでくれる、慈愛に満ちた神様だった。

…今だってそうだ。千年前に死んだはずの玉還がこうしてここに同じ姿で存在するのは、きっと神様のおかげ。

玉還を取り戻すため、神様は途方も無い年月と手間暇を費やした。何も与えられなかった化け物皇子を慈しみ、幸福で満たしてやりたい。ただ、その一心で。

……神様、神様。私の大切な神様。どうかもう泣かないで下さい。

思い出したから。…覚えているから。玉還だけは、貴方のことを――貴方がとても優しい神様だったことを。

だから、どうか。

「もうやめて…、……虹霓様！」

千年前、女帝の統べる帝国を守護していた水神。必死に声を張り上げ、今はもう玉還しか知る者の居ない名を呼ぶ。神の魂そのものを示す名を。

オ、オ、オオオ、オ……。

哭き続けていた大地が鎮まっていく。獲物を狙うかのように空を飛び交う水の竜たちが動きを止めた。

水の竜たちの隙間から差し込む太陽の光に照らされ、黒い竜からしゅうしゅうと黒煙が…瘴気が抜けてゆく。瞬きの後、空に浮かぶのは虹色の鱗と瞳を持つ神々しい竜だった。巨体から白い光を放つ、神の化身だ。

どんな宝玉よりも澄んだ美しい虹色の瞳は、玉還だけを映していた。

「愛しい、子。……そなたは、覚えて……」

「…忘れるわけが、ありません」

どんなに時が経とうとも――一度は冥府に降ろうと、忘れられるはずがない。喰われて一つになりたいとまで望んだ、愛しく優しい神様の名を。

「ありがとう、神様」

千年前は、声を奪われていたから出来なかった。

でも今なら伝えられる。胸をいっぱいに満たす、この思いを。

「化け物を…私を愛してくれて。私を呼び戻してくれて」

「玉、還……」

「千年前の私は不幸だったと、貴方は思っているかもしれない。でも、それは違います。私は幸せでした。…貴方に、出逢えたのだから…」

まなじりに滲んだ涙を、やわらかい唇が拭った。

竜身から人の姿に変化した神…虹霓が逞しい腕に玉還を包んでいる。玉還より一回り以上大きな身体を震わせながら。

「……すまない」

「虹霓様…?」

「私は、……私はそなたの血肉を、喰らって……」

抱きすくめる腕が小さく震えている。玉還はすとんと腑に落ちた。還ってきた玉還に、虹霓が千年前の記憶を思い出させまいとしていたもう一つの理由が。

「私を喰らったことを、知られたくなかったのですか？」

虹霓は答えない。だがきゅっと力のこもった腕が言葉よりも確かな答えだ。

玉還は思わず笑ってしまった。

「どうしてですか？　私は嬉しかったのに」

「…っ…、嬉しい…？」

「母に刺され、貴方が駆け付けて下さった時、私は貴方に喰われたいと願いました。私がいつも捧げていた捧げもののように。…そうすれば、もう貴方と離れなくて済むから」

厚い胸板にそっと顔を埋める。その感触は月季とも聖蓮とも沙羅とも銀桂とも違うが、四人の存在を確かに感じた。

四人は虹霓であり、虹霓は四人なのだ。数多の妃たちが並ぶ中、玉還が一番に目を奪われたのは道理だった。

「虹霓様は私の最期の願いを叶えて下さった。しかも私を呼び戻して下さったおかげで、こうして貴方に触れられる。…愛して頂ける」

「玉還……、そなたは……」

「愛しています。虹霓様も、…月季も聖蓮も沙羅も銀桂も、皆愛おしい。私にとってかけがえのない存在です」

あのままずっと皇宮に閉じこもっていたら、きっと永遠に千年前の真実を思い出すことは無かった。この思いを告げることも叶わなかった。

だからどうか、怒りを鎮めて欲しい。

玉還の優しい神様の手を、これ以上汚さないで。

「玉還……っ……」

息を呑んだ虹霓が玉還をきつく抱きすくめる。

私の陛下。

愛しい子。

俺だけの陛下。

いい子の吾子。

「私も、……私も愛している。そなたこそが私の玉。そなたに再び巡り会うためだけに、私は生きてきた……」

かすれた低い声に、四人の妃たちのそれが重なった。

息苦しさに顔を上げ、玉還は紅玉の瞳を見開く。

「……ここは？」

のたうち回る志威、動きを止めたままの民、浸水した街並み、街を呑み込もうとしていた水の竜。ついさっきまで玉還を取り巻いていたものは何一つ無い。

典雅な寝台と揃いの調度がしつらえられた広い室内に、玉還はたたずんでいた。虹霓の腕に閉じ込められたまま。

「我が宮殿だ」

虹霓が視線を向けた先には、銀桂の宮とよく似た丸窓があった。

だが見える景色はまるで違う。銀桂の宮からはよく手入れされた庭園が見えたが、こちらの丸窓の外に広がるのは――。

「……海……？」

夜空かと思ったが、紺碧（こんぺき）の水は海面を透過する陽光のきらめきを宿し、ゆらゆらと揺れている。色とりどりの花畑のような珊瑚礁の合間をすいすい泳ぐのは、領巾にも似た尾びれを優雅になびかせた魚たちだ。

「いつかそなたが四人の中から皇后を選んだなら、連れてこようと思っていた」

「皇后、を？」

「その頃には私の神力が完全に馴染んでいるだろうからな。まさか本来の姿でこうして連れてこられるとは思わなかったが」

呆然とする玉還の頬に、虹霓は愛おしそうに己の頬を擦り寄せる。

四人の妃たちは最も小柄な月季でも玉還より大きく、銀桂にいたっては一回り以上違ったが、神にふさわしい美丈夫の虹霓はさらに大柄だ。玉還の小さな身体など、豪奢な錦の袍を纏った逞しい腕にすっぽりと埋もれてしまう。満足に食べられなかった千年前よりは大きく成長したはずなのに。

「この宮殿は伽国の南海の最深部にある。宮殿内に入れるのは我が眷属(けんぞく)か、我が神力を宿す者のみ。人の身で深海の底までたどり着くのは不可能だ。そなたが住まうには最適であろう」

「ですが、私には皇宮がございます。いえ、その前に洪水は…街の者たちは…」

「心配は要らぬ」

虹霓がそっと額を重ねると、頭の奥に鮮明な映像が流れ込んできた。何隻もの大型船が係留された大きな港で、猟師や商人らしき者たちが忙しなく動き回っている。

ぱっと切り替わった次の風景は皇宮前の大通りだ。繁華な通りは人ごみで溢れ、誰もが大陸一の賑わいを楽しんでいた。その中には玉還がぶつかってしまった娘の姿もあり、とても怒れる神によって海底に沈められかけたようには見えない。

「私が洪水を呼ぶ前の時間に戻しておいた。誰もそなたたちの姿を見てはおらぬし、騒ぎ自体無かったことになっている」

「そんなことが…」

　こともなげに言うが、時間を戻すなどまさに神の御業(みわざ)だ。尊敬の目で見上げる玉還に、虹霓はやるせなさそうに首を振る。

「…千年前に同じことが出来たら、そなたを冥府へ降らせはしなかった」

「それは……仕方がありません。虹霓様がお力を失われたのは、私たちのせいだったのですから」

　歴代の皇帝がきちんと対価を捧げ、守護してくれる神への感謝の心を忘れなければ、虹霓は比類無き神力を誇る水神のままでいられた。女帝のような悪逆非道の君主も、そもそも生まれなかっただろう。

「そなたは何も悪くない。むしろ、千年前の帝国はそなたのおかげでかろうじて命脈を保っていたのだぞ」

「…そう…、なのですか？」

「あの頃の私は消滅しかかっていた。そなたが捧げてくれた感謝と信仰心が、私をこの世につなぎとめていたのだ。契約した神を失えば、その国は滅亡するのみ。…だからこそあの卑しい蛇のしもべは、私の力を削いで螣蛇に力を取り戻させようとしたのであろうが」

　虹霓が忌々しそうに吐き捨てたのは、志威のことだろう。今ならわかる。玉還の中で鎌首をもたげ、考えるなと何度も威嚇してきたあの紅い蛇は、志威に注ぎ込まれた螣蛇の力だったのだ。玉還から正常な判断力を奪い、志威に連れ去らせようとしたに違いない。

　神から直接力を与えられるのは、神を祀る一族の者のみだ。つまり――。

「…志威は、辰国の王族だったのですね」

「ああ。表には出てこない妾腹の王子であろう」

　虹霓や丞相も、もちろん隣国の王族の構成については熟知している。だが王が身分低き妾に産ませ、存在を公にせず育てた王子王女まではさすがに把握しきれない。

「辰国に限らず、神の守護を受ける国では必ずそうした子を作る。神の祭祀を絶やすわけにはいかぬからな」

　あえて公にしないのは、王位を巡っての争いを避けるためだろう。正妃腹の王子王女が全滅して初めて、妾腹の子たちは王族と公認される。

　志威が伽国に潜入する危険な役目を請け負ったのは、国の存亡がかかって否応無しだったのだろうが、周囲に己を認めさせたい気持ちもあったのかもしれない。千年前、化け物皇子と呼ばれていた玉還がそうだったように。

「虹霓様、志威のことですが…」

「ならぬぞ」

　虹色の瞳がすっと細められた。白く長い指が玉還の頬をなぞると、頭の奥にまた映像が流れ込んでくる。志威が紺碧の海の底にしつらえられた牢獄につながれ、ぐったりと倒れていた。片腕を失った無惨な姿だが、かすかに喉が上下しているので生きてはいるようだ。

「優しいそなたのことだ。あの者とかつてのそなたを重ね合わせ、同情しているのだろうが、許すことは出来ぬ」

「…どうなさるおつもりなのですか？」

「生かしたまま永遠に牢獄につなぎ、魚の餌にしてやる。死んで逃げさせはしない。千年前、そなたを産んだ女と同じようにな」

ひと思いに殺すのでは飽き足りない。永劫の苦しみを味わわせなければ気が済まない。

伝わってくる怒りの波動に玉還は震えた。まさか前世の母、玉還をさんざんいたぶった末に殺した女帝がそんな報復を受けていようとは。そして志威までもが同じ目に遭わされようとしているとは。

「いけません。どうか志威を…そして母を解放して下さい」

「いかにそなたの願いであろうと、それは」

「許さぬ、と仰せですか？　志威がこのような行動に出たのは、虹霓様のせいでもあるのに？」

じっと見上げれば、虹色の目がかすかに泳いだ。玉還の言いたいことがわかっているのだ。

志威の行動の大前提となったのは、月季が妖異に襲われたことだ。あの時の玉還は妖異だと思い込んでしまったが、千年前の記憶がよみがえった今ならわかる。月季にのしかかっていたのは長い黒髪に豊満な肉体を持つ女性――同じ人間だったのだと。

「月季を襲っていた女性は、何者だったのですか？」

「……」

虹霓は答えない。いや、答えたくないのか。真実を知れば玉還に嫌われると思っているのかもしれない。あの女性はそういう存在なのだろう。

ひょっとすると生まれてから一度も会えていない異母姉妹たちの誰かか。月季の美貌に魅了された公主が一度でもいいから思いを遂げたいとわがままを通したのなら…そして承恩が花蕾宮の使用人だったとすれば、断れなかったのも無理は無い。

それはそれでいい。玉還も無理に聞き出したいとは思わない。たとえ公主であろうと、花后宮に忍び込んだ時点で極刑は免れないのだから。

問題は――。

「私があの女性を妖異だと思い込んでしまったことが、志威の行動の原因でした。さて、何故私は同じ人間である女性を妖異などと思い込んだのでしょうか」

「ぐ……」

「しかも月季たちは…虹霓様は、ご自分を襲ったのが人間であることを承知の上で、私が武芸を習うことを許して下さいましたよね?」

ばつが悪そうな虹霓を見ていると、残念さと愛おしさが入り混じった複雑な気分が湧いてくる。きっと玉還の予想以上に、虹霓は様々な悪事に手を染めてきたのだろう。玉還には口が裂けても言えないようなことも多々交じっているに違いない。

……でもそれは、全て私のためだった。

生まれてすぐ両親と引き離し、己の手元に囲ったのも。女性の存在を教えず、ゆがんだ常識を刷り込んだのも。世継ぎをもうけるべき皇帝に男の妃を与えたのも。

全ては千年前の玉還が母親に…女性に殺されてしまったせいだ。優しい神様は女という存在が玉還にとって害悪にしかならないと思い込んだ。少しでも玉還に危険をもたらしそうな要素は徹底的に排除して回った。その結果が今の玉還なのだ。

「志威は私の無知に振り回された被害者のようなものです。…もちろん、罪が無いとは申しません。己の国のため、私を…皇帝を誘拐しようとしたのですから」

「……！」

虹霓がまばゆい美貌をぱあっと輝かせる。玉還が志威を非難したので、非道すぎる罰にも賛同してくれるかもしれないと思ったらしい。わくわくと期待に満ちた表情は、玉還に食事を食べさせてもらう時の沙羅によく似ている。

「ですが私は無事で、虹霓様のことも思い出せました。対して志威は腕を失い、父王からの命令にも失敗した。すでに罰は受けたと思います」

「し、しかし玉還…」

「母……女帝もそうです。千年もの間、死ぬことも出来ず苦しみ続けたのですから、償いはじゅうぶんでしょう。少なくとも私は、これ以上あの人に苦しんで欲しいとは思いません」

「……ぐ、……うう、……」

まばゆい笑顔から一転、虹霓は苦悶を滲ませる。今までろくに逆らったことの無かった玉還に、ここまで反論されるとは思わなかったのだろうか。それでも素直に聞き入れようとしないのは、虹霓の思いの深さの証だ。玉還を愛するがゆえ、玉還を苦しめた者を…己から玉還を引き離そうとした者を憎んでいる。

千年経っても変わらない、玉還の優しい神様。

非の打ちどころの無い完璧な存在だと信じていた。でも実際の虹霓は千年もの間伽国を平和に統治しておきながら、玉還が絡むとたんに理性を失ってしまう。

――そんなところさえ、愛おしい。

「虹霓様」

玉還は虹霓の太い首筋に縋り、伸び上がって白い頬に口付けた。玉還を抱える腕がびくっと震える。

「私がそんなふうに思えるのは、虹霓様のおかげなのですよ」

「……私、の？」

「千年前、虹霓様が私の最期の願いを叶えて下さったから……私を、愛で満たして下さったから……」

「お、……お、……玉還……！」

ひしと抱き締める虹霓の全身から、歓喜が伝わってくる。長い虹色の髪が風も無いのになびき、きらきらと輝いた。

「そなたは…、私が思うよりもずっと聡く、強い子だったのだな……」

虹霓様のおかげですと伝えたいが、顔を分厚い胸板に埋めさせられてしまったせいで叶わない。代わりに背中を抱き返せば、頭の奥に映像が広がった。海底の牢獄につながれていた志威が白い光に包まれ、消えていく。

「妖異に関する記憶を消し、辰国の王宮に転送した。おろそかには扱われぬだろう。そう遠くないうちに、あの国は正式に伽国の属国となる旨を申し出るであろうからな」

「…そう、ですね」

騰蛇が弱体化したのは、隣国を守護する水神たる虹霓の神力が強大になりすぎたせいだ。玉還を手に入れ、虹霓の神力はますます強化されている。妃たちによって種を孕まされ続けた玉還には、こうして触れているだけでそれがわかる。

彼我（ひが）の差はもはや埋めがたく、騰蛇は千年前の虹霓のように存在するのがやっとの状態になる。これまで以上に災害が頻発する辰国が存続するには、伽国の支配下に入るしかない。

その際、皇帝玉還の人となりを知る志威は貴重な情報源だ。王命に失敗し、片腕まで失っていても、大切に扱われるだろう。

「アレ……女帝からは私の神力を抜いておいた。人としての寿命はとうに終えているから、肉体は消滅し、魂も冥府に降るだろう。……それで良いか？」

「はい、……はい。ありがとうございます……！」

感謝の気持ちをこめ、玉還はぎゅっと虹霓にしがみ付いた。

現世でも悪夢という形で苦しめられてきた母が、死んだと聞いても何の感情も湧いてこない。ただ、永劫にも等しい責め苦から解放されたのは良かったと思う。いたぶられた記憶しか無くても、あの人のおかげで虹霓と出逢えたことは確かなのだから。

「……っ、玉還……」

苦しげな呻きが聞こえた次の瞬間、玉還はやわらかな寝台に押し倒されていた。天蓋に描かれた金彩の花々はすぐに見えなくなる。覆いかぶさってきた虹霓によって。

「こ、……虹霓様……？」

「我が愛し子、我が半身、我が魂よ……」

——もう限界だ。そなたが欲しい。そなたに我が種を孕ませたい。

熱く耳朶に吹き込まれるのも、猛る股間を押し付けられるのも初めてではない。月季にも聖蓮にも沙羅にも銀桂にも、数えきれないほどされてきたのに、全身がかっと熱くなる。腹の奥が疼き始める。

「…で…、ですが虹霓様は、すでに何度も私を…、…は、……孕ませて下さったではありませんか」

「月季も聖蓮も沙羅も銀桂も、私であって私ではない。…そなたに選ばれるのならば分身だけでもいいと思っていたが、そなたは千年前の記憶をよみがえらせ、私の全てを受け容れてくれた。ならば私も、私の全てでそなたを愛したい」

――良いか？

再び耳元で囁かれ、玉還はとっさに虹霓の首筋に縋り付く。

……ずっと願っていた。このお方と一つになりたいと。

「はい。…私も、貴方に愛されたい」


虹色の瞳が妖しく点滅したと思ったら、纏っていた衣が一瞬で消え失せた。生まれたままの姿を舐めるように見回し、虹霓は恍惚と息を吐く。

「……美しい」

月季、聖蓮、沙羅、銀桂。

四人の妃たちの目を通し、虹霓も玉還の裸体を……あられもなくよがりまくり、孕まされて果てる姿まで何度も見ているはずなのに、虹色の瞳は歓喜と欲情に潤んでいる。

「千年前からずっと思っていた。そなたの肌も髪も、真珠のように白く清らかで美しいと」

「こ、虹霓様…」

「さあ、もっと見せておくれ。そなたの大切な秘めたところまで、この私に、じっくりと…」

覆いかぶさっていた虹霓がゆっくりと身を起こした。何を望まれているのか、欲望に染まりきった美貌を見るまでもない。

羞恥に頬を赤らめながら、玉環は膝裏を持ち上げ、大きく広げる。兆しかけた肉茎も、数えきれないほど妃たちの肉刀を銜え込んできた蕾も、舌なめずりせんばかりに待ちわびる神によく見えるように。

「おお、……おお……」

感嘆した虹霓は身をかがめ、さらけ出された尻のあわいに顔を埋める。

千年前、唯一愛してくれた神様が自分の一番恥ずかしいところを見詰めている。羞恥と興奮にひくつく蕾に、虹霓は迷わず舌を這わせた。

「あぁっ……」

背筋を甘い戦慄(せんりつ)が駆け抜ける。下ろしてしまいそうになった脚をどうにか支えれば、誉めるように内股を撫でられた。夜ごと妃たちに愛でられてきた蕾が、ねっとりと、しとどに濡らされてゆく。露を帯び、ほころんでゆく。

「…あ…っ、あ、ぁん…っ、虹霓、様……」

甘ったるくさえずると、肉厚な舌は唾液まみれにされた蕾の中に潜り込んだ。にゅる、にゅるる、と入ってくる舌は熱く長く、人のものとは思えない。たちまち腹の最奥まで…いつも妃たちの肉刀に突かれ、抉られるあたりまで満たしてしまう。

人ではない存在と——神とまぐわっているのだと、改めて自覚した。一つになりたいと焦がれてやまなかったあのお方に、喰らってもらっている。

「あ、ああ…っ…、虹霓様、虹霓様ぁ…」

溢れる歓喜と愛おしさのまま、玉還はさえずり続ける。そうすれば慈愛深い神様は玉還の望むようにしてくれると、わかっているから。

——玉還、玉還。我が愛し子よ。

頭の奥に愛おしそうな声が響く。

——感じるか？　そなたの腹が、我が神力に満たされているのが。

こくこくと、玉還は夢中で首を上下させた。

媚肉がいつになくざわめき、迎え入れた虹霓の舌に絡み付いている。腹の奥からひたひたと快楽の波が湧き、全身に広がっていく。妃たちによって植え付けられた種が、その根源たる虹霓に共鳴しているのだ。よほど種を孕まされなければ、こうはならない。

思い返せば、初めて月季を召した夜から、玉還の腹に注ぎ込まれた種が外にこぼれたことは無い。膨れた腹が元に戻るまで肉刀で栓をしてもらい、一滴残らず孕まなければならないと銀桂に教わった。銀桂は神の分身なのだから、その言動は虹霓の意志でもある。

……私は、虹霓様と同じ存在になりつつあるのか。

普通の人間では触れることすら叶わない神とまぐわい、その種を孕み、同じ時間(とき)を生き続ける。十七年をかけ、そういう存在に変えられてしまった。

「ありが……と、ござい、……ます……」

絶え間無く襲ってくる熱の波につま先をびくんびくんと震わせ、玉還はさえずる。媚肉を舐め回され、びしょびしょに濡らされながら。

「私を…、孕ませて、…下さって。……虹霓様と同じに、して、下さって……」

――玉還……っ！

虹霓はぶるりと胴震いし、身を起こした。

ずずずず、と情けどころを執拗に舐め回していた舌が抜けていく。引き止めるように媚肉がざわめき、玉還は背をしならせる。

「あ……、あ…ぁ…っ…」

ゆるくほころんだ蕾から、とろりと虹霓の唾液がこぼれる。玉還を満たしてくれるものは、一滴たりとも逃したくない。

とっさに手を伸ばし、唾液を蕾へ押し戻そうとすれば、両脚を広げさせながらのしかかってきた虹霓に荒々しく唇を奪われた。とろとろと唾液が内股を伝い落ちていく。

「……っ、ん、……ううっ……」

……駄目。こぼれちゃう。

心の中の嘆きは、虹霓に届いたようだ。唇から割り入ってきた舌がいっそう熱を帯びる。

――嘆かずともよい、愛しい子よ。…すぐにもっといいもので満たしてやろう。

ぐっと押し付けられた股間はさっきよりも硬く、布越しにも火傷しそうなほど熱く、玉還はうっとりと紅玉の瞳を蕩かせる。

妃たちは皆、素晴らしい肉刀の主だった。虹霓に貫かれたなら、それだけで玉還の腹はいっぱいにされてしまうに違いない。そこへ大量の種を注がれたなら…。

……ああ、早く……早く孕みたい……。

満たされる予感に鳴る喉を、人ではありえない長さの舌が這っていく。舌の付け根を愛おしそうに舐められても、咽頭の奥の管をなぞられても、嘔吐感はかけらも湧いてこなかった。もたらされるのはただ熱と快楽だけだ。

——愛しい子。けなげで可愛い、私の愛しい子よ……。

とろとろ、とろとろ。

長い舌先から唾液がしたたり落ちる。胃の腑は燃えるように熱くなり、玉環の全身を熱に染めていった。…甘い。虹霓の舌も唾液も、なんて甘いのだろう。唾液がこんなに甘いのならば、きっと種も…。

「……あ、ぁん……」

喉奥まで嵌まり込んでいた舌がずるりと出ていくと、物足りなそうな声が自然とこぼれた。もっと虹霓に満たされたい。口も喉も腹も尻も、穴という穴を虹霓に犯されたい。

蕩けた目でねだる玉環に、虹霓は微笑む。かつてないほど優しく、甘く、濃厚な情欲の匂いを漂わせて。

「そなたが望むならいくらでも孕ませてやろう。…それは私の望みでもある」

「あっ、……」

身を起こした虹霓が長い髪をかきやると、その身に纏う衣装が消え失せた。

堂々とさらされた逞しく強靱な裸身と、その股間にそびえる肉刀に、玉環の目は釘付けにされる。虹霓のへそにつくほど反り返ったそれは四人の妃たちの誰よりも長く太く、玉環を求めて透明な雫を垂らしている。

ごくん、と玉環は唾を呑み込んだ。あんなもので貫かれたら、四人がかりで拓かれたこの身体でも壊れてしまうかもしれない。いや、その前に全て受け容れられるのか。

……でも、欲しい。

玉還は自ら脚を広げ、手を伸ばす。

「愛しています、虹霓様。……貴方と一つになりたい。心も、身体も……」

「――玉還……っ！」

虹霓は歓喜に咆哮し、玉還に覆いかぶさってきた。濡れた蕾に巨大な切っ先があてがわれ、四人の誰とも違う圧倒的な質量の予感に玉還は息を呑む。

「……、……あ、……あ、あ、ああっ……」

媚肉を拓く肉刀は痛みをもたらさない。これまでもずっとそうだった。虹霓は…妃たちは、玉還に快楽しか与えない。けれど隘路を軋ませ、薄い腹を押し広げられるすさまじい圧迫感だけは拭えない。

「玉還、…玉還…っ…」

玉還の恐怖や苦痛に誰よりも敏感なはずの虹霓が、一回り以上小柄な玉還を押さえ付け、小さな尻に猛り狂う肉刀を無理やりねじ込もうとしている。その必死な表情が、ためらいの無さが、玉還は嬉しかった。

…今の虹霓は数多の民に信奉される慈悲深き伽国の守護神ではない。玉還を求め狂うただ一人の男だ。

「あ……、あ、虹霓、…様…っ」

だから玉還も臣下たちにかしずかれ敬われる皇帝ではなく、ただの玉還として虹霓を受け容れる。ぼこぼこと薄い腹を膨らませながら最奥に入ってくる肉刀も、全身が壊れてしまいそうな危うい感覚さえも愛おしい。

「もっと、……奥、に」

みっしりと筋肉に覆われた分厚い胸板に抱き付き、細い脚を逞しい腰に絡め。

「一番奥まで……、来て下さい。私の、…私だけの神様…」

軋む媚肉をざわめかせ、全身で虹霓の愛をねだる。

「お……、お、……玉還、私だけの愛しい子よ……！」

優しい神は虹色の瞳を狂喜に輝かせ、玉還の願いを叶えてくれた。少しずつ進められていた腰が一気に媚肉を割り、小さな身体には余る大きさの肉刀が根元まで穿たれる。

「…い…っ、あ、ああ、虹霓様、虹霓様……！」

先ほどまでとは比べ物にならない。腹が肉刀の形に押し拡げられ、みちみちとせり出していく未知の感覚に、玉還は酔いしれた。

まるで臓腑が丸ごと肉刀に入れ替えられてしまったかのようだ。絡めた脚で虹霓の腰を引き寄せれば、ぴたりと重なった逞しい肉体が腹を押し潰し、中に銜えさせられたものの存在をいっそうはっきりと感じさせてくれる。

「うれ…、しい……」

息苦しさを覚えるほどの圧迫感を存分に味わいながら、玉還は虹霓の肩に頬を擦り寄せる。孕みどころのさらに奥、妃たちの誰もたどり着いていないところで肉刀が脈打つたび、媚肉が歓喜にざわめく。

「ずっと…、貴方と一つになりたかった…。願いが、やっと、叶いました……」

「…玉還…、愛しい子……」

誰にも見せぬ、渡さぬとばかりに、虹霓は玉還を抱き締めてくれる。たとえ何者かがこの場に踏み込んできたとしても、玉還の姿は虹霓の長い髪と逞しい肉体に埋もれ、見ることは叶わないだろう。

「私もそなたと一つになりたかった。……もう決して放さぬ。どこにもやらぬ。冥府の神の手にすら……」

——ずっと、この時を待ちわびていた。

虹霓の狂おしい告白に、四人の妃たちのそれが重なる。それぞれとの初夜を思い出した。皆、まともに言葉を交わすのもまぐわうのも初めてだったのに、長い間離れ離れになっていた恋人とようやく再会を果たしたような顔をしていた。…その理由が、やっとわかった。

「はい。…私も、貴方の手の中だけで生きていきたい…」

たとえそれが、人間ではなくなることを意味しても。

ずくん、と腹の奥が疼くのを感じた。妃たちによって孕むための場所に変えられたそこは、虹霓の種を孕みたがっている。

「ああ……、玉還、……玉還！」

「く…ぁ、ああ…っ…！」

ひしと抱かれたまま、腹の奥を巨大な肉刀に激しく突き上げられる。虹霓が逞しい腰を引いては打ち付けるたび、玉還の腹は虹霓の形に膨らんではへこみ、従順に受け止めた。巨軀にぴたりと重なっているせいで、その動きはまざまざと伝わってくる。

「虹霓様…、あ、…いして、います、…虹霓様…」

玉還は必死に腕に力をこめる。

まるで暴れ馬にでもしがみ付いているようだが、振り落とされる心配は無い。無数の蛇のようにうねる虹霓の髪が玉還の全身に絡み付き、縛り付けているから。

「あっ…、あん…、あ、あっ、あぁ…っ」

受け容れるだけでせいいっぱいだった媚肉は従順に拡がり、虹霓を貪欲に呑み込んでいく。虹霓は愛し子のいじらしさに狂喜し、腹の中の肉刀をますますいきりたたせる。より奥へ、より大量の種を孕ませるために。

……ああ、溶けてゆく。

玉還のまなじりから喜びの涙が溢れた。

互いの境目が全身をめぐる熱によって溶け、混ざり合ってゆく。玉還は虹霓で、虹霓は玉還で――そして。

……そなた、たちも。

一つに混ざり合う意識の中に、愛しい気配を感じる。月季、聖蓮、沙羅、銀桂。四つに分かたれた神…玉還のために生まれた分身たち。

……皆、ここに居る。

溢れる愛おしさのまま、玉還は虹霓ごと腹の中の肉刀を抱き締める。絡めた脚に力をこめ、早く早くとねだれば、肉刀は限界を知らぬかのように怒張しながら奥の奥へ突き進んだ。

「玉還……、愛している……」

「私も、…虹霓様、……虹霓様、あ、ああっ、あ――……っ！」

どくん、とひときわ強く脈打った切っ先から種がほとばしる。

毎日妃たちに孕まされていた玉還すらくらくらするほど大量のそれはたちまち孕みどころを満たし、馴らされた媚肉がけなげに拡がるのをいいことに、どんどん腹をせり出させていく。

「……愛しい子……」

熱い息を吐いた虹霓がずしりとのしかかってくる間も、肉刀は種をまき続ける。ひしゃげた腹は懸命にうごめき、種を馴染ませていくが、注ぎ込まれる種の方が多いせいでいつまで経っても圧迫感は薄れない。

「虹霓様……、お願い……」

口付けて欲しいとねだる前に唇をふさがれた。玉還は嬉しさで蕩けそうになりながら長い舌を受け容れ、喉奥まで埋め尽くされる充足感を堪能する。

……いっぱい、だ。

腹も尻も喉も虹霓に満たされている。

歓喜に身じろげば、腹のあたりがぬるりとすべった。孕まされると同時に玉還も極めていたようだ。虹霓がことさら嬉しそうに喉を舐め下ろす。いつまでも種の放出が終わらないのは、玉還のいじらしさに感動しているせいかもしれない。

——そなたはまことに、私を魅了するために生まれてきたような子だ。

頭の奥に愛おしげな声が響く。

——そなたのすることなすこと、我が心をたかぶらせてたまらぬ。私を孕みながら極めるところも、懸命に私を受け容れてくれるこの腹も、艶(つや)めいた表情も、しがみ付いてくれる四肢も…全てが愛おしい…。

……貴方たちの、おかげです。

どうか彼らにも伝わりますようにと願いながら、玉還は虹霓の背中を撫でる。

……貴方たちがぼろぼろだった私の心を癒やしてくれたから、私は千年前の真実にも耐えられた。

貴方の愛を、受け止めることが出来た…。

今では玉還もわかっている。四人の妃たちは千年前の玉還に欠けていたものを与えてくれていたのだと。もしも彼らが居なかったら、悪夢という形で記憶を受け継いだ玉還は、真実の重さに耐えきれなかったかもしれない。

——玉還……っ……。

虹霓の瞳がかすかにすがめられる。

翡翠色、黒、金色、青。

点滅するたび懐かしい色に染まる瞳に目を奪われていると、虹霓は首を振り、口付けを解いた。

「…こ…う、げい、…しゃ、ま？」

長い間執拗に喉を蹂躙されていたせいで、舌が上手く回ってくれない。幼子のようにたどたどしい口調すら愛おしいとばかりに虹霓は頬に口付け——再び首を振る。玉還の全身に絡み付いていた長い髪が解け、ばらばらと散らばる。

「愛しい子。私の玉還。…そなたは、どんな私でも受け容れてくれるか？」

「え……」

「この、……私たちを……」

元の色に戻った虹霓の瞳がまたたいた瞬間、寝台を四人の麗人が囲んでいた。

翡翠色、黒、金色、青。とりどりの宝石のような瞳を持つ彼らを、玉還が忘れることは無い。無垢で無知だった玉還の肉体にまぐわいの作法と素晴らしさを教え込んでくれたのは、彼らなのだから。

「月季…、聖蓮、沙羅、…銀桂…」

震える声で呼べば、四人は微笑んでくれた。宝石の瞳に熱情の炎が灯り、玉還はようやく気付く。虹霓の巨軀に押し潰されるようにして貫かれている姿を、見られているのだと。

阿古耶たちにきちんと孕めたかどうかを確認されたことはあっても、孕んでいるところを他の妃に見られたことは無かった。今もなお種を注ぎ続ける肉刀によって膨らんでいく腹から、四人は目を離さない。

——私たちの種も。

言葉よりも雄弁に、とりどりの瞳が語っている。

「……あ、…っ……」

ぎゅちゅん、と、腹の奥が疼いたのを、虹霓は見逃さなかった。媚肉を揺すり上げ、種を孕みどころへ送り込む。

「そうだ、玉還。私たちはそなたを孕ませたい。…我ら全員でな」

「あ…っ、そ、…そん、な……」

五人がかりでなんて、いくら神力に馴染んだ身でも壊れてしまう。

いやいやをするように首を振れば、白い手が玉還の頰を撫でた。かすかに薔薇の香りを漂わせる、月季の手だ。

「大丈夫です、陛下。何の心配もありません」

「私たちが貴方を…可愛い子を傷付けたことがございますか？」

虹霓の背中に縋る手へ重ねられたのは、聖蓮の手だ。

「吾子なら私たち全てを孕んでくれる」

太股を撫でさする銀桂に続き、沙羅がつま先に口付ける。

「……駄目？　陛下……」

蜜よりも甘い囁きと愛撫に、また腹の奥が疼いた。溢れ出るのは自分でも驚くほどの愛おしさと欲望だ。

……壊れても、いい。

妃たちが望むのなら——欠けていた心を癒やしてくれた彼らに、報えるのならば。

……孕みたい。

五人の種をこの腹に宿したい。虹霓が玉還の全てを受け容れてくれたように。

願いをこめて虹霓の背を抱き締めれば、虹霓も妃たちも歓喜に目を輝かせた。虹霓は四人で、四人は虹霓だ。玉還の思考は虹霓を通し、全員に伝わる。

いや、思考のみならず感情も……玉還が得る快楽さえも。

「……愛しい子よ……」

五人が異口同音に囁き——次の瞬間、玉還の裸身には十本の腕が絡み付いていた。


ずぷぷ…と虹霓の巨大な肉刀が抜け出ていく様を、五対の双眸が食い入るように見詰める。

虹霓と沙羅は真正面から、玉還の脚を一本ずつ広げた月季と銀桂は左右から、玉還の上体を胸に抱き上げた聖蓮は上から。全員衣服は脱ぎ捨て、それぞれに魅力溢れる裸身を惜しげも無くさらけ出している。

「ああ……」

感嘆は五人分、綺麗に重なった。熱を帯びた眼差しが四方八方から絡み付く。虹霓の形に拡げられ、ぽっかりと口を開けた蕾に。そこからどろどろと溢れる、大量の白い粘液に。

いつもより大量に孕まされたのにすぐに抜かれたせいで、種が媚肉に馴染みきっていないのだ。注いでもらった種は一滴残らず孕まなければならないのに、こぼしてしまうなんて。

「…だ、駄目…」

玉還は蕾をすぼめようとするが、文字通り人並み外れた肉刀を銜えていたそこはなかなか元に戻らない。せめて脚を閉じようにも、左右から脚を広げさせる月季と銀桂が許してくれない。

「吾子。こういう時はどうするか、わかっているだろう?」

銀桂が優しく微笑み、玉還の膝頭に口付ける。やわらかな唇が触れる感覚にすら感じてしまい、玉還は甘く喘ぎながら頷いた。

「……はい。父様……」

神の与える快楽に浸りきっていたせいで、玉還の声はどこかたどたどしく幼い。種を溢れさせる蕾と、無垢で従順な仕草。その落差に銀桂は笑みを深め、初めて見る他の四人も心を撃ち抜かれる。

「父様…、……父様のおちんちんで、私のお腹に、栓をして下さい……」

「ああ、……吾子。もちろんだとも」

いつにも増して慈愛に満ちた笑みに見惚れる玉還は、気付かなかった。まんまと抜け駆けをされた月季と沙羅と聖蓮が、つかの間、忌々しそうに眉をひそめたことに。分かたれた己の分身たちが持つ自我の強さに、虹霓が複雑そうな表情を浮かべたことにも。

「あ、……父様?」

絡み付いた手が離れ、寝台に沈んだ小さな身体を銀桂はうつ伏せにした。これではまだ腹の奥に溜まっている種がまたこぼれてしまう。

そのまま貫いてくれれば良かったのに何故、と思っていたら、目の前に巨大な肉刀が突き出された。雄々しく反り返り、拳ほどもある切っ先から種を溢れさせるそれが誰のものか、考えるまでもない。

……虹霓様、まだこんなに種を……。

玉還の心臓が高鳴った。この身に注がれる種は虹霓の思いの証だ。腹を膨れさせせても膨れさせても足りないほど猛ってくれるのなら、これほど嬉しいことは無い。

そして溢れんばかりの種を捧げてくれる存在は、あと四人も居る。この身の全てで彼らを受け止めたい。

五対の目に見守られる中、玉還は四つん這いになった。受け容れやすいよう両脚を開けば、真珠色の髪がさらさらと流れ、露わになった蕾に銀桂のものが押し当てられる。

「あ……あ、あっ、あぁぁ……」

入ってくる。入ってくる。

ついさっきまで虹霓を銜え込んでいたそこへ、勝るとも劣らぬほどの逞しさを誇る肉刀が…はしたなくざわめく媚肉を躾け、新たな男の形を覚え込ませようとするかのように。

絡み付く。からめとられる。

左右から注がれる月季と聖蓮と沙羅、玉還を孕ませるため股間のものをそそり勃たせる妃たちの欲情しきった眼差しに。その三対の腕に。

「…どの私に貫かれようと、そなたのさえずりは愛らしいな…」

虹霓はふっと笑い、犯される快感に開いた玉還の唇に肉刀の切っ先を触れさせる。流れ落ちる真珠色の髪をかき上げてくれる手の優しさとは裏腹に、見下ろす虹色の瞳は獰猛なまでの光を帯びている。

玉還は否応無しに悟った。孕まされる瞬間のさえずりを堪能するため、虹霓は今まで動かずにいたのだと。それはきっと、他の妃たちも――。

「虹霓様…、父様、母様、月季、沙羅……」

四人の妃たちと数えきれないほどまぐわってきたけれど、そこを口に受け容れたことは無い。彼らもまた、唇や指以外では触れようとしなかった。彼らの意志は虹霓の意志だ。きっとこの時のために控えていたのだろう。

そう、玉還が全ての愛しい存在から見守られながら、小さな唇で初めて巨大な肉刀をしゃぶる瞬間のために。

だから、ためらいは皆無だった。

少し首を傾け、ぼたぼたと種を垂らし続ける切っ先に口付ける。腹の中の銀桂がぶるりと胴震いし、虹霓も、残る妃たちもごくりと喉を鳴らした。

「愛しています。私の、……愛しい神様たち……」

歯を立てないよう注意しながら、ゆっくりと切っ先を口内に迎え入れていく。大きすぎるそれは半分頬張るのが精いっぱいだったが、虹霓は己の形に膨らんだ玉還の頬を満足そうに撫でてくれた。

「愛しい子…、そなたはまことに、その身体の全てで我らを受け容れてくれるのだな……」

もちろんだ。虹霓にならっ…玉還のために生まれてきてくれた妃たちになら、この身体をどう扱われても構わない。

口を切っ先にふさがれた玉還の意志は、虹霓を通じ四人の妃たちにも伝わったのだろう。はぁ…っ、と獣のような吐息が聞こえ、四つん這いになった玉還の下に潜り込んだ誰かが肉茎に喰らい付く。

二人目に串刺しにされ、勃ち上がりかけていたそれが熱い粘膜に包まれる。

「……っ……！」

全身に血が回る衝撃で開いた口に、ずぷぷ、と虹霓は少しずつ腰を進めた。銀桂もまた張り合うかのように肉刀を突き入れ、小さな身体を揺さぶるせいで、半分が限界だと思っていた切っ先はどんどん口内に侵入してくる。

「……玉還。二人も受け容れてやりなさい」

虹霓に優しく促されて視線をめぐらせれば、左右で膝立ちになる月季と聖蓮の姿があった。

ということは、肉茎を貪っているのは沙羅か。どうりで容赦無く搾り取ってくるわけだ。玉還の甘露がこの世で一番美味しいと、まず甘露をすすらなければ食事をする気にもならないと言ってしょっちゅう玉還を困らせてくれたのだから。

「さあ……」

虹霓は長い髪をうごめかせ、玉還の上体を支えてくれた。下肢は銀桂ががっちり抱え込んでいるから、もう自分の腕で体重を支える必要は無い。自由に使える。

……月季、聖蓮……。

玉環はおずおずと左右に手を伸ばし、勃起した月季と聖蓮の肉刀を握る。小さな手に収まりきらないそれは数度扱くだけで透明な液体を垂らし、白い掌を濡らした。

「ああ陛下…、何て淫らで素敵なお姿……」

月季が頬を上気させている。

いつも玉環を翻弄してばかりの美しい妃が最初からこんなに乱れるのは珍しい。玉環の手を情けどころに見立てて振られる腰はなまめかしく、さらされた乳首はつんと尖っていやらしい。淫らなのは、月季の方だろうに。

「いいえ、陛下。淫らとは今の陛下のためにある言葉でございますよ」

薔薇の香りを纏わせた手が次々と触れていく。虹霓の肉刀で膨らんだ頬、種を流し込まれ続ける喉、触れてもらうのを待ちわびるように勃ち上がった乳首、銀桂に栓をしてもらったおかげで虹霓の種を孕んだままの腹、こぼれた種で汚れた内股、肉茎を沙羅に喰らわれた股間、銀桂の肉刀をねじ込まれた小さな尻。

「白く小さなお身体で、どこもかしこもけなげに男を迎え入れていらっしゃるのですから」

「そうですよ、私の可愛い子」

優しく囁いたのは聖蓮だ。

五人の中で最も豊かな胸に、こんな時でさえ見惚れてしまう。千年前の記憶を取り戻した今、赤子は女性の腹から生まれることも、女性の乳で育つことも理解しているが、それでもあの胸に包まれたくてたまらなかった。思うさま吸い付き、よしよしと撫でてもらいながら肉茎を可愛がられ、種を孕ませてもらいたい。

「ふふ…、陛下は本当におっぱいが大好きでいらっしゃる」

「ん……、んっ……」

聖蓮の大きな手が、夢中で虹霓の肉刀をしゃぶる玉還の頭を撫でた。玉還の思考や味わう快楽は、五人には筒抜けなのだ。肉刀を扱く掌でさえ感じてしまっていることも、流し込まれる虹霓の種を夢中で味わっていることも、きっと伝わっている。

「もちろん、陛下が望まれるだけ差し上げましょう。ですがその前に……」

玉還の手に余るほど膨れた聖蓮の肉刀が、ぎちゅ、と掌を圧迫する。玉還の中以外で果てる気は無いと、無言で主張している。月季と沙羅もそうだ。彼らの種は全て玉還に捧げられなければならない。

それは玉還の望みでもある。

……そう……だ、その前に、皆を孕まなければ……。

「く……」

玉還の尻に激しく腰を打ち付けていた銀桂が上ずった呻きを漏らした。

太い肉刀が執拗に奥を抉ってくれるおかげで、孕みどころに残されていた虹霓の種は攪拌され、かなりの量が媚肉に吸収されている。腹もだいぶ元の薄さを取り戻してきた。でももうすぐ銀桂の種が注がれ、また膨れさせられてしまうのだろう。

「おっぱいを吸いながら孕ませてもらうのか。吾子は私が思うよりずっといい子だったのだな。淫らでいやらしくて……とてもいい子だ」

ずちゅううっと孕みどころを突き刺す肉刀は、さっきまでよりもいっそう熱く猛り狂っている。玉還が脳裏に思い浮かべた光景が…聖蓮の胸に吸い付きながら種を受け止める玉還の姿が、銀桂にも伝わったに違いない。

……父様が、私が母様とまぐわう姿で興奮してくれた。

歓喜にざわめく媚肉が銀桂の肉刀を包み込む。

「う…っ、ん…っ、んん……っ…！」

虹霓にも負けないほど奥で肉刀が弾けた瞬間、ぐい、と虹霓が玉還の頭を股間に引き寄せる。巨大な切っ先は緩んだ口腔を貫き、半ばまで突き入れられた肉刀が玉還の口を隙間無く埋め尽くした。

「――――――……！」

ずん、と切っ先が喉奥を突くのと同時に、玉還は甘露をほとばしらせた。

喰らい付いていた沙羅が待ちわびたとばかりに受け止め、んぐ、んぐっと喉を鳴らしながら飲み込んでいく。銀桂は思わず揺れてしまう細腰を摑み、熟した切っ先で種を送り込む。孕みどころのさらに奥へ、奥へ。より多くの種を孕ませるために。

「……ふ……、……ん、……ぅ……」

どくどくどくどく、と喉奥の管を虹霓の種が流れ、胃の腑にもったりと溜まっていく。口内も喉も脈打つ肉刀で完全にふさがれてしまっているのに、まるで息苦しさを感じないのは、神とのまぐわいだからなのか…玉還が神に近付きつつあるからなのか。

「……愛しい子……」

五人分の声が重なり、玉還の鼓膜をなぶった。玉還はぶるりと身を震わせてしまう。

……また、見られている……。

前からも後ろからも孕まされているはしたない姿を。

でも、恥ずかしくはない。むしろ誇らしい。愛しい神が玉還で劣情をもよおしてくれるのだから。この身の穴という穴を肉刀と種で満たしたいと願うほどに。

「ふ…ぁ、あ……」

虹霓がゆっくりと腰を引く。ぽっかり空いてしまった口が寂しくて、思わず涙目で見上げたら、大きな手で頭を撫でられた。

「愛しい子よ、寂しくはない。そなたを孕ませたがっている者はまだまだ居るのだから」

「…こう…げい、しゃま、は？」

「私はそなたがもっと我らを受け容れられるようにしてやろう。…我ら全てとまぐわうには、このままでは足りぬゆえ」

虹霓は玉還の口の端から伝う唾液を愛おしそうに舐め取り、少し距離を取った。不思議に思う間も無く、新しい肉槍が突き出される。長く褐色のそれの主は、考えるまでもない。

「沙羅……」

「俺の陛下。…俺も、愛してくれる？」

金色の瞳を期待に潤ませる沙羅に、もちろんと答える代わりに口を開いた。

ゆっくりと突き入れられる肉槍を咥え込んでいく。虹霓がしっかり馴らしてくれたおかげで、玉還の孕みどころまで一息に貫ける長さのそれを受け容れ、たどたどしくだが、ぴちゃぴちゃと舌で愛撫する余裕もある。

「…陛下…っ…」

「んぐっ……」

たまらないとばかりに腰を引いた沙羅が、喉奥を切っ先で突く。虹霓の種をたっぷり浴びせられたそこは新たな情けどころだ。ならば胃の腑はもう一つの孕みどころか。玉還は悦びに震えた。受け容れる場所が増えれば、孕める種も増える。

物欲しげに揺れる尻から、銀桂の肉刀が引き抜かれる。ぽっかりと空いた蕾に、次の肉刀がすかさず押し込まれた。

「…っ…、ふ…っ、ん……」

「あ…、あぁ……」

沙羅が喜悦の滲む呻きを漏らした。ぐんと大きくなった肉槍が舌と口蓋を執拗になぞり、喉奥を突きまくる。そこを完全に新たな情けどころと看做(みな)した動きだ。

「今、すごく締まった…。お腹を孕まされるの、そんなに気持ちいい？」

肉槍を咥えたまま頷けば、褐色の手が玉還の両目をそっとふさいだ。

「じゃあ、わかる？　今、誰に孕まされているのか」

聞かれて初めて、玉還は肉刀を握り締めていたはずの手が両方とも自由になっていることに気付いた。今、玉還に触れているのは沙羅と、腹を抉る妃、そして長い髪で玉還を支えてくれている虹霓だけだ。残りの二人は玉還の媚態を眺めながら沈黙を保っているのだろう。玉還が己を孕ませる相手を当てられるかどうか、見届けるために。

……誰が、私を孕ませている……？

視覚は閉ざされてしまったし、誰もしゃべろうとしないから、腹を抉られるこの感触だけが頼りだ。

脈打つ肉槍に舌を這わせ、玉還は感覚を集中させる。時折尻をくすぐるつややかな髪、腰を摑む手の大きさと逞しさ……これは……。

……聖蓮？

答えを思い浮かべた瞬間、ぐちゅううっと肉刀が情けどころを擦り上げた。

「ああ、可愛い子、可愛い子、私の可愛い子……！」

「んっ！　…んっ、う、うう、…んっ…」

ずちゅん、ずちゅん、ずちゅん。

大ぶりの肉刀が容赦無く突き上げるせいで、玉還の小さな身体は嵐に巻き込まれた木の葉のように揺れる。どこかへ飛んでいってしまわないのは、前から貫く肉槍と、絡み付く何本もの腕と虹色の髪のおかげだ。

「吾子は賢いな。孕まされる感覚だけでわかるとは」

そっと解放された視界の左側に銀桂が映る。

「私が拓いて差し上げたのですもの。いずれきっと、種を浴びせられる感覚だけでもおわかりになるでしょう」

右側には月季が。二人とも歓喜と嫉妬の入り混じった笑みを浮かべている。元は同じ虹霓の分身でありながら自我を持つに至った妃たちには、互いに対抗心があるのかもしれない。

……そうだ。私を初めて拓いたのは月季だった。

無垢だった蕾を散らされた衝撃はいまだ鮮明に覚えている。あの時は月季にされるがまま必死だった玉還が、今は五人とまぐわっているなんて。

「ねえ、陛下。…気持ちいいでしょう？」

薔薇のごとき美貌があでやかにほころぶ。

気持ちいい。それは月季が教えてくれた言葉だった。

「全身で私たちを咥え込んで、お口もお腹も種でいっぱいにされるのは…気持ちよくてたまらないでしょう？」

玉還が肉槍を咥えたまま頷くと、萎えてぶら下がっていた肉茎にしゅるりと何かが巻き付いた。しなやかな感触は上体を支えてくれるのと同じ…虹霓の髪だ。意志のある生き物のようにうごめき、肉茎を持ち上げる。

「う、う…っ、……」

「何も心配するな。そなたは私に身を任せていればいい」

甘く囁かれる間にも、変幻自在の髪は萎れた肉茎を優しく扱き、漲らせていく。

五人の期待と欲情に満ちた眼差しを浴びせられ、玉還は悟った。虹霓は増やそうとしているのだ。玉還が彼らを受け止めるための場所を、もう一つ。口と蕾だけでは、五人分の種を孕ませるにはとうてい足りないから。

「く……」

「あ…ぁ、私の、…可愛い子…」

沙羅と聖蓮が同時に呻いた。快感に染まりきった声音で、玉還は口内と腹の中の肉刀を無意識に締め上げてしまっていたことに気付く。

「可愛い吾子。嬉しいのだね」

銀桂が玉還の細い喉を撫でる。

「私たちを孕むための場所を増やしてもらうのが、嬉しくてたまらないのだね？」

……嬉しい。

思うだけでも伝わるのはわかっているけれど、沙羅の形に頰を膨らませ、聖蓮を銜えた尻を振り、また少し膨らまされてしまった腹を揺らす。

……私の中、皆で、いっぱいにしてもらえる。皆と一つになれる。

「ふ…、あ、ああっ…、陛下、俺の陛下……！」

沙羅が玉還の両頰を摑んだ。ぐっぽぐっぽと肉槍を荒々しく突き入れられ、玉還は思い知る。沙羅はこれまで手加減してくれていたのだと――ついさっきその余裕を失ったのだと。

「この駄犬…、吾子に何て真似を…」

「だって！」

見咎めた銀桂が引き離そうとするのを、沙羅はぎっと睨み付ける。鋭い牙を剝き、玉還を上下に激しく揺さぶりながら。

「こんな…、…こんなっ、可愛い、こと、言われたら」

「う、ううっ、んっ、う、うーっ…」

「我慢なんて、出来ない！　…孕ませる…、…俺で、いっぱいにする…っ！」

ぎりっと歯を軋ませた銀桂がとうとう拳を振り上げる。玉還はとっさに手を伸ばし、銀桂の腕を握った。

「吾子……？」

……駄目。沙羅を責めないで。

沙羅はいつだって情熱のたけをぶつけてくれる。玉還はそれが嬉しかった。今だってそうだ。…それに、たがが外れてしまったのは沙羅だけではない。

「可愛い子…、私の可愛い子……」

聖蓮が玉還の細腰を鷲摑みにし、逞しい腰を振りたてている。玉還からは見えないその顔はいつもの慈愛深い笑みではなく、欲情に彩られているに違いない。頭の中にあるのは、ただ一つ。すでに虹霓と銀桂の種を孕まされた腹にも、胃の腑にも自分の種を注ぐことだけだ。

「一つになりましょうね…、私と、…母様と一つに…」

「…っ…、う、…ん、んっ、んっ」

「母と子は、もともと一つなのですから…、…一つに、戻りましょう…?」

狂気すら滲んだ囁きはあくまで甘く、子を思う慈愛に満ち、だからこそ禍々しい。勢いよく腰をぶつける音と交じれば尚更だ。

「ふふっ…」

月季が妖艶な笑みを浮かべた。

「良いではありませんか、銀桂。他ならぬ陛下がお悦びなのですから」

「…貴様はいつもそれだ。この快楽狂いめ」

「それが私の役割ですよ。銀桂、貴方が陛下の『父様』であるように。…ねえ?」

流し目を受けた虹霓は『そうだな』と笑い、虹色の髪をうごめかせる。玉還の肉茎を扱き続けていたそれがしゅるしゅると解けていくと、ぷちゅ、と漲らされた先端の穴から透明な液体がこぼれた。

「陛下…っ…」

「…私の…、可愛い子……！」

沙羅と聖蓮が同時に玉還の喉と腹へ種を注ぎ込んだのは、気付いたからに違いない。玉還に彼らを受け止めるための場所がもう一つ増えたことを。

全身で孕ませる。二人の黒と金の瞳は欲望にぎらぎらと輝いている。

……あ、ああ、あっ……！

二人目の種を注がれた胃の腑と、三人目の種を孕まされた腹が少しずつ膨らんでいく。

神とのまぐわいでなければありえない感覚に酔いしれる間も与えられず、玉還の身体は虹色の髪によって宙に持ち上げられた。口と蕾に嵌まり込んでいた肉刀がずちゅりと抜けていく。

「…けふ…っ、う、あ、あぁっ……」

喉を流れ落ちる大量の種にむせながら、四つん這いだった身体をあお向けにされる。脚も髪に広げられ、全てを五人に見せ付ける格好だ。

尻を少し高く持ち上げられているおかげで、孕まされたばかりの種がこぼれてしまう心配は無い。その代わり、聖蓮の形に拡げられた蕾も膨らみかけた腹も尖ってきた乳首も、…先走りを垂れ流す肉茎までもさらけ出すことになってしまったけれど。

「……何て愛らしい」

誰もがじっと見入る中、最初に動いたのは月季だった。紅も塗っていないのに紅い唇が先端の穴に口付ける。

「…あんっ……」

たったそれだけなのに痺れるような疼きが走り、玉還は腰をくねらせてしまう。淫らな仕草に妃たちが…虹霓までもがごくんと息を呑む。

「ああ陛下…、気持ちいいのですね？」

「う、…ぁ…っ、気持ち、いい…っ…」

「でしたら大丈夫。きっとここでも気持ちよくなれますよ。……よろしいですか？」

麗艶な笑みに、肉茎はびくんと震える。…月季は初めての身体を優しく拓いてくれた。ならばきっと、ここも…。

「ありがたき幸せです、陛下」

頬を紅く染めた玉還が頷いた瞬間、月季は美貌を輝かせ、それ以外の者は渋面になったが、反対はしなかった。玉還の『初めて』は月季に、という取り決めでもあるのかもしれない。あるいは比較的理性を保てているのが月季だからだろうか。

「俺の陛下…、…あんなんじゃ足りない。もっと、もっと孕ませなきゃ…」

沙羅は玉還の喉に果てたばかりの肉槍を反り勃たせ。

「私の可愛い子は私と一つにならなければ…」

聖蓮は微笑みに慈愛をしたたらせながら豊かな胸を弾ませ。

「いい子の吾子は、もっとお腹を膨らませていなければならないな」

銀桂は胃の腑のあたりを撫で回し。

「愛しても愛しても足りぬ。……我が愛し子よ、私たちの愛をもっと孕んでおくれ」

虹霓は虹色の瞳に狂おしい光を宿し。

玉還に、群がってくる。

「あ……ぁ、皆……」

歓喜にわななく手を伸ばした直後、宙に浮いていた身体は背後から聖蓮に抱き取られた。背中に当たる豊満な胸のやわらかさにうっとりと息を吐けば、慈愛の笑みを浮かべた聖蓮が唇を重ねてくれる。

「んっ、…うぅ……っ…」

ぬるりと入ってきた舌は母が子を慈しむように優しく、玉還のそれをからめとってくれる。その甘さに酔う間にも、白く小柄な身体には玉還を孕ませたがる男たちの手が這い回る。

聖蓮の胸に背中を抱かれ、無防備に捧げられた下肢。横向きにして片脚だけを高く持ち上げ、蕾をさらさせるのは虹霓だ。けれど注がれたばかりの聖蓮の種を垂らし、口を開けた蕾に肉槍をあてがうのは沙羅である。

「こっちでも孕んで…、陛下……」

「……っ…!」

ずぷぷぷぷっと長大な肉槍が、すでに三人に蹂躙されたにもかかわらず狭いままのそこを貫いていく。嬌声は聖蓮の唇に吸い取られ、満たされる歓喜に震える肢体は五人の男たち全ての目にまんべんなく犯された。

もちろん、それだけで終わるわけがない。

「こちらもですよ、陛下」

向かい側に横たわった月季が己の肉刀と玉還のそこを纏めて握り込む。

「ふぅぅっ…、う、うう…っ…」

さっき虹霓の髪にさんざん扱かれたが、熱と質量を持つ肉刀はまるで感覚が違う。びくつく玉還をなだめるように、聖蓮の口付けは優しさと甘さを増した。押し付けられる胸のやわらかさがかすかな怯えを拭い去ってくれる。

……そうだ。皆が私にひどいことをするわけがない。

力を抜けば、いい子いい子とばかりに頭を撫でられた。口付けもいっそう深くなる…かと思いきや、肉厚な唇は口内を愛撫していた舌ごと離れていってしまう。

「おいで、吾子……」

どうして、と思う前に銀桂が肉刀を突き出した。聖蓮の前に玉還を孕ませてくれたそれは、さっきよりも雄々しく反り返っている。我が子を口からも孕ませてやるために。

どくん、と心臓が高鳴った。…そうだ。玉還は全身で彼らを受け容れなければならないのだ。

「…はい…、父様……」

首を伸ばし、従順に口を開く玉還を、聖蓮は背後から抱き支えてくれた。抱擁は優しさに満ちている。

今世の玉還を産んでくれた母がもし生きていたら、こんなふうに抱いてくれたのだろうか。いや、女帝のせいであらゆる女性が玉還にとって有害だと思い込んでいる虹霓のことだ。たとえ母が生きていたとしても、容赦無く引き離したに違いない。そして二度と会わせない。

だから、聖蓮と銀桂だけなのだ。玉還の母様と父様は。虹霓は千年前の玉還が望んでいたものを全て与えてくれる。

「ふ……、う……」

舌を伸ばし、大きく開いた口の中に銀桂を迎え入れていく。銀桂が腰を突き入れてくれたおかげで、太いそれをどうにか根元まで頬張れた。膨れた頬を銀桂と聖蓮が両側から撫でてくれるのが嬉しくて、肉刀の裏筋をねとねとと舌でなぞっていく。

「……んっ、うう…っ、んっ、んぅっ」

玉還の穴が全てふさがるのを待っていたように、沙羅と月季も動き出す。

沙羅は媚肉をなぞり上げながら孕みどころを突き、月季は玉還と己の肉茎を擦り合わせながらぐっちゅぐっちゅと扱きまくる。

「お上手ですよ、陛下……」

ひくひくする腹をちゅっと吸い上げられ、玉還は沙羅の肉槍を締め上げてしまった。沙羅が低く呻く。さっそく孕ませてくれるのかと思ったらもっと脚を高く掲げられ、虹霓も脚の間に入り込んできた。

巨大な切っ先が、すでに沙羅を銜えている蕾に押し当てられる。ぴっちり拡がった入り口を無理やりこじ開け、潜り込もうとする動きに、玉還は否応無しに悟った。虹霓もまたそこへ入ろうとしているのだと。

「う、ううぅ…っ、ううっ」

……入るわけがない！

ついさっき虹霓の人間離れしたそれを受け容れた感覚がよみがえるが、首を振ることすら出来なかった。銀桂に顔をしっかり固定されているせいで。

「吾子…、忘れてしまったのか？」

「…、う、…っ…」

「吾子はこの身体の全てで私たちを孕んでくれるのだろう？　…ここが増えても、まだ足りないと思わないか？」

銀桂が月季の切っ先がめり込んだ肉茎を撫でると、震えが止まった。担ぎ上げられた太股を虹霓が吸い上げ、紅い痕を刻む。

「私たちを信じてくれ、愛しい子。……決してそなたを害するような真似はせぬ。ただ愛したいだけだ」

千年前、玉還を何度も慰めてくれた優しい声が不安を溶かしてゆく。…虹霓たちを受け容れたい。叶うのなら皆、この身体で果てさせてあげたい。

……虹霓様……、虹霓様も、私の、中に。皆で私を、孕ませて下さい。

玉還の溢れ出る愛おしさは、虹霓に…他の妃たちにも伝わった。五人同時に胴震いし、愛し子の願いを叶えていく。

銀桂は玉還の喉奥を突き、月季は肉茎を執拗に扱き、聖蓮はそっと玉還を解放して銀桂の反対側へ移動し、沙羅は蕩けた媚肉を擦りまくって拡げる。聖蓮の代わりに虹霓の髪が支えるから、玉還が寝台に倒れてしまうことは無い。

「玉還、……愛しい子……」

「――っ…、ん、…………」

ぐ、ずずず、ず……っ、と、虹霓ははちきれんばかりに怒張した肉刀をねじ込んでくる。沙羅の肉槍を頬張る媚肉をさらに拡げ、軋ませながら。

「う…、……っ、…ぅ…」

懸命に二本目を銜え込もうとする腹が、ぼこ、ぼこんと肉槍と肉刀の形に膨らんだ。中に入ったままの種がせり上がり、孕みどころを拡げる。もう二人分の種を受け止めるために。

「吾子……」

銀桂が喉奥まで嵌めていた肉刀をずるりと引き抜いた。みしみしと下肢を二つに割られてしまいそうな感覚に酔いながら、玉還は手を伸ばす。右手は銀桂に、左手は玉還を挟んで反対側に移った聖蓮に。

「父様…、母様……」

たった一人ずつの父様と母様を、一緒に頬張れるなんて。

うっとりと笑えば、銀桂と聖蓮はぐっと腰を近付けてくれた。頬を両側から切っ先で突かれ、大きく口を開ける。握り締めた二本の肉刀を、迷い無く受け容れる。

さすがにどちらも喉奥まで迎えることは出来ず、それぞれの先端の半ばほどまでしゃぶるのが限界だったが、優しい父様と母様はいい子いい子と頭と頬を撫でてくれる。ぎちゅぎちゅと玉還の唇を拡げ、容赦無く腰を突き入れながら。

小さな手で両方の肉刀を握り締め、嬉々として頬張る愛し子の艶姿に、神が劣情をそそられぬわけがない。

「……う、……――……!」

ゆっくりと慎重に進んでいた虹霓の肉茎が、一気に根元まで押し込まれた。胃の腑が押し上げられ、いまだ吸収しきれない種がもったりと揺れる。肉刀と肉槍の二本を銜えさせられた孕みどころに宿された種と一緒に。

はぁ、は…っ、と獣のような息遣いの沙羅が一心不乱に腰を振りたてる。長大な肉槍は虹霓のそれとぶつかり合い、擦れ合い、玉還の中をめちゃくちゃに突きまくる。虹霓も負けじと巨大な肉刀を打ち付けるから、腹の中で巨大な蛇が暴れ回っているかのようだ。

……ああ、何て、何て……。

玉還はうっとりと腹を揺らした。

五対の目が突き破らんばかりに見詰めるそこは、かつてないほどせり出ているが、沙羅と虹霓を根元までしっかりと孕んでいる。銀桂と聖蓮、月季の眼差しが燃えたぎっているのは、次は自分たちの誰かと誰かで同じように孕ませてやろうと狙っているからだろう。五人は決して、玉還の中以外には種を放たない。

……何て……、幸せなのだろう……。

虹霓も月季も聖蓮も沙羅も銀桂も、みんなみんな玉還のと一緒に居てくれる。六人で一つになっている。

「…そうだ、愛しい子よ。我らは一つだ」

「何があっても離れない。放さない」

虹霓と沙羅が前と後ろから孕みどころを犯し。

「陛下は私たちという海に抱かれ眠る真珠でいらっしゃるのですから」

妖しく微笑んだ月季が肉茎を扱き立て。

「やっとこの手に抱けた可愛い子を、どこにもやりはしません」

「私から吾子を奪おうとする者は、冥府の神であろうと八つ裂きにしよう」

聖蓮と銀桂が交互に玉環の喉奥を突く。

……皆……、私を……。

孕ませて。

願った瞬間、五人の肉刀は同時に弾けた。口を二本の肉刀にふさがれていなかったら、喜悦の悲鳴を上げていただろう。初めて味わうすさまじいまでの快感に脳髄(のうずい)を焼かれて。

孕みどころを氾濫(はんらん)させるほどの虹霓と沙羅の種も。

肉茎に降り注ぎ、先端の小さな穴から侵入してくる月季の種も。

口腔で混ざり合い、喉奥へどくどくと流れ込んでいく聖蓮と銀桂の種も。

全て玉環の腹に、肉茎の奥に、胃の腑に受け止められる。一滴たりともこぼしはしない。馴染むまで五人が全ての穴をふさいでおいてくれるから。

……いや、馴染んでもきっと放してはもらえない。五人全員が玉環の全ての穴を犯し、全ての孕みどころに五人分の種を植え付けるまでは。それは玉環の望むところでもある。

「また……、……一つに……」

しとどに濡れた二本の肉刀がずるりと引き抜かれ、自由になった口で玉環はねだる。

胃の腑と下腹を種で膨れさせ、唇からも肉茎からも蕾からも種を溢れさせる玉環と、愛おしそうに全身を撫で回す五人の神たち。

十本の腕が伸びてきた瞬間、脳裏によぎった光景はきっと数刻後の玉環の姿なのだろう。

人も神も決してたどり着けない海底の宮殿。幾重にも神力の結界が張り巡らされた奥の間の寝室には、甘い嬌声が絶え間無く響いている。

「ぅ……んっ、んっ、ぅぅ……」

豊かな胸に吸い付いていた玉還が顔を上げると、真珠色の髪を撫でていた聖蓮が優しく微笑んだ。

「母…、様……」

「可愛い子…、もうおっぱいは要らないのですか？」

玉還は頬を染め、無言で紅い舌を覗かせる。四つん這いになって後方へ高く突き出した小さな尻には月季が肉刀を突き刺し、ゆるやかに腰を使っている。

「仕方のない子ですね。あんなにいっぱい孕んだのに」

苦笑しつつも聖蓮は玉還の顔をずらし、己の股間に導いてやる。玉還は隆々とそびえる肉刀に嬉々として食い付き、喉奥まで迎え入れた。

「……俺も……」

「駄目だ」

食い入るように玉還の尻や唇を見詰めていた沙羅が、ふらふらと近付こうとする。その手をぐいと引っ張って止めたのは銀桂だ。

「まぐわいは終わった。今は吾子に我らの種を馴染ませているだけだ」

「でも、陛下はもっと孕みたがってる」

「これ以上五人で攻めたてては吾子に負担がかかりすぎる。一度に二人までだ」

しばし、沙羅は銀桂を恨めしげに睨んでいたが、不承不承頷いた。虹霓の分身の中でも特に高い戦闘能力を誇る沙羅だが、銀桂には劣る。嚙み付くだけ無駄だとわかっているのだ。聖蓮か月季が終われば必ず孕ませることが出来るのだから、大人しく待っていればいいものを。どうやら沙羅は虹霓の気の短いところも受け継いでしまったらしい。

「うぅ……っ、ん、ん……」

極太の肉刀に喉も腹も突きまくられ、玉還は随喜の涙を流している。とうに正気は手放してしまっただろうが、本能で虹霓たちを求めているらしい。

いくら玉還が神に近い存在だとしても、すでにその胃の腑と肉茎の奥と腹に五人分の種を孕まされているのだ。銀桂の言う通り、これ以上は玉還の負担になる。ひとまずまぐわいは終え、玉還が五人の種を馴染ませるのを待とうということになったのだが。

……きりが無いな。

虹霓は苦笑した。

五人分の種を受け止めた玉還の腹はへこむどころか、また少しずつ膨らまされていく有り様だ。馴染むまで栓をするだけのはずの妃たちが、玉還の媚態に負けて新たな種を孕ませてやるせいで。虹色の髪をうごめかせ、小さな身体を犯されやすいよう支えてやる虹霓も、妃たちのことは言えないのだけれど。

「主様」

ふっと空間がゆがみ、虹霓の前に現れたのは阿古耶たちだ。ここへの出入りを許されているのは虹霓と玉還を除けば彼らだけである。生まれたばかりの玉還を育ててきた虹霓の忠実なる眷属たち。

「ああ陛下、ご立派になられて……」

前から後ろから犯され、膨らんだ腹を揺らす玉還に阿古耶たちは目を潤ませる。玉還が虹霓の思いを受け容れて一つになったのだと、彼らにもわかるのだろう。

「それで、何があった？」

許されているとはいえ、玉還とのまぐわいの最中に訪れるのはよほどのことが起きた時だ。虹霓が尋ねると、阿古耶たちはいっせいにひざまずいた。

「半刻ほど前、前皇帝が死亡しました」

「……そうか」

前皇帝は玉還の父親だ。帝位を赤子の玉還に奪われたと逆恨みされては面倒なので、酒と美食漬けにして何も考えられないようにさせていたら、最近倒れて寝たきりになっていた。ここ数か月で体調は悪化の一途をたどり、いつ死んでもおかしくないと言われていたのだ。神力を使えばたやすく回復させられたが、もはや前皇帝に子を作らせる必要は無かったため、人間の医師に任せて放置していた。

だから虹霓に驚きは無い。しかし前皇帝の死は、伽国にとっては一大事だ。間違っても蓼紅のように『病死』の一言で済ませるわけにはいかない。国を挙げての盛大な葬儀で送らなければならないだろう。営むのはもちろん実子にして現皇帝の玉還であるべきだが…。

「丞相に準備をさせよ。百官揃っての葬送の儀のみ、玉還を参列させる」

「よろしいのですか？」

阿古耶たちが目を丸くする。千年の宿願叶って手に入れた玉還を、虹霓が人目に触れさせるわけがないと思っていたのだろう。この海底宮殿から二度と出さず、囲い込むつもりに違いないと。

「伽国の皇帝は玉還だけだ。そして我が愛し子も玉還のみ」

「……はっ。承りました」

虹霓の意を正しく酌み取った阿古耶たちは揃って一礼し、命令を遂行するため空間のゆがみに消えた。沙羅と銀桂に交代し、それぞれに唇と腹をふさいでもらいながら月季と聖蓮の手に愛撫される玉還を眺め、虹霓は微笑む。虹霓の全てを受け容れ、一つになってくれた。愛しい愛しい玉還。

……そう。伽国はそなただけのものだ、玉還。

伽国はいわば箱庭だった。女帝とその血族に愛し子を殺した罪を償わせるための。連綿と続く彼らの血脈で、玉還を呼び戻すための。

だから虹霓は千年もの長きにわたり、伽国を正しく繁栄させてきた。いずれ玉還の魂が舞い戻る地は、あらゆる汚濁から無縁でなければならない。

だが、今。

玉還が虹霓のもとに還り、一つになってくれた今。

役割を果たした伽国は要らない。玉還には前皇帝の葬儀をはじめ、皇帝のみに許された儀式などを執り行わせるが、それも長くてあと数十年…人の子の寿命程度の間だ。責任感が強く、民を慈しむ玉還は、伽国を突然放り出すことに難色を示すだろう。だから玉還の本来の寿命の間は伽国を今まで通り守ってやる。

しかし玉還が公的に『死んだ』後、虹霓が伽国に祝福を与えることは無い。長年にわたり注ぎ続けてきた守護の力はすぐには消えないだろうが、ゆるゆると失われ、百年も経てば守護を持たぬ他国と同じ状態になる。

そこから先どうするかは、その時の皇帝と民次第だ。玉還の次は花蕾宮で飼育している皇族の誰かが皇帝として立つだろうから、皇族の血筋自体は保たれていくはずだが、どれだけこいねがわれようと再び守護するつもりは無い。虹霓にとって皇帝は愛し子玉還ただ一人だけ。たとえ玉還と同じ血を引いていようと、他の皇帝は人の姿をした家畜なのだから。

早々に退位してしまった前皇帝など、民の記憶からはとうに失われている。立派に葬儀を営む玉還を、臣下も民もこぞって誉め称えるだろう。このお方が帝位に在られる限り、伽国の弥栄は間違い無いと。辰国が自ら属国になりたいと申し出てきた時、彼らの熱狂は頂点に達するだろう。

存分に熱に浮かされればいい。玉還の次代から、伽国は凋落の一途をたどる。富強国の民としての誇りを彼らが抱けるのは、残りわずかな間だ。

けれど玉還は…虹霓の種を孕み続けた愛し子は、人の身に生まれながら神となり、虹霓と同じ時を生きていく。地上がどれだけ乱れようと、人々の嘆きの声が海底まで届くことは無い。玉還は心安らかに暮らしていけるだろう。虹霓、月季、聖蓮、沙羅、銀桂。玉還のためだけに存在する者たちに囲まれて。

「……虹霓……、様ぁ……」

沙羅に胃の腑を、銀桂に腹を孕ませてもらった玉還が虹霓に手を伸ばす。その紅玉の瞳の奥に、虹色の色彩がわずかにきらめいている。

喰らい尽くしたくなるほどの愛おしさにかられ、虹霓は玉環の細い脚を割り開いた。注がれた大量の種が溢れ出る前に、幾度犯されても清らかさを失わない蕾に肉刀を沈める。

「あぁ…っ、あっ、ああ——……！」

歓喜に打ち震えながら巨大な肉刀を呑み込む玉環に、四人の分身たちが我慢出来ぬとばかりに群がり、穴という穴をふさいでいく。

絡み付く十本の腕が玉環を逃すことは、二度と無い。

遠い昔、大陸の半分以上を支配したという伽国の皇宮の遺跡が発見されると、大陸諸国は混乱に陥った。己の正統性を証明するため、伽国皇族の末裔だと主張する王家も少なくないが、伽国の実在を信じる者はごく少数だったのだ。

何せ今も伝わる伽国の伝承といえば、神の守護を受け海難事故とは無縁だっただの、汚職を働く官吏が一人も居なかっただの、神が降らせる甘露の雨で無限に作物が穫れただの、神の楽園と謳われていただの、夢のような内容ばかり。長らく続く戦乱に倦んだ民が作り出した与太話であろうと思われていた。

しかし皇宮の遺跡が発見されたことで、伽国の存在は証明された。書物庫の遺構は比較的状態が良好で、出土した石板などは伽国の実情を知る有力な手がかりとなるだろう。
実在した神の楽園、伽国。
その国がいかにして興り、いかにして滅ぶにいたったのか。
大陸じゅうの人間が期待に胸を躍らせ、遺跡発掘を見守っている。

【書物庫の遺構より出土した伽国初代皇帝の遺言】

子孫よ、忘れるなかれ。
大洪水■■■■■■■■■■■■■■■■■■■■■。
■■は、■■■■■■■■■■神■■■によって■■■■。
起きた■■■■■■■。
愛し■子■を■■■奪われ■■た■■■。
■■■罪を■■■。
償■■■■■■■■■■、■■■わせ■■■■■る■■。
■■■■■■ために■■■■。
■■■忘れるな■■。
罪■人■■■■■■■■■■。
■■■■は我ら■■■■■■■■だ。

【■部分は石板の破損箇所。損傷が酷く、解読は不可能と思われるが……】

こんにちは、宮緒葵です。『千年後宮』お読み下さりありがとうございました。こちらの後書きには本編の重大なネタバレが含まれますので、未読の方はご注意下さいね。

今回は前々からずっと書いてみたかった中華の後宮、しかも攻めが四人…と見せかけて実は五人…！　当然、通常の枠に収まるはずもなく、文字数は過去最大の約二十万字に到達してしまいました。どうしても攻め一人につき二回は濡れ場を入れたい、という謎のこだわりが捨てきれなかったんですよね。あと最後は六人でのグランドフィナーレ濡れ場が必須、というこだわりも。おそらく二十万字のうち半分は確実に濡れ場だと思います。十年以上ＢＬに関わってきて、こんなに濡れ場を書いたのは初めてです。

複数攻めでは今どこで誰が何をやっているのかがわからなくなりがちですが、ラストの六人全員のシーンはさすがの私もポジションが把握しきれず、マグネットを六つ用意して常にポジション確認を行いながら書いていました。あんなに空間認識能力が試される瞬間はそうそう無いと思います…。

濡れ場以外のお話をしますと、結局、伽国は虹霓が愛しい子を取り戻すための巨大な器でしかなかったわけですね。

虹霓には誰と誰をかけ合わせていけば最終的に玉環が生まれるのかが見えているので、最も効率的な交配を続けてきました。本人たちの幸福や相性は一切考慮していません。だから皇族は本編で語られるような、むちゃくちゃな婚姻を強制され、幸福な人生を歩めた者は居ませんでした。玉還の父親である前皇帝は、かなり幸せな方ですね。中には反発して拒んだ皇族も居ましたが、そういう皇族はある日別人のように従順になり、義務を果たした後は行方不明になりました。

　冒頭とラストの遺言を書いた伽国初代皇帝、すなわち前世の玉還の異父弟は、そういう虹霓の恐ろしさを誰よりも理解している（させられた）人でした。母の女帝に虐げられる前世の玉還におぼろげながらも哀れみを抱いていた数少ない一人でもあります。なのに手を差し伸べようとはしなかったから、初代皇帝に指名され、苦労ばかりの人生を送るはめになったのですが。ちなみに、ラストの遺書をじっくり見ると…？


　今回のイラストは笠井（かさい）あゆみ先生に描いて頂けました。笠井先生、たいへんお忙しい中、攻めが五人という設定をお引き受け下さりありがとうございました！　どの攻めも本当に素敵で、受けは高貴で美しく、表紙のラフを拝見した時には感動で震えました。

　担当のI様。今回も色々とお骨折り下さりありがとうございました。I様のおかげで念願の五人攻めを書けました。

　最後に、ここまでお読み下さった皆様、ありがとうございました。かつてないほど大ボリュームのお話、お楽しみ頂けたでしょうか。ご感想を聞かせて頂けたら嬉しいです。

　それではまた、どこかでお会い出来ますように。

我が愛しい小鳥。そなたに出逢えて、私もらっきーだったぞ

魔神皇子の愛しき小鳥

宮緒葵

illust みずかねりょう

「逃がしはしない。何があろうと、絶対に」

辺境の村で養父母たちと暮らしていたカイは偶然が重なり、魔力がない彼には操れないはずの戦闘機を乗りこなしてしまう。

その後、村を守るため、戦闘機パイロットになるカイ。

右も左もわからない彼を導くのは、最も濃く魔神の血を引き、帝国最強の第二皇子クロノゼラフ。自ら伝説の死神級戦闘機に乗り、カリスマと冷酷さを併せ持つクロノゼラフは、時折カイに誰かの姿を重ねているようで……？

抗えない執着の鎖に絡めとられた運命の行方は——！

✦ 好評発売中！ ✦

お前と俺はずっと一緒だ、死んでも離れない

あの夏から戻れない

宮緒葵

illust 笠井あゆみ

十年前の夏休み、夏生の大切な幼馴染みの柊は目の前で謎の霧に攫われ、消えてしまった。

大学生になり、柊が生きていると信じて彼が行方不明になった山へ向かうが、あの日と同じ霧に包まれ、気が付けば不思議な村へと迷い込んでしまった。

「おだまき様」という神を信仰し、昭和時代のような生活様式の村には、雄々しく成長した柊がなぜか暮らしており「ずっと会いたかった」と激しく抱きしめられて——。あの夏の続きが、はじまる。

CROSS NOVELS

✦ 好評発売中！ ✦

あーちゃんが怖いモノ、
全部俺がやっつけるから

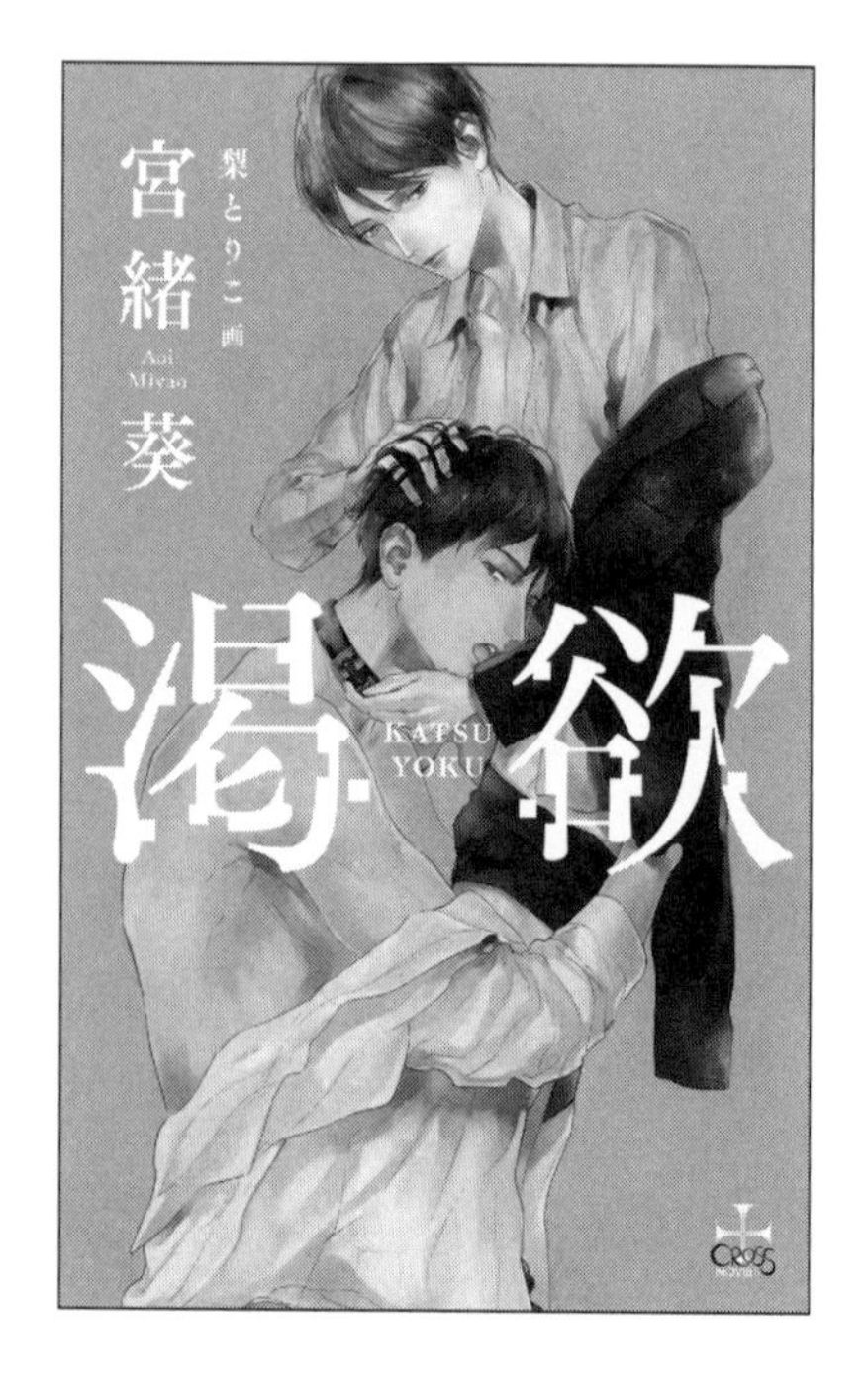

渇欲

宮緒葵

illust 梨とりこ

六年ぶりに再会した「世界一キレイなあーちゃん」こと明良に、念願の飼い主兼恋人になってもらえた人気若手俳優の達幸。自身のマネージャー補佐として働く明良の前では「いい犬」でいる努力を続けていたが、本当は彼を誰にも見せず独り占めしたい衝動と戦っていた。

しかし、映画『青い焔』の公開オーディションに達幸の異母弟が参加することが判明し——。

「渇仰」と「渇命」の物語を繋ぐ重要なシリーズ番外編＋書き下ろし、待望の商業化！

CROSS NOVELS

✦ 好評発売中！ ✦

お前は僕の一番大切で、
可愛い犬だよ

渇仰 新装版

宮緒葵

illust 梨とりこ

家も仕事も恋人も全て失った明良の前に、一人の男が現れた。

達幸――ある事件以降、六年間連絡を取らずにいた幼馴染だ。若手人気俳優になった達幸との再会に戸惑う明良だが、気づくと高級マンションへ強引に連れ込まれ、「俺を明良の犬にしてよ」と懇願されながら身体と心を彼の熱い雄で、激しくかき乱され……！

大人気シリーズ「渇仰」「渇命」を一冊にまとめ、大ボリュームの新規書き下ろしを加えた新装版、ついに登場！

CROSS NOVELS

✦ 好評発売中！ ✦

ルゥ、俺のルゥ。
大好きだ

おおかみルゥと過保護な冒険者

伊達きよ

illust 犬居葉菜

「ルーシィ……、明日も、一緒にいてくれ」

薬草採取しかできない下級冒険者は、戦闘に巻き込まれて死んだ――はずが、冷酷な冒険者・リカルドに拾われた仔狼に転生していた。

ルーシィと名付けられ、甲斐甲斐しく世話をされる日々。噂とも、冒険者時代に垣間見た彼とも違う一面に、ルーシィは次第に惹かれてしまう。

はじめて発情期が訪れた日、ルーシィは昂るままにリカルドへ告白するも「俺とルゥは家族だろう？」と告げられて……！？

愛を知らない最強冒険者×落ちこぼれ人狼の溺愛冒険譚

CROSS NOVELS

✦ 好評発売中！ ✦

CROSS NOVELS
千年後宮

2024年 6 月23日　初版第1刷発行

著者
宮緒 葵
＊
発行者
笠倉伸夫
＊
発行所
株式会社 笠倉出版社
〒110-8625 東京都台東区東上野 2-8-7 笠倉ビル
電話：0120-984-164（営業）・03-4355-1103（編集）
FAX：03-4355-1109（営業）・03-5846-3493（編集）
振替口座 00130-9-75686
https://www.kasakura.co.jp/
＊
印刷
株式会社 光邦
＊
装丁
Asanomi Graphic

ISBN 978-4-7730-6396-7

本書をお買い上げいただきましてありがとうございます。
この本を読んだご意見・ご感想をお寄せください。
〒110-8625 東京都台東区東上野 2-8-7 笠倉出版社
CROSS NOVELS 編集部
「宮緒 葵先生」係・「笠井あゆみ先生」係